तूणीर

क़तरा-क़तरा कहानियाँ

तूणीर

क़तरा-क़तरा कहानियाँ

चिरंजीव सिन्हा

वाणी प्रकाशन

वाणी प्रकाशन
4695, 21-ए, दरियागंज, नयी दिल्ली 110 002
फ़ोन : +91 11 23273167 फ़ैक्स : +91 11 23275710

शाखाएँ
अशोक राजपथ, पटना 800 004, बिहार
कॉफ़ी हाउस कैम्पस, महात्मा गांधी मार्ग, इलाहाबाद 211 001, उत्तर प्रदेश
महात्मा गांधी अन्तरराष्ट्रीय हिन्दी विश्वविद्यालय, वर्धा 442 001, महाराष्ट्र

www.vaniprakashan.com
marketing@vaniprakashan.in
sales@vaniprakashan.in

Toonir
by Chiranjeev Sinha

ISBN : 978-93-5518-149-7
Story Collection

प्रथम संस्करण 2022

मूल्य : ₹ 499

आर. टेक ऑफ़सेट प्रिंटर्स, दिल्ली-110 032 में मुद्रित

वाणी प्रकाशन का लोगो मक़बूल फ़िदा हुसेन की कूची से

श्री दीना नाथ सिन्हा

हर उस मुस्कान के लिए पापा आपका शुक्रिया, जो मेरी हर कहानी के पूरी होने की ख़बर सुनकर मुझे आपसे नायाब तोहफ़े के रूप में मिली।

श्रीमती तारा सिन्हा

मेरी माँ जिनके लिए हर विशेषण नाकाफ़ी है। हर रचना पर आपसे चर्चा कर एक बार फिर से प्रथम गुरु का अछोर आशीर्वाद प्राप्त करने का सौभाग्य प्रदान करने के लिए ईश्वर का कोटि कोटि धन्यवाद।

पितातुल्य फादर इन लॉ श्री अशोक कुमार श्रीवास्तव

लम्बे समय से मेरी कोई रचना पढ़ने को न मिलने पर आपका चुटकी लेता हुआ कॉल याद आता है, 'का, भईया! कुछ नवा लिखा नाहीं जा रहा का इधर।'

हमारी एंजिल पावनी और लहर

तुम दोनों का यह कहना कि 'पापू, आप लिखते हो तो मुझे बहुत अच्छा लगता है', मुझे उमंग और उत्साह के नवें आसमान पर ले जाता है।
मुझे उम्मीद है कि जब तुम दोनों बहनें और बड़ी हो जाओगी और इस पुस्तक पर अपना नाम देखोगी तो तुम्हें अच्छा लगेगा।

मेरी प्रेरणास्रोत

पहले दोस्त फिर सखा बनकर जीवन पथ पर साथ निभाने आयी रश्मि को स्नेहसिक्त प्यार जिसने मुझे न केवल लिखने के लिए स्पेस और अपने हिस्से का समय दिया, वरन फाइनल होने से पूर्व हर कहानी का विश्लेषण एक सुधी समालोचक के दृष्टिकोण से किया। कहानी रूपी कमीज़ में काज और बटन लगाकर उसे प्रस्तुति योग्य बनाने हेतु शुक्रिया, मेरी हमसफ़र।

–चिरंजीव सिन्हा

कहानियों के झरोखों से ज़िन्दगी के पन्ने

कहानियाँ हमारी ज़िन्दगी के लिए कितनी ज़रूरी हैं?

हम कहानियाँ क्यों पढ़ते या सुनते हैं?

घड़ी की सूइयों के साथ दौड़ती-भागती ज़िन्दगी में कहानियाँ कुछ ठहरे हुए पलों की मानिन्द हमारे साथ बैठकर सुस्ताते हुए बातें करती हैं। कभी हँसाती हैं, कभी रुलाती हैं, तो कभी अनजाने में ही हमारे मन की उलझनों और कशमकश का कोई हल बता जाती हैं।

कुछ कहानियाँ बीत जाने के साथ भी हमारे साथ रहती हैं । उनके पात्रों से मिलकर कुछ ऐसा अपनापन महसूस होता है, मानो उनसे हमारी बरसों की जान-पहचान हो। एक उत्कट इच्छा जागती है मन में, कि यदि मुझे कभी ऐसी परिस्थिति से गुज़रना पड़ा, तो मेरा भी शायद वही निर्णय हो जो अमुक कहानी के अमुक पात्र का था।

चिरंजीव सिन्हा की कहानियाँ भी ऐसी ही हैं। 'फील गुड फैक्टर' की मिठास में पगी इन कहानियों के पात्र मानवीय संवेदनाओं से परिपूर्ण हैं। प्रस्तुत संग्रह में चिरंजीव की मानवीय भावनाओं से ओतप्रोत बाईस कहानियाँ हैं। पहली कहानी *लियो* भारत-पाकिस्तान विभाजन की पृष्ठभूमि में लिखी गयी अत्यन्त मार्मिक कहानी है। धर्म की सीमाओं से परे दो स्त्रियों का परस्पर स्नेह और उस स्नेह को प्रगाढ़ करती दोनों की कॉमन पसन्द लियो टॉलस्टॉय की पुस्तकें। "दोनों का मौन मिलकर कमरे में चारों ओर फैल चुका था, सिर्फ़ लियो टॉलस्टॉय की किताबें दोनों बहनों के बीच पड़ी हुई थीं जिसके पन्ने खिड़की से आ रही हवा के तेज़ झोंकों से बीच-बीच में रह-रहकर फड़फड़ा उठते थे,

मानो उन दोनों को मौन देखकर बातचीत का ज़िम्मा उन पन्नों ने खुद सँभाल लिया हो।" पाठक को अन्दर तक स्पन्दित कर देने वाली कहानी की इन पंक्तियों को पढ़ते समय आप भी स्वयं को लियो व आशना के निकट महसूस करेंगे।

दूसरी कहानी *परिताप और परितोष* इस संग्रह में से मेरी सर्वाधिक प्रिय कहानी है। स्कूल के दिनों की यादें ताज़ा करती इस कहानी में बचपन की मासूम मित्रता में किये गये छल से उपजा अपराध बोध जितना मुखर है, उतना ही स्पष्ट है, पत्नी का अपने पति पर सहज विश्वास। "दोस्ती लिंग, उम्र, पद, पैसे जैसी किसी भी दुनियावी चीज़ की मोहताज नहीं होती और यह भी ज़रूरी नहीं कि स्त्री और पुरुष की दोस्ती सदा प्रेम सम्बन्धों में ही परिणत हो।" कहानी की ये अन्तिम पंक्तियाँ आत्मसात करना समाज के लिए अत्यावश्यक है। ये कहानी पढ़ते-पढ़ते कई बार आपकी आँखें नम कर देगी।

चिरंजीव उत्तर प्रदेश पुलिस में कार्यरत हैं, और उनके प्रोफ़ेशन की झलक लिए हुए है, कहानी *शिनाख़्त*। पन्द्रह-सोलह वर्षीय किशोरी की सच्चाई को जब वर्दी का साथ मिलता है तो अपराधी दण्डित हुए बिना नहीं रह सकता है। *एक इंच मुस्कान* जीवन के दूसरे पहलू को रेखांकित करती कहानी है। जहाँ क्रान्ति का ये कहना कि "बच्चे और पति जब अपनी इच्छा और परेशानी मेरे सामने रखते हैं, तो मुझे लगता है मैं इस परिवार की धुरी हूँ।" दीपिका को अपनी दिनचर्या पर नये सिरे से विचार करने पर विवश करता है।

इल्तिज़ा एक ऐसे विषय पर केन्द्रित है जिसके साथ बहुत से टैबू जुड़े हुए हैं। 'किसी को तो पहल करनी होगी' की सोच के साथ लिखी ये कहानी संग्रह में सबसे अलग है।

संग्रह की शेष कहानियाँ *तूणीर, अन्तिम इच्छा, सुक्राना* आदि शब्द संख्या के आधार पर भले ही छोटी हैं, किन्तु संवेदनाओं व भावनाओं के सम्प्रेषण में लम्बी कहानियों से तनिक भी कम नहीं। कहानियों के शीर्षक काफ़ी अच्छे बन पड़े हैं।

कहानियों को पढ़ने के बाद पाठकों के पारिवारिक और दोस्ताना रिश्ते और मज़बूत होंगे, और यदि कहीं कोई रिश्ता दरक रहा हो तो ये कहानियाँ उसे रोकने की राह सुझाएँगी।

इस उत्तम सृजन के लिए चिरंजीव बधाई के पात्र हैं। आशा है उनकी क़लम से हमें ऐसी ही अनेक कहानियाँ पढ़ने को मिलेंगी। इस आने वाले सृजन के लिए मेरी अग्रिम शुभकामनाएँ।

–हर्षा श्री
अनु सचिव
रक्षा मन्त्रालय, भारत सरकार

मन की पाती

ज़िन्दगी में नित नयी कहानी हम सभी से ठीक वैसे ही टकराती हैं, जैसे समन्दर के किनारे बैठे इन्सान से सागर की उत्ताल लहरें उसके जिस्म को छूती हैं, कभी हौले से तो कभी मीठी धौल जमाती हुईं। उनमें से कुछ बिना कहे चुपचाप फिर से सागर में विलीन हो जाती हैं और कुछ बुलबुलों के रूप में हमारे मन और बदन पर अपनी यादें छोड़ जाती हैं। इन्हीं बुलबुलों से एक कहानीकार का मन किरदारों का घरौंदा बुनता है, एक महीन परन्तु मज़बूत से सच के चारों ओर सतरंगी गल्प का संसार रचकर, कुछ ऐसा ही जैसे रेशम का नन्हा-सा जीव कोकून में मुलायम धागों का संसार रचता रहता है।

मुझसे भी रोज़मर्रा की ज़िन्दगी में कई कहानियाँ टकराती रहती हैं। कभी रास्ते में आते-जाते तो कभी बच्चों के स्कूल में तो कभी ऑफ़िस तो कभी पार्क में। ध्यान से ढूँढ़िये तो हर आम जगह एक ख़ास कहानी करवट ले रही होती है। लोगों से अटे पड़े बस की कॉरीडोर में एक सहेली की परेशानी को हल करती दूसरी सहेली की कोशिश जहाँ ज़िन्दगी की एक नयी कहानी बुन देती है तो अस्पताल के बिस्तर पर लेटी बेटी की एक छोटी-सी इच्छा भी कहानी का एक नया सूत्र थमा देती है। पर एक ध्यान देने वाली चीज़ है कि एक-दूसरे से अलहदा होते हुए भी हर कहानी की चाहत रहती है, अपनी हवा, अपनी मिट्टी और आसपास के ज़िन्दा लोगों से जुड़े रहने की, गर कि यही उसकी प्राण वायु है।

कहानियों के इस तूणीर में मैंने उन कहानियों नहीं-नहीं उन अनुभूतियों को आपके समक्ष लाने का एक लघु प्रयास किया है, जिसके किसी-न-किसी किरदार में आपको अपना अक्स दिखाई दे, जिसे हर कोई अपनी कहानी समझे।

हो सकता है कि आप इसे मेरा गुरूर मानकर मुझे झुठलाने की कोशिश करें। पर मुझे विश्वास है कि इस तूणीर की हर कहानी के अन्त तक पहुँचते-पहुँचते उस कहानी का कोई-न-कोई किरदार आपको स्वयं का या अपने आसपास का कोई जाना-पहचाना शख़्स महसूस होगा।

बसन्ती हवा की एक छोटी बयार सरीखी फीलिंग से शुरू हुई इस कहानी-संग्रह की हर कहानी अपने बग़ीचे की मलंग हवा से सज-सँवर कर काग़ज़ पर स्वयं को उकेरती चली गयी और आज आप पाठकों का आशीर्वाद पाने के लिए पुस्तक के रूप में अभिलषित है।

इन 22 कहानियों के सफर में आपको जहाँ छात्र जीवन से शुरू होकर प्रोफ़ेशनल लाइफ की यात्रा के दौरान दोस्ती, प्यार, मान-मनुहार, शिकवा, शिकायत लगाते दो मीत मिलेंगे तो लाड़ लगाती बिटिया, समझदार होता बेटा, ज़िम्मेदारी को बोझ मानने की जगह अवसर मानने वाला पति, घर को मन्दिर मानने के साथ-साथ अपने पंखों को नये आकाश में उड़ने के लिए सजाती-सँवारती आज की स्त्री के तेजोमय स्वरूप की बानगी दिखाई देगी तो राजनीति से कोसों दूर भारत विभाजन के अवसर पर मज़हब और उम्र के बन्धन से इतर सिन्धु पर मासूम दिलों के स्नेह और विश्वास का सेतु भी लहराता हुआ नज़र आयेगा।

मैं इस अवसर पर अपने सभी रिश्तेदारों, मित्रों और शुभचिन्तकों का दिल से शुक्रिया अदा करना चाहता हूँ, जिन्होंने किसी-न-किसी रूप में इन कहानियों को लिखने के लिए मेरी ऊर्जा और उत्साह का संवर्धन किया।

मेरी सहयोगी श्रीमती पूजा गुप्ता का विशेष आभार जिन्होंने एक छोटे शिशु की माता होने के बावजूद अपने व्यक्तिगत समय में से समय निकालकर मेरी पाण्डुलिपियों को न केवल टाइप किया, वरन उसकी सुरुचिपूर्ण व अपेक्षित साज-सज्जा भी की।

मैं वाणी प्रकाशन का दिल से शुक्रगुज़ार हूँ, जिन्होंने इसे पठनीय स्वरूप प्रदान किया।

प्रीत, प्रकाश और प्यार से पगे पैग़ाम के साथ

आपका स्नेहाकांक्षी

चिरंजीव सिन्हा

अनुक्रम

लियो

सन् 1929 की 15 अगस्त की वह सुबह यूँ तो हर दिन की तरह सभी के लिए आशा का एक नया सन्देश लेकर आयी थी, किन्तु लाहौर के हरबन्सपुरा मोहल्ले के सेठ सूरजमल के परिवार के लिए तो लगता था जैसे इन्होंने इसकी तैयारी सबसे अलग और ख़ास ढँग से की थी। इधर पालकी में बैठी नववधू उषा का प्राची के क्षितिज पर सिन्दूरी आगमन हो रहा था और उधर सूरजमल की पत्नी नारायणी की प्रसव पीड़ा एक नवीन सृजन की दस्तक दे रही थी। यूँ तो नवागत की प्रतीक्षा की अधीरता घर के सभी सदस्यों के चेहरों पर साफ़ झलक रही थी, लेकिन सृजन की पीड़ा से अनजान नन्हे ईशान ने रो-रोकर अपना बुरा हाल कर लिया था। उसे बिल्कुल भी समझ में नहीं आ रहा था कि उसकी माँ को आख़िर क्या हुआ है ? वह क्यों दर्द से चिल्ला रही है ? सूरजमल स्वयं भी पिछले कुछ दिनों से नारायणी के गिरते हुए स्वास्थ्य को लेकर बहुत चिन्तित थे परन्तु, अबोध बेटे के सामने वे भला किस प्रकार अपनी चिन्ता प्रकट कर सकते थे? अपनी चिन्ताओं को ज़ब्त करते हुए वे उसे समझाने का भरसक प्रयास कर रहे थे, 'मत रो, बेटा! तुम्हारी माँ कुछ ही देर में तुम्हारे लिए सचमुच का बोलने वाला खिलौना लेकर आयेंगी।'

लेकिन एक बच्चे के लिए कोई खिलौना चाहे वह कितना भी अच्छा क्यों न हो, भला माँ से अधिक प्रिय कैसे हो सकता है? 'मुझे कोई खिलौना नहीं चाहिए, मुझे बस माँ के पास जाना है।' रोते हुए वह उस बन्द दरवाज़े की ओर दौड़ पड़ा, जिसके भीतर से उसकी माँ की दर्द-भरी चीख़ें घर-आँगन को गुँजा रही थी। सेठ सूरजमल ईशान को सँभालने के

लिए उसके पीछे दौड़ें, तभी चिन्ता और उत्सुकता को अपने गर्भ में समेटे वे चीखें अचानक से ख़ामोश हो गयीं। 'हे भगवान! यह क्या हो गया?' सूरजमल का दिल धक्क से रह गया और उनके पैर वहीं के वहीं जम से गये। प्रसूति गृह का बन्द दरवाज़ा उन्हें बुरी तरह डराने लगा। कुछ पल ऐसे ही शून्य में बीत गये, फिर काँपते स्वर में उन्होंने अन्दर कमरे में मौजूद अपनी माँ को आवाज़ लगायी, 'अम्मा! सब ठीक है न!'

अभी उनका वाक्य पूरा भी नहीं हो पाया था कि अन्दर से दरवाज़े की साँकल खुलने की आवाज़ आयी। उनका दिल किसी बुरी आशंका से ज़ोर से धड़कने लगा। 'मुबारक हो! घर में लक्ष्मी आयी है।' सबकी उत्सुकता को विराम देते हुए अम्मा अधखुले दरवाज़े से सिर निकालकर मुस्कुराते हुए बोलीं।

'सच!' एकबारगी सूरजमल को अपने कानों पर विश्वास ही नहीं हुआ। फिर अनायास ही उनके होंठ शुक्राने में बोल पड़े। भगवान! तेरा लाख-लाख शुक्रिया।' और नारायणी! वह कैसी है अम्मा?' अधखुले दरवाज़े से वह गर्दन उचकाकर अन्दर झाँकने का प्रयास करने लगें।

'वो बिल्कुल ठीक है। चलो, अब जाओ। हमें अपना काम करने दो।' सूरजमल को परे हटाते हुए अम्मा ने हँसते हुए दरवाज़ा बन्द कर लिया।

नन्ही परी की पहली रुलाई ने जैसे ही अपने आगमन का सन्देश दिया, दर्द भरे बादलों ने भी तुरन्त अपना पाला बदल लिया और अनहोनी व भय चिन्ता की जगह पूरा घर ख़ुशी और आनन्द की रिमझिम बारिश से सराबोर हो गया। इधर रूई के फाहे-सी नर्म गुड़िया को माँ के पास लेटे देखकर नन्हा ईशान आश्चर्यचकित था। वह बार-बार उसे छू-छूकर सचमुच के होने की परख कर रहा था।

बड़े प्यार से उस नन्ही परी का नाम ललिता रखा गया। ललिता में बचपन से ही एक विलक्षण गुण था। भूख-प्यास या अन्य किसी वजह से रोती हुई उस बच्ची के हाथों में जैसे ही कोई किताब पकड़ा दी जाती, तो वह तुरन्त चुप होकर उससे खेलने लगती। किताबों से इस जन्मजात प्रेम का संस्कार शायद उसे अपने पिता से ही मिला था, जिनका पुस्तक प्रेम

पूरे शहर में मशहूर था। उन्होंने अपने घर में ही एक अच्छी-ख़ासी लाइब्रेरी बनायी हुई थी। काम-धन्धे से फुर्सत पाकर वे अपना समय वहीं गुजारते थे। वही गुण ललिता ने भी पाया था। उसकी उम्र की बाकी लड़कियाँ जब गुड्डे-गुड़ियों से खेल रहीं होती तो ललिता अपने पापा की लाइब्रेरी में घुसी रहती थी। और, उसके सर्वाधिक प्रिय लेखक थे, 'लियो टालस्टॉय'। तेरह-चौदह वर्ष की उम्र में ही उसने लियो की तमाम पुस्तकें पढ़ लीं थीं और 'वार एंड पीस' की तो एक-एक लाइन उसे मानो कण्ठस्थ याद थी। अपने पापा से लियो टॉलस्टाय की रचनाओं पर घण्टों चर्चा करने में वह जरा भी थकती नहीं थी। उस महान लेखक के प्रति ललिता की दीवानगी और लियो टॉलस्टाय से उसके मिलते-जुलते नाम को देखकर सूरजमल प्यार से ललिता को 'लियो' कहकर पुकारते थे और धीरे-धीरे उसके प्यार-दुलार का यही नाम घर-मोहल्ले सभी लोगों की जुबान पर चढ़ गया।

नन्ही-सी लियो अब युवा हो चली थी। इधर स्वतन्त्रता आन्दोलन भी अपने चरमोत्कर्ष पर पहुँच चुका था। किशोर और युवा वर्ग में देश-प्रेम की भावनाएँ उफान ले रही थीं। सभी भारत माँ की आज़ादी के लिए प्राणपन से जुटे थे। लियो भी कहाँ पीछे रहने वाली थी। एक ओर वह दिन में अपनी सहेलियों के साथ मिलकर घर-घर जाकर स्वतन्त्रता सेनानियों के लिए कपड़े, राशन आदि एकत्र करती, वहीं रात में समाचार-पत्रों में छोटे-छोटे लेखों के माध्यम से आज़ाद भारत का रेखाचित्र खींचकर लोगों का मनोबल बढ़ाती। पिछले एक-दो वर्षों की राजनैतिक गतिविधियों से सभी देशवासियों को यह लगने लगा था कि अंग्रेज़ों की गुलामी से उन्हें जल्द ही छुटकारा मिल जायेगा और देखते-देखते वह चिर-प्रतीक्षित दिन भी आ ही गया, जिसके लिए भारत माँ के अनगिनत सपूत बरसों से हँसते-हँसते अपने प्राणों की आहुति देते आ रहे थे।

कल 15 अगस्त, 1947 की तारीख़ थी, वह तारीख जिसकी भोर हिन्दुस्तान के मुकद्दर की सबसे सुनहरी इबारत लिखने जा रही थी, और इसी दिन लियो अपने जीवन के अठारहवें बसन्त में पैर रखने जा रही थी। पौ फटते ही नारायणी सीधे लियो के कमरे में आयी और उसे अपने सीने से लगाकर आशीष से नहला दिया, 'बेटा! अठारहवाँ साल किसी

भी लड़की के लिए सबसे महत्त्वपूर्ण होता है। यही वह समय है, जब वह तरुणी से युवा बन एक नया जन्म लेती है। कल भारत माता और तुम दोनों का नया जन्म हो रहा है। तुम दोनों को ढेर सारी शुभकामनाएँ।' कल घर की लाडो का अठारहवें जन्मदिन होने के कारण आज से ही पूरे घर में खुशी का वातावरण था, लेकिन, यह क्या? इस खुशी में विभाजन की विष्णणता भी पता नही कहाँ से सन गयी थी। ऐसा नहीं था कि इसकी बिल्कुल भी भनक लियो को न रही हो। उसने इसकी थोड़ी-बहुत चर्चा सुनी ज़रूर थी, परन्तु उसे बिल्कुल भी यक़ीन नहीं था कि ऐसा सचमुच हो जायेगा। जैसे ही उसने यह सुना कि देश के दो टुकड़े हो रहे हैं और उसका घर-शहर अब हिन्दुस्तान से अलग होकर पाकिस्तान नामक नये देश का हिस्सा बन गया है तो उसका दिल धक्क् से रह गया। वह दौड़ती हुई ईशान के कमरे में गयी, 'भैया! क्या यह बात सही है कि अब हिन्दुस्तान हमारा देश नहीं रहा?'वह बोलते हुए बुरी तरह हाँफ रही थी।

'लियो, परेशान मत हो! हिन्दुस्तान हमारा देश था और हमेशा रहेगा। चलो! मम्मी-पापा के पास चलते हैं।' अन्दर से खुद टूट रहे ईशान ने उसे ढाँढस देने का भरसक प्रयत्न किया।

इधर सूरजमल और नारायणी भी कुछ कम परेशान नहीं थे। रेडियो पर विभाजन की ख़बर के साथ ही चारों ओर आपसी दंगों की भयावह खबरें तेज़ी से आ रहीं थीं जिसके कारण उनके चेहरे पर भय और आशंका की परछाइयाँ गहरी होती जा रही थीं।

'मम्मी, यह क्या हो गया? मुझे सिर्फ़ और सिर्फ़ हिन्दुस्तान में ही रहना है।' लियो माँ से चिपक कर रोते हुए बोली।

'हाँ बेटा! हम तुझे अपने हिन्दुस्तान ले चलेंगे।' नारायणी ने अपनी फूल-सी बिटिया को और ज़ोर से भींच लिया।

लियो, 'अपने हिन्दुस्तान ले चलेंगे! मम्मी, तुम्हारे कहने का मतलब कहीं यह तो नहीं कि हमें अपना घर, अपना शहर छोड़ना पड़ेगा।' उसकी आवाज़ अनिष्ट की आशंका से लड़खड़ाने लगी।

लियो को परेशान देख सूरजमल उसके सिर पर हाथ फेरते हुए बोले, 'बेटा! इस घर और शहर से मुझे भी बहुत गहरा प्रेम है।

यहीं मेरा जन्म हुआ और यहीं मैं बड़ा हुआ, लेकिन अब जो हालात हैं, उसमें हमारा यहाँ रहना ठीक नहीं है। सरकार ने ऐलान किया है कि जिन्हें हिन्दुस्तान जाने की इच्छा है, वे खुशी-खुशी वहाँ जा सकते हैं। इसलिए हम लोग भी कल सुबह की पहली ट्रेन से ही हिन्दुस्तान के लिए निकल जायेंगे। तुम लोग भी अपना-अपना ज़रूरी सामान बाँध लो।'

लियो, 'पापा! यह आप क्या बोल रहे हैं? हम अपना घर क्यों छोड़ें?'

'लियो! मम्मी-पापा ठीक कह रहे हैं। हम लोग का अब यहाँ रहना ठीक नहीं है।'' समय की नज़ाकत समझते हुए ईशान ने लियो को समझाने की कोशिश की।

कुछ देर तक लियो को ऐसा लगा जैसे कि वह सिर से पैर तक बर्फ़ की तरह जम गयी हो। लियो को मजबूरी और प्रतिकूल समय का वास्ता देकर नारायणी उसे बहुत देर तक समझाती रही। लियो को भी अब तक समझ में आ चुका था कि अब और कोई दूसरा उपाय नहीं है। उसे अपना घर छोड़ना ही पड़ेगा, लेकिन हक़ीक़त में तो उसका दिल डूबा जा रहा था। देश की आज़ादी की इतनी बड़ी क़ीमत चुकानी पड़ेगी इसका उसे तनिक भी अन्दाज़ा नहीं था।

बेजान क़दमों से मम्मी-पापा के कमरे से निकलकर अपने कमरे के बिस्तर पर आकर वह भहराकर गिर पड़ी। घर का हर कोना यादों की पोटली खोलकर उसे रोक रहा था। भय, निराशा और दु:ख के अनगिनत भावों के बीच उसके आँसू लगातार बहे जा रहे थे। थोड़ी देर बाद जब नारायणी उसके कमरे में आयी तो उसे बिस्तर पर कटे हुए वृक्ष की भाँति गिरा हुआ देख वह भी रोने लगी। माँ और बेटी को रोता देख मानो घर का हरेक कोना भी विलाप करने लगा। घर के कण-कण से कुछ समय पहले तक फूट रहीं खुशियाँ पता नहीं अचानक से किस कोने में जाकर छिप गयीं थीं। किसी तरह अपने आपको संयत करते हुए नारायणी ने लियो को समझाया, 'बेटा! समय बहुत कम है। जो साथ ले चलना है, उसे रख लो.'

लेकिन लियो को समझ में नहीं आ रहा था कि जब अपना घर, जन्मस्थान सब यहीं छूट रहा है तो वह क्या बाँधें और क्या छोड़ें?

उसे कुछ भी ले जाने का मन नहीं हो रहा था। तभी उसे अचानक लाइब्रेरी में रखीं लियो टालस्टॉय कीं किताबों की याद आयी। वह भागकर वहाँ पहुँची और उन क़िताबों को अपने पिट्ठू बैग में भरने लगी। लियो को तेज़ी से लाइब्रेरी में जाते देख नारायणी भी चिन्ता और कौतुहलवश उसके पीछे-पीछे वहाँ पहुँच गयी।

नारायणी, 'बेटा! यहाँ क्या कर रही हो? जाओ, अपना ज़रूरी सामान रख लो?'

लियो, 'मम्मी! मैं इसलिए तो यहाँ आयी हूँ। मुझे इन्हें ही ले जाना है।'अपने हाथ में पकड़ी हुई किताबों को उसने अपने सीने से लगा लिया।

नारायणी, 'अरे बेटा! ऐसी घड़ी में ये किताबें ले जाकर क्या करोगी? ये तो वहाँ भी मिल जायेंगी। तुम्हें अपने अच्छे कपड़े और गहने रख लेने चाहिए थे।'

'मम्मी! कपड़े तो फिर से बन जायेंगे पर ये किताबें मेरी जान हैं। मैंने इन पन्नों पर अपनी आत्मा को उकेरा है और यदि मैं इन्हें छोड़ दूँ तो आप ही बताइये कि प्राण के बिना शरीर का क्या कोई मूल्य होता है?' वह उन किताबों को सहलाते हुए ऐसे बोली जैसे वे उसका जन्म-जन्म का प्यार हों।

लाईब्रेरी में चल रहे माँ-बेटी के वार्तालाप को सुनकर सूरजमल और ईशान भी तब तक वहाँ आ गये, 'नारायणी! लियो सही बोल रही है। इसे इन्हें रख लेने दो। इसमें इसकी जान है।'' सूरजमल ने नारायणी को समझाया।

लियो, 'थैंक्यू, पापा!' वह उनसे नन्ही बच्ची की तरह चिपक गयी। तनाव की इस दु:सह्य घड़ी में पिता का स्नेहिल साथ पाकर लियो का मन थोड़ी ही देर के लिए सही फिर से खिल आया।

अभी सभी लोग लाइब्रेरी से निकल ही रहे थे कि दीवार पर लगी उनकी बड़ी-सी फैमिली फ़ोटो अचानक से झूलकर एक ओर लटक गयी। यह वही पेंटिंग थी जिसे कुछ दिनों पूर्व सूरजमल ने हवेली के जीर्णोद्धार के बाद हुए उत्सव के उपलक्ष्य में बनवाया था, इस पेंटिग में उनका पूरा परिवार घर के आँगन में साथ-साथ खुशियाँ मनाता दिख रहा था।

अचानक हुई इस घटना से ऐसा लगा, जैसे घर का आँगन भी अपना मौन तोड़कर उनके साथ हिन्दुस्तान चलने की ज़िद कर रहा हो। सभी हतप्रभ हो एक-दूसरे की आँखों में देखने लगें, जहाँ पीड़ा और उदासी के भाव समान रूप से तैर रहे थे। इधर अचानक हुए इस अपशकुन से नारायणी बुरी तरह डर गयी और दोनों बच्चों को अपने सीने से चिपकाकर फूट-फूट कर रोने लगी।

'नारायणी! मत रो। हम साथ-साथ हैं तो फिर से ऐसा ही घर बना लेंगे।' सूरजमल उसे ढाँढस बँधाते हुए बोले। लेकिन नारायणी नये घर के लिए नहीं बल्कि अपशकुन को लेकर चिन्तित थी। क्योंकि कोई नहीं जान रहा था कि काल कुछ ही घण्टों में अपना कैसा विकराल रूप दिखाने जा रहा है और घर से बेघर हो जाने के साथ-साथ पता नहीं क्या-क्या उन लोगों से छिन जाने वाला था?

भय और आशंका के बीच वह रात गुजारना मृत्यु के साक्षात्कार से क़तई कम नहीं था। बीच-बीच में गलियों से आते हुए 'पकड़ो-मारो' के कर्कश शब्द रात को और स्याह बना रहे थे। सुख और उल्लास से सदा नहाये रहने वाले इस घर में अजीब-सी मुर्दानगी पसर गयी थी। सच कहें तो घर को जैसे काठ मार गया था, वह भी अन्दर-ही-अन्दर जैसे मर चुका था। यदि उसके हाथ-पाँव होते तो वह भी आज उनके साथ ज़िद कर चल देता। पर, उस बेचारे के हिस्से में तो अब अपने प्रियजनों की यादों को सीने से चिपकाकर रोना ही बचा हुआ था।

सुबह होते ही, हिन्दुस्तान जाने के लिए पहली गाड़ी पकड़ने के लिए घर की देहरी पार करते हुए दोनों बच्चों को साथ लेकर नारायणी दरवाज़े पर सिर नवाती हुई बोली, 'आपने हमें और हमारे परिवार को इतने बरस शरण दी, हम आपको कभी भूल नहीं पायेंगे। मेरे बच्चों की रक्षा करियेगा।' यह बोलते हुए आँसू की अनगिनत बूँदें उसकी आँखों से निकलकर चौखट पर जा गिरीं। गृहलक्ष्मी ने अपने अश्रुजल से गृह देवता के पैर अन्तिम बार जैसे ही पखारे, वैसे ही सौभाग्य के शुभ चिह्न माने जाने वाले घर के मुख्य द्वार पर बने स्वास्तिक के मंगलकारी चिह्न से रोली व चन्दन के कुछ कण दोनों बच्चों के सिर पर आ गिरे। इस अत्यन्त विषम

परिस्थिति में माँ की पुकार सुन बच्चों को ईश्वर ने अपना आशीर्वाद दे ही दिया और भला वे देते भी कैसे नहीं? एक माँ की करुण पुकार को भगवान भी भला कैसे टाल सकता है?

कार की पिछली सीट पर बैठी लियो को अपने सीने से चिपकाये नारायणी के दिल में आशंकाओं का भयंकर तूफान चल रहा था। सूरजमल तेज़ी से गाड़ी भगा रहे थे ताकि वे लोग जल्द से जल्द स्टेशन पहुँच सकें। स्टेशन अब बस कुछ ही दूर रह गया था, तभी ईशान चिल्लाया, 'पापा, गाड़ी मोड़िये, देखिये दंगाई सामने से दौड़ते हुए आ रहे हैं।'

सूरजमल जब तक गाड़ी घुमाते तब तक दंगाई और उनके बीच का फ़ासला काफ़ी कम हो गया था। बचने का कोई रास्ता न देखकर उन्होंने ईशान को बोला, 'बेटा, तुम लियो और मम्मी को लेकर तुरन्त यहाँ से स्टेशन निकलो। मैं पीछे से आता हूँ।'

ईशान, 'पर, पापा, हम आपको अकेले कैसे छोड़ सकते हैं?'

सूरजममल, 'वक्त बहुत कम है। तुम निकलो, नहीं तो वे लोग लियो और तुम्हारी मम्मी को नहीं छोड़ेंगें।'

नारायणी, 'ईशान! तुम लियो को लेकर निकलो। मैं तुम्हारे पापा के साथ आती हूँ। 'मैं उन्हें अकेला नहीं छोड़ सकती। और जल्दी करो।'

ईशान, 'पर, माँ!'

नारायणी, 'अभी सोचने का समय नहीं है। इस समय लियो की सुरक्षा ज़्यादा ज़रूरी है।' जवान बेटी की सुरक्षा माँ से ज़्यादा अच्छी तरह भला कौन समझ सकता है?

किंकर्तव्यविमूढ़ लियो को समझ में नहीं आ रहा था कि वह क्या करे? वह माँ से चिपककर रोने लगी।

नारायणी, 'बेटा ! मेरी बात मानो, समय बहुत कम है। तुम दोनों चलो। हम पीछे से आते हैं।'

दिल पर पत्थर रखकर ईशान लियो को साथ लेकर पास की गली में दौड़ पड़ा ताकि उन वहशी दंगाइयों की नज़र लियो पर न पड़े। उनके निकलते ही कुछ ही क्षणों के अन्दर दंगाइयों ने चारों ओर से सूरजमल की गाड़ी को घेर लिया। उन्होंने उनकी बहुत मिन्नतें कीं, हाथ-पैर जोड़े।

उन्हें इस शहर की मिट्टी से जुड़े होने का वास्ता दिया, लेकिन जिनके ऊपर नफ़रत का भूत सवार हो, वे भला कहाँ सुनने वाले थे? उन जल्लादों ने सेठ सूरजमल को गाड़ी से खींचकर उनके ऊपर चाकू के वार इस प्रकार करने शुरू कर दिये जैसे पता नहीं उनसे किस जन्म की दुश्मनी निकालनी हो। उन्हें बचाने के लिए जब नारायणी आगे आयी तो दरिन्दों ने उसे भी नहीं छोड़ा। इतने पर भी वे नहीं रुके, उनमें से एक दरिन्दा बार-बार चिल्ला रहा था, 'इसने अपने बच्चों को यहीं कहीं छिपा दिया है, उसे खोजो। कोई भी बचने न पाये। मगर इसी बीच कहीं नज़दीक से पुलिस की गाड़ी के सायरन की आवाज़ सुनायी पड़ी, जिसे सुनकर वे दुष्ट वहाँ से भाग गये। उन वहशियों के जाते ही पास की गली में छिपे दोनों भाई-बहन दौड़कर कार के पास पहुँचें। बेहिसाब ज़ख़्मों की शिकार नारायणी के प्राण तो कब के निकल चुके थे, किन्तु सूरजमल की अन्तिम साँसें चल रही थीं। वे उखड़ती हुई आवाज़ में ईशान से बस इतना ही बोल पाये, 'बेटा! लियो की रक्षा करना और तुम दोनों सदा साथ-साथ रहना।' इतना कहते ही उनकी भी आँखें मूँद गयीं, जैसे बेटे-बेटी को सुरक्षित देखने के लिए ही उनके प्राण उनकी काया में रुके हुए थे। दोनों भाई-बहन माँ-बाप के मृत शरीर से लिपटकर दहाड़ मारकर रोने लगे। एक दिन पहले तक हँसता-खेलता परिवार आज दुःख की अँधेरी गुफ़ा में कैद हो गया था।

इधर, पुलिस की गाड़ी के दूर जाते ही फिर से 'मारो-पकड़ो' की आवाज़ें आने लगीं। कई लोग हाथों में लाठी-डण्डा लिए उनकी ओर दौड़े आ रहे थे। ईशान ने जल्दी से लियो का हाथ पकड़ा और तेज़ क़दमों से दुबारा पास की तंग गलियों में घुस गया और किसी तरह छिपते-छिपाते दोनों रेलवे स्टेशन जा पहुँचे। स्टेशन पर तिल रखने की भी जगह नहीं थी। भीड़ में किसी तरह रास्ता बनाते हुए वे ट्रेन में अभी चढ़ने ही वाले थे, लेकिन दुर्भाग्य ने अभी उनका पीछा कहाँ छोड़ा था? दंगाइयों ने टिड्डी दल की तरह वहाँ पर भी हमला कर दिया। डिब्बे के पायदान पर चढ़कर ईशान ने तेज़ी से लियो को ट्रेन के अन्दर चढ़ाना चाहा कि तभी कुछ दंगाईयों की लाठियाँ ईशान पर बुरी तरह बरस पड़ीं। लियो के हाथ पर उसकी पकड़ जैसे ही ढ़ीली पड़ी किसी दंगाई ने लियो को जबरन अपनी

ओर नीचे खींच लिया। अभी वह कुछ करता कि दूसरे दंगाइयों की लाठियाँ भी उस अकेली जान पर बरस पड़ीं।

दर्द और पीड़ा के कारण उसकी चेतना लुप्त होने लगी, परन्तु पिता के कहे गये अन्तिम शब्द 'लियो की रक्षा करना' की लाज रखने के लिए उसकी आँखें अन्तिम क्षण तक संघर्ष कर रहीं थीं।

भाई को इस बुरी हालत में देखकर लियो भला कैसे चुपचाप रहती? मौका पाते ही उसने उस दंगाई की कलाई में मज़बूती से अपने दाँत गड़ा दिये। इस अप्रत्याशित आक्रमण से वह बिलबिला उठा और जब तक वह सँभलता, लियो उसकी गिरफ्त से छूटकर भाई की ओर दौड़ पड़ी। परन्तु, वह दुष्ट भी कहाँ चुप बैठने वाला था? जब लियो ईशान के बिल्कुल क़रीब पहुँचने वाली थी कि तभी उस बदमाश ने दौड़कर उसे दुबारा पकड़ लिया और उसे ज़मीन पर घसीटते हुए वापस ले जाने लगा। लियो सारी ताकत लगाकर उसकी गिरफ़्त से छूटने की कोशिश करती रही, लेकिन उस दंगाई ने उसके हाथ-पैर बाँधकर उसे बोरे की तरह अपने कन्धे पर लाद लिया। किन्तु, लियो भी भला किसी साधारण मिट्टी की तो बनी नहीं थी। उसके हाथ-पैर ज़रूर बँधे थे, लेकिन मुँह अभी भी खुला हुआ था। उसने अपने दाँत से उस दंगाई के कन्धे में इस बार इतने ज़ोर से काटा कि उसका माँस गहरे तक उधड़ गया। गुस्से में उसने कन्धे से उतारकर उसे बुरी तरह से ज़मीन पर पटक दिया और फिर उसी का दुपट्टा उतारकर उसके मुँह के दोनों सिरों में फँसाकर ज़ोर से बाँधते हुआ बोला, 'तुम्हें दाँत काटने का बहुत शौक है न। अब काटो इसे।' और फिर उसे तड़फड़ाते हुए देखकर राक्षसों की तरह हँसते हुए उसे फिर से बोरे की तरह कन्धे पर लाद चल पड़ा। किन्तु घर से निकलते समय ईश्वर से की गयी इन बच्चों की माँ की प्रार्थना भला कैसे अनसुनी हो सकती थी? लियो को दुबारा पकड़ने के लिए जब वह दुष्ट दंगाई उसके नज़दीक आया तो ईशान को उसका चेहरा कुछ जाना पहचाना सा लगा। उसको देखते ही उसे यह विश्वास हो गया कि इस व्यक्ति को उसने कहीं न कहीं ज़रूर देखा है। परन्तु अभी वह अपने दिमाग़ पर कुछ और ज़ोर दे पाता कि असह्य पीड़ा के कारण वह बेहोश हो गया, लेकिन बेहोश होने के पूर्व ईश्वर ने उसे आगे का रास्ता भली-भाँति दिखा दिया था।

इधर दंगों की वजह से शहर के हर मोहल्ले में इतना ज़हर भर गया था कि हर क्षण सभी को यही डर सता रहा था कि पता नहीं कब कौन किसके घर में घुस जाये? कब किसके घर की इज़्ज़त लूट ली जाये या वह मारा जाये। शहर के फूलबाग़ मोहल्ले की हालत भी कुछ ऐसी ही थी घर में अरशद की पत्नी आशना भी बुरी तरह घबरायी हुई थी। कल रात से ही अरशद अपने आवारा दोस्तों के साथ पता नहीं कहाँ चला गया था? उसे इस बात की बिल्कुल भी फ़िक्र नहीं थी कि उसकी बीवी ऐसे मुश्किल हालात में घर में बिल्कुल अकेली है।

इधर वह दंगाई लियो को कन्धे पर लादकर जब अपने घर पहुँचा, तो विजय के गुरूर में वह दरवाज़े को ऐसे ज़ोर-ज़ोर से पीटने लगा जैसे वह कहीं से क़िला फ़तह करके आया हो। चूँकि माहौल में इतना ज़हर भर चुका था कि सभी लोग बुरी तरह आशंकित थे। चारों ओर चल रहे नफ़रत और हिंसा के ताण्डव से वह भी बुरी तरह विचलित थी इसलिए घर के दरवाज़े को इतनी बुरी तरह पीटे जाने से घबरायी उस दंगाई की पत्नी आशना काँप उठी। उसने दरवाज़े की झिर्री से झाँककर देखा। चेहरे पर कुटिल मुस्कान लिए बिगड़ैल बैल की भाँति उसका पति अरशद हुँकार भर रहा था। उसके कन्धे पर कुछ गठरी-सी चीज़ लदी हुई थी, लेकिन उसे समझ में नहीं आया कि कन्धे पर लदी हुई वह चीज़ क्या है? उत्सुकतावश वह दरवाज़े की महीन झिर्रियों के सहारे अपनी नज़रें गड़ाकर उस गठरीनुमा चीज़ को समझने का प्रयास करने लगी। तब तक अरशद की कर्कश आवाज़ गूँजी, 'अरे! दरवाज़ा क्यों नहीं खोल रही? बहरी हो गयी हो क्या?'

पति की इस कड़वी झिड़की ने उसके मन में उमड़-घुमड़ रहे जिज्ञासा के बादलों को ऐसे उड़ा दिया जैसे हवा, बादलों को अपने साथ उड़ा ले जाती है। अरशद के डर से झटपट दरवाज़े की साँकल खोलकर वह एक ओर खड़ी हो गयी। दरवाज़ा खुलते ही वह जानवर धड़ाम से अन्दर घुसा और फिर ज़ोर से उस पर चिल्लाया, 'घर में पड़ी-पड़ी तुम पर चर्बी चढ़ गयी है न। तुमसे हिला भी नहीं जाता है, क्या?'

‘अरशद! मैं आ ही रही थी और यह क्या है?’ उसके कन्धे पर लदी उस गठरीनुमा चीज़ को देखकर उसे आश्चर्य हो आया।

‘दिख नहीं रहा है, तुम्हें। लड़की है। चल, अब छत वाला कमरा चलकर खोल। अब यह यहीं रहेगी और इसकी देखभाल की पूरी ज़िम्मेदारी तुम्हारी होगी और कुछ गड़बड़ हुई तो समझना, मैं तुम्हारी खाल खींच लूँगा।’ वह उसे घुड़कता हुआ बोला।

आशना, ‘लेकिन आप इसे यहाँ क्यों लाये हैं?’

अपनी लाल-लाल आँखें दिखाते हुए वह वहशी बेशर्मी से बोला, ‘निकाह करूँगा इससे, समझी।’

अरशद की बात सुनकर आशना सन्न रह गयी। उसके दिल का दर्द आँखों से आँसू बनकर निकल पड़ा।

अभी दो वर्ष पहले की ही तो बात है जब अरशद का निकाह उसके साथ तय हुआ था। उस वक़्त उसके लिए आकाश से चाँद-तारे तोड़कर लाने की बात करते हुए वह कभी नहीं थकता था। जबकि उसे आगे पढ़ने का बहुत शौक़ था इसलिए उस समय उसे शादी करने का बिल्कुल भी मन नहीं था, लेकिन अरशद की बात में आकर उसने शादी के लिए हामी भर दी थी, लेकिन शादी के कुछ ही महीनों बाद अरशद उससे ऊबने लगा, शायद उसे बस उसका शरीर चाहिए था जिससे खेल कर वह थक गया था और आज तो उसने बची-खुची सारी सीमाओं को ही तोड़ दिया था। सौत बनाने के लिए इस मासूम लड़की को पता नहीं कहाँ से उठा लाया। कौन है? क्या नाम है? इसके परिवार वालों पर इस समय क्या बीत रही होगी? यह तमाम ख़याल उसके मन में एक के बाद एक उठ रहे थे।

उसका मन चीत्कार उठा, लेकिन वह कुछ नहीं बोली, क्योंकि वह जानती थी कि इस राक्षस को समझाने का कोई फ़ायदा नहीं होने वाला, लेकिन इस नाजुक-सी लड़की का दर्द उससे देखा नहीं जा रहा था। मुँह पर बँधे कपड़े के कारण वह कुछ बोल नहीं पा रही थी, लेकिन उसकी हथेलियों की कसमसाहट साफ़ बता रही थी कि वह इस रावण से छुटकारा पाने के लिए कितना तड़प रही है। इधर यह जानते हुए भी कि वह अगवा करने वाले के घर में बन्धक है फिर भी पसीने और

धूल से सनी लियो की निगाहें जैसे ही आशना से मिली, उसकी आँखों में आशा की एक लौ अपने आप चमक उठी। उधर यह जानते हुए कि ये उसकी सौत बनाने के लिए लायी गयी लड़की है, आशना के मन में स्वत: उसके प्रति द्वेष की जगह करूणा जाग उठी। उसे लगा यह लड़की किसी आशा के साथ उससे कुछ कहना चाह रही है।

बोली पर पहरा तो लगाया जा सकता है, लेकिन दुनिया में कोई ऐसी ताकत नहीं जो मनोभावों को उपजने और पढ़ने से रोक सके और आँखों के इस मौन मिलन के साथ ही एक–दूसरे के नाम, पहचान और व्यवहार से पूरी तरह अनजान दो मानव–मन के बीच आँखों–ही–आँखों में कोमल भावों का एक मज़बूत पुल बनकर तैयार हो गया।

'अब यहीं खड़ी रहोगी कि जाकर कमरा खोलोगी।' पति की घुड़की से आशना कोमल भावनाओं के सपनीले संसार से फिर से उसी नरक की चारदीवारी में लौट आयी जो कहने को उसका घर था।

चुपचाप भारी क़दमों से वह सीढ़ियाँ चढ़ने लगी, लेकिन उसका मन अरशद के कन्धे पर गठरी की तरह लदी उस लड़की में लगा हुआ था। 'या अल्लाह! इसे बचा लो।' सीढ़ियों पर चढ़ते–चढ़ते उसके हाथ सजदे में जुड़ गये और इधर मौका पाते ही उसकी आँखों से निकलकर सफ़ेद निर्मल मोतियों ने उसके पाक हाथों में तुरन्त अपना बसेरा बना लिया।

कमरे का दरवाज़ा खोलते ही अरशद धड़धड़ाते हुए घुसा और वहाँ बिछी हुई चारपाई जिस पर बिस्तर भी नहीं बिछा था, पर लियो को इस तरह पटक दिया जैसे वह कोई आलू की बोरी हो। लियो के मुँह से दर्द भरी चीख निकल गयी।

आशना 'अरे! आराम से। चोट लग सकती है उसे। इस पर बिस्तर तक नहीं बिछा है।'

'अच्छा! बहुत प्यार आ रहा है न इस पर, लेकिन इस प्यार के चक्कर में कोई गड़बड़ी हुई तो मैं तुम्हे छोड़ूँगा नहीं। अभी मैं एक ज़रूरी काम से बाहर जा रहा हूँ और फिर से बता रहा हूँ कि कोई गड़बड़ी नहीं होनी चाहिए।' यह कहता हुआ अरशद बिगड़ैल साँड़ की तरह हुँकार भरता हुआ कमरे से निकल गया।

अरशद के कमरे से निकलते ही ऐसा लगा जैसे पाप की काली छाया कहीं दूर चली गयी हो और अब वहाँ रह गयी थी, दो पवित्र और मासूम आत्मायें। आपस में न कोई सम्बन्ध और न ही कोई जान-पहचान, लेकिन दोनों में से किसी को भी इसकी लेशमात्र भी ज़रूरत महसूस नहीं हुई। दोनों का हदय एक-दूसरे के प्रति करुणा और प्रेम से लबालब भर उठा।

बिना कुछ कहे लियो के पास पहुँचकर आशना तेज़ी से उसके बन्धन खोलने में जुट गयी। उस अनजान महिला के द्वारा अपने को बन्धन मुक्त करता देख लियो हैरत में पड़ गयी। दंगाई के घर में कोई उससे इस तरह प्यार से पेश आयेगा, इसकी उसने कल्पना भी नहीं की थी। मुँह के बीच बँधे कपड़े को हटाते समय आशना ने गौर किया कि कपड़े को इतनी बेदर्दी और कसकर बाँधा गया था कि लड़की के होंठ के दोनों तरफ़ गहरे स्याह निशान पड़ गये थे। जैसे ही वह उस बन्धन से आज़ाद हुई, उसके मुँह से एक गहरी-सी आह निकल गयी शायद ठण्डी हवा का स्पर्श पाकर उस चोट में चिलकन उभर आयी थी।

आशना, 'क्या नाम है तुम्हारा?' उसके बन्धन खोलते हुए आशना ने उससे पूछा।

लियो 'लियो।'

आशना 'क्या तुम ईसाई हो?'

लियो 'नहीं, हिन्दू, खत्री।'

आशना,'लेकिन यह तो क्रिश्चियन नाम है।'

लियो,'यह मेरा निकनेम है। पापा ने रखा है।'

आशना 'बहुत अच्छा। वास्तव में लियो बहुत ही प्यारा नाम है और पुकारने में भी आसान है।'

लियो,'शुक्रिया।'

लियो की बात से आशना को याद आया कि उसे भी अपने घर में सब लोग 'आशु' नाम से बुलाते थे। 'आशु बेटा! खाना खा लो।' 'आशु बेटा! कब तक किताब में घुसी रहेगी, चल दूध पी ले।' अम्मा की मिश्री-सी आवाज़ उसके कानों पर फिर से पर दस्तक देने लगीं।

वह तो 'आशु' नाम कब का भूल गयी थी, लेकिन आज लियो ने उसे फिर से उस परीलोक की सारी भूली-बिसरीं बातों को याद करा दिया। अभी वह यादों की पालकी में सफ़र कर ही रही थी कि लियो के स्पर्श से वह चौंककर जाग पड़ी।

'क्या हुआ? आप कहाँ खो गयी।' लियो उसे सहलाती हुई बोली।

उसकी आँखें नम हो आयीं। उसे दुपट्टे से आँख पोंछते हुए देख लियो से रहा नहीं गया, 'क्या हुआ? बताइये न।'

आशना, 'कुछ नहीं। बस यूँ ही।'

लियो 'कुछ तो हुआ है, दीदी! मैं आपको दीदी तो कह सकती हूँ न?'

आशना, 'हाँ ज़रूर।' उसने अपनी हथेलियों में लियो की हथेलियों को ज़ोर से भींच लिया।

लियो, 'तो फिर बताइये न? क्यों आपकी आँखें डबडबा गयीं?'

आशना, 'पहले मेरी छोटी बहन ठीक हो जाये, फिर ढेर सारी बातें करूँगी।' तुम बैठो, मैं तुम्हारे लिए बिस्तर और मलहम लेकर आती हूँ।

इतना कहकर आशना ज्यों ही मुड़ी कि उसे लगा कि उसका दुपट्टा कहीं अटक गया है। उसने पीछे मुड़कर दुपट्टा छुड़ाना चाहा तो देखा कि उसके दुपट्टे का सिरा किसी कील में नहीं बल्कि लियो की मुट्ठी में बन्द था।

'क्या हुआ? कुछ कहना है क्या?' दुपट्टे के दूसरे छोर से उसके लाल पड़ चुके गालों को सहलाते हुए आशना ने जब लियो से पूछा तो वह उससे चिपककर रो पड़ी। उसे रोता देख आशना की आँखों से भी आँसू निकल पड़े। ऐसा लगा जैसे रेगिस्तान के रेत के बवण्डर में बिछड़ी हुई दो बहनें अचानक से मिल गयी हों।

रेगिस्तान में जब चारों ओर रेत के सिवा कुछ नहीं दिख रहा हो तब अचानक से छोटा ही सही यदि एक हरा पौधा मिल जाये तो अमृतरूपी पानी की आस जगा देता है। उस समय जी चाहता है कि उस पौधे को अपनी बाँहों में ज़ोर से भींच लें। दुष्ट दंगाई के घर में आशना दी के रूप में लियो को ममता और प्रेम का ऐसा ही लहलहाता पौधा अयाचित

ही मिल गया था। उनके अपनत्वपूर्ण व्यवहार से अभिभूत लियो ने बिना कुछ कहे अपनी बाँहों का घेरा उनके चारों ओर मज़बूती से डाल दिया।

इस प्रेम-पाश की मधुरता के साथ आशना भी दूर तक बहती रही। उसे यह भी याद नहीं रहा कि उसे लियो के लिए बिस्तर और दवा लाना है। वह काफ़ी देर तक लियो से वैसे ही चिपकी रही, लेकिन इसी बीच लियो की चोट शायद फिर से उभर आयी और उसके मुँह से एक दर्द भरी आह फिर से निकल आयी।

'अरे! मै भी कितनी बेवकूफ़ हूँ, तुम्हारे लिए दवा लेने जा रही थी और अब तक यही खड़ी हूँ।' रूबाबों का सफ़र आशना के पलकों पर आकर ठहर गया।

लियो 'आप कहीं मत जाइये, दी।' वह आशना से और मज़बूती से चिपक गयी।

आशना, उसकी पीठ सहलाने लगी, 'अरे! मैं और कहीं नहीं, बस नीचे तक जा रही हूँ और दो मिनट में आती हूँ। 'तभी उसे एहसास हुआ कि लियो की पीठ पर कुछ बैगनुमा बँधा है, 'यह क्या है?' उसे कुछ कौतुहल हुआ।

'जी दी! कुछ ख़ास नहीं।' वह घुड़-मुड़कर कुछ छिपाने की कोशिश करने लगी।

'क्या अपनी दीदी को भी नहीं दिखाओगी?'

'अरे, नहीं दीदी। ऐसी बात नहीं है। आपसे भला क्यों छिपाऊँगीं। 'यह कहते हुए उसने छोटा-सा पिट्ठू बैग कन्धे से उतारकर उसके सामने खोलकर रख दिया।

'अरे! इसमें तो किताबें हैं। इतनी मुश्किल घड़ी में ये किताबें तुम्हारे साथ क्या कर रही हैं?' उसे घोर आश्चर्य हो रहा था।

एक फीकी-सी मुस्कान लियो के होंठों पर तैर गयी।

आशना, 'अच्छा जरा देखूँ तो भला कौन-सी किताबें हैं?'

लियो ने बैग से किताबें निकालकर आशना के सामने रख दीं।

आशना, 'अरे! ये तो 'लियो टालस्टॉय' की बुक्स हैं?'

लियो, 'हाँ, ये मेरे सबसे पन्सदीदा लेखक हैं। क्या आप इन्हें जानती हैं?'

आशना कुछ नहीं बोली। बस उन किताबों को अपने हाथों से महसूस करती रही। फिर उसने उन्हें उठाकर सीने से ऐसे लगा लिया जैसे कुछ बहुत अरसे से खोया हुआ अचानक से मिल गया हो। उसकी आँखें डबडबा आयीं।

लियो, 'क्या हुआ दी? आप रो क्यों रहीं हैं?'

आशना, 'अरे कुछ नहीं।' अपने दुपट्टे से बरबस निकल आये उन आँसुओं को उसने झटपट पोंछ लिया।

लियो, 'प्लीज बताइये न।'

आशना, ''टालस्टॉय' मेरे भी सबसे पसन्दीदा लेखक हैं। जब मैं कॉलेज में थी तो मुझे लाइब्रेरी में आते देखकर लाइब्रेरियन 'लियो' की बुक्स मेरी ओर अपने-आप बढ़ा देते थे। मुझे पढ़ने का बहुत शौक था, लेकिन शादी होते ही सब छिन गया। मैं यहाँ एक नौकरानी की तरह कैद होकर रह गयी हूँ। इस घर में बुक्स या नॉवेल पढ़ना किसी गुनाह से कम नहीं है। इस तरह धीरे-धीरे लिखना-पढ़ना सब छूट गया।'

लियो, 'ओह! आपके साथ इतना बुरा हुआ तो आपने विरोध क्यों नहीं किया? अपने मम्मी-पापा से आपने शिकायत क्यों नहीं की?'

आशना, 'तुम अभी छोटी हो, शायद नहीं समझ पाओगी। शादी के बाद ससुराल का जीवन मायके से बिल्कुल अलग होता है। हम औरतों को धूप-बारिश सब खुद ही अकेले झेलना होता है। मैं मम्मी-पापा से क्या-क्या कहती? अब तो खैर वे इस दुनिया में नहीं रहे, लेकिन वो बहुत शरीफ़ और सीधे इन्सान थे और यहाँ रोज़ पग-पग पर जान-बूझकर दुश्वारियाँ पैदा की जा रही थीं। मैं उनको आये दिन की तक़लीफ़ बता कर दु:खी नहीं करना चाहती थी।' एक क्षण रुककर उसने नि:श्वास लिया, 'मैने ज़रूर कोई पाप किया होगा, इसलिए मेरी क़िस्मत एक ऐसे आदमी के साथ लिख गयी, जो औरत को इन्सान नहीं सिर्फ़ शरीर मानता है।' क्षोभ और गुस्से से उसकी आवाज़ अब काँपने लगी थी।

मन की पीर को पहली बार साझा कर आशना को आज अजीब-सा सुकून महसूस हो रहा था। इधर यह सब सुनकर लियो नि:शब्द थी। वह सोच रही थी कि इस दुनिया में अकेली वही दु:खी नहीं है सबके अपने-अपने दु:ख हैं, जिसे वही और सिर्फ़ वही झेलता है।

दोनों का मौन मिलकर कमरे में चारों ओर फैल चुका था, सिर्फ़ 'लियो टालस्टॉय' की किताबें दोनों बहनों के बीच पड़ी हुईं थीं। जिसके पन्ने खिड़की से आ रही हवा के तेज़ झोंकों से बीच-बीच में रह-रहकर फड़फड़ा उठते थे मानो उन दोनों को मौन देखकर बातचीत का जिम्मा उन पन्नों ने खुद-ब-खुद सँभाल लिया हो। अरसे बाद शायद इन किताबों को भी अपने सार्थक होने का अनुभव कर एक अजीब-सा रस मिल रहा था। हवा अचानक से कुछ तेज़ हो आयी और इसके साथ किताबों के पन्ने भी और तेज़ी से फड़फड़ाने लगे। मोटी ज़िल्द एक ओर रह गयी और बाक़ी पन्ने खुलकर तख़्त पर दूसरी ओर झुक गये। अचानक आशना का ध्यान उस खुले हुए ज़िल्द पर गया जहाँ मोटी स्याही में बहुत ख़ूबसूरत हैंडराइटिंग में लिखा था 'मेरी प्यारी बिटिया ललिता को उसके सोलहवें जन्मदिन पर उसके पापा की ओर से सप्रेम भेंट 15.08.1945'। आशना ने ध्यान से देखा, हाँ, ललिता ही लिखा हुआ था। किताब पर लिखे नाम की ओर इशारा करते हुए लियो को देखकर बोली, 'ललिता?'

लियो 'हाँ दीदी, मैंने बताया था न कि घर में सब लोग मुझे प्यार से लियो बुलाते हैं। वैसे मेरा नाम ललिता है, लेकिन लियो नाम मेरे पापा का दिया हुआ है। जो मुझे भी बहुत प्रिय है।'

आशना उसके गालों को सहलाते हुए बोली 'क्योंकि ललिता 'लियो टालस्टॉय' की फैन है।'

लियो के गालों पर पहली बार खुशी खिल उठी, 'हाँ, दीदी! आप बिल्कुल सही कह रही हैं।'

आशना, 'यदि आज 'टालस्टॉय' जीवित होते, तो वे तुम्हारे डाई-हार्ट फैन हो जाते कि ऐसे मुश्किल समय में घर छोड़ते समय सारी चीज़ों को छोड़कर उनकी इस मासूम प्रशन्सिका ने उनकी किताबों को अपना हमसफ़र बनाया है।'

लियो के गालों पर लज्जा-लाली थोड़ी और गहरा गयी। बुरी तरह थकी और परेशान होने के बावजूद एक अनजान से इतना अपनापन पाकर वह अन्दर तक भीग उठी। इधर बड़ी बहन आशना का दिल भी प्यार से उमँगने लगा था, उसने छोटी बहन लियो को अपनी बाँहों में भर लिया और

अनजाने में ही सही, लेकिन इस महान लेखक ने सौ वर्षों से भी अधिक समय बाद संयोग कहें या दु:संयोग एक कमरे में इकट्ठी हुई अपनी दो प्रशन्सिकाओं के बीच धर्म, रीति-रिवाज और आयु से इतर सम्बन्धों के अद्‌भुत पुल का निर्माण कर दिया। कहते हैं न कि पुस्तकें निर्जीव नहीं होतीं वे बोलती हैं, समझती हैं और दिल से दिल तक एक-दूसरे की बात को पहुँचाती हैं। ऐसा ही कुछ हुआ। बहुत देर तक कमरे में मौन छाया रहा, पर दोनों के दिल लगातार एक-दूसरे से बतियाते रहे।

आशना, 'लियो इन किताबों में तुम्हारी जान बसती है, न!'

लियो, 'हाँ दीदी! पापा ने भी मेरे हाथों में इन किताबों को देखकर अन्तिम बार यही बोला था।' यह कहते हुए वह रो पड़ी।

आशना 'अन्तिम बार यही बोला था! क्या मतलब?'

लियो, 'आज सुबह हम हिन्दुस्तान जाने के लिए ट्रेन पकड़ने निकले थे। पर, बीच रास्ते में दंगाइयों ने हमें घेर लिया। दंगाई मेरी इज़्ज़त न लूट लें इसलिए पापा ने भैया को बोला कि वह मुझे उनकी नज़रों से दूर ले जाये, लेकिन पापा खुद उन दंगाइयों की जालिम नज़रों से बच नहीं सके और...।' उसका गला भर आया।

आशना, 'और? और क्या? क्या हुआ आगे? वे कहाँ हैं?'

लियो, 'वे अब इस दुनिया में नहीं हैं। दंगाइयों ने उनके साथ-साथ मेरी माँ को भी मार डाला।' वह फूट-फूटकर रोने लगी।

आशना, 'ओह!' उसके मुँह से चीख़ निकल आयी। इस दिल दहला देने वाली ख़बर को सुनकर वह बिल्कुल स्तब्ध रह गयी। बहुत देर तक उसकी समझ में ही नहीं आया कि वह आगे क्या पूछे फिर उसने हिम्मत जुटाकर पूछा, 'और तुम्हारा भाई कहाँ है?'

लियो, 'मैं माँ-पापा के मृत शरीर के पास अवाक् बैठी थी कि फिर से चारों तरफ़ से 'मारो-पकड़ो' की आवाज़ आने लगी इसलिए ईशान भैया मुझे वहाँ से किसी तरह छिपते-छिपाते रेलवे स्टेशन ले आये लेकिन दंगाइयों ने वहाँ पर भी हमला बोल दिया। भैया उस ठसाठस भरी ट्रेन में मुझे हाथ पकड़कर ऊपर चढ़ा रहे थे कि तभी उन पर दंगाई जमकर लाठी बरसाने लगे और इस मार-पीट में पता नहीं कब मेरा हाथ उनसे छूट गया।

जब तक हम दोनों समझते-सँभलते, मुझे किसी ने भीड़ से बाहर उल्टी दिशा में खींच लिया। प्लेटफ़ार्म पर इतनी भीड़ थी कि कुछ समझ नहीं आ रहा था, कि कौन कहाँ गया? एक आदमी मुझे ज़बरन खींचकर बाहर ले लाया और मेरा मुँह-हाथ कपड़े से बाँध कर यहाँ ले आया।' एक साँस में इस घटनाक्रम को बयान करते हुए लियो के चेहरे पर दर्द, नफ़रत और विषाद की कई गहरी रेखाएँ उभर आयीं थीं।

आशना, 'और दुर्भाग्य यह है कि वह आदमी जो तुम्हें यहाँ ले आया है वह मेरा शौहर अरशद है।'

लियो मौन रही। उसे भी अब तक यह सब समझ में आ चुका था कि वह जिससे मुख़ातिब है, वह उसे अगवा करनेवाले की घरवाली है और उसके सामने ही उसके पति की बुराई करना उसे बिल्कुल भी नहीं सुहाया होगा। यह सोचकर वह थोड़ी चिन्तित हो गयी, लेकिन आशना नें उसके मनोभावों को पढ़ लिया, 'अपने अल्फाज़ को लेकर तुम दुःखी मत हो पर मुझे जरूर अफ़सोस है कि मैं ऐसे गलीज़ इन्सान की पत्नी हूँ।' वाक्य के अन्तिम शब्दों तक आते-आते उसके दाँत मानो गुस्से और नफ़रत के मारे आपस में भींच उठे थे। यह बोलते हुए उसकी आवाज़ में दर्द झनझना रहा था परन्तु इसके साथ ही इसका प्रतिकार करने की दृढ़ता उसकी तेज़ होती हुई साँसे और कसी हुई बन्द मुट्ठियों से साफ़ झलक रहा था। कुछ देर बाद लियो ने पूछा, 'दीदी, लेकिन आपके पति मुझे यहाँ क्यों लाए हैं?' मैनें उनका क्या बिगाड़ा था? क्या वे मुझे नौकरानी बना कर रखेंगे?'

'तुम्हारी एक ही कमी है कि तुम ज़रूरत से ज़्यादा सुन्दर हो और तुम्हारी यही सुन्दरता तुम्हारे लिए श्राप बन गयी है। तुम मेरे पति की गन्दी निगाहों में आ गयी। तुमसे निक़ाह करने के लिए वह तुम्हे यहाँ ले आया है। आशना के स्वर में अपने पति के लिए हिकारत साफ़-साफ़ झलक रही थी।'

'तो अब क्या होगा, दीदी? क्या मैं...?' लियो का स्वर काँपने लगा।

'तुम परेशान मत हो। हमेशा बुरे लोगों की जीत नहीं होती है। ऊपर वाला कुछ-न-कुछ ज़रूर अच्छा करेगा।'

दर्द व दृढ़ता के इस अजीबों-ग़रीब मिश्रण का उबाल उसकी नसों में साफ़ दिख रहा था जिसे निःशब्द बैठी लियो बख़ूबी महसूस कर रही थी। दोनों के दिलों में इसके बाद के पल भावनाओं के सबसे ऊँचे शिखर पर ऐसे जाकर टिके कि दुनिया में क्या घट रहा है उन्हें न कुछ दिखायी दिया और न ही सुनायी। दोनों एक-दूसरे का हाथ पकड़े अपनी-अपनी किस्मत की दुनिया में डूबती-उतराती रहीं।

अचानक उसे ख़याल आया कि बातों के इस समन्दर में वह ऐसे डूब गयी कि इतनी देर हो जाने पर भी उसने लियो को कुछ भी खाने पीने के लिए नहीं पूछा, 'अरे, मुझे माफ करना। मैंने तुम्हें पानी तक नहीं पूछा। तुम बैठो। मैं तुम्हारे लिए कुछ लेकर आती हूँ।' दो-चार मिनट के बाद वह एक प्लेट में शकरपारे और पानी लेकर आयी, 'लो, कुछ खा लो।'

भाई से बिछड़ी लियो का मन इस समय कुछ भी खाने का नहीं हो रहा था। आशना उसकी मनोदशा समझ रही थी।

आशना 'तुम मुझे अपनी दीदी मानती हो तो थोड़ा-सा खाकर पानी पी लो। फिर देखते हैं क्या करना है?' वैसे भी भूखे पेट कोई आइडिया नहीं आता।'

नये रिश्ते की बहन के इस निश्छल आग्रह को लियो चाहकर भी ठुकरा न सकी और एक-दो शकरपारे उठाकर उसने मुँह में रख लिए।

आशना, 'यह हुई न बात! देखो, अरशद मेरा पति ज़रूर है, लेकिन उसके अन्दर जो गन्दगी भरी हुई है, उससे मैं अच्छी तरह वाक़िफ़ हूँ और मैं तुमसे वादा करती हूँ कि मैं तुम्हें इस कैद से ज़रूर छुटकारा दिलाऊँगी।'

लियो, 'सच, दीदी?'

आशना, 'बिल्कुल सच, तुम मुझ पर भरोसा रखो। ऊपरवाला कोई-न-कोई रास्ता ज़रूर निकालेगा।'

लियो, 'धन्यवाद दीदी। पापा हमेशा कहते थे कि जब सब रास्ते बन्द हो जाते हैं तो भगवान एक न एक रास्ता ज़रूर खोल देता है। देखिये, आज उसने आपको देवदूत बनाकर मेरे पास भेज दिया।'

आशना हँस पड़ी, 'अब मुझे इतना मत चढ़ाओ। मुझे सोचने दो, कि मैं कैसे तुम्हें इस नरक से छुटकारा दिलाऊँ। मुझे पक्का यक़ीन है कि

अरशद इस समय तुमसे जल्द से जल्द निकाह करने के लिए बेचैन होगा और कि वह इसी इन्तज़ाम में कहीं बाहर गया है और हाँ, मैंने यह भी सुना है कि हिन्दुस्तान जाने वाली ट्रेन भी बस एक-दो दिन ही और चलेगी।'

लियो, 'हाँ, दी मैंने भी यही सुना है।'

हथेलियों को आपस में रगड़ते हुए आशना कमरे में चक्कर लगाने लगी। अचानक उसे ख़याल आया, 'तुम्हारा भाई कहाँ है?'

लियो, 'मुझे नहीं पता, दी। मैनें उसे अन्तिम बार तब देखा था, जब वह दंगाईयों की लाठियों से घायल होकर प्लेटफ़ार्म पर नीचे गिर पड़ा था।

इधर ईशान को जब होश आया तो पहले उसे कुछ समझ में ही नहीं आया कि वह कहाँ है? सिर पर लगी लाठी-डण्डे की चोट से उसका सिर बहुत बुरी तरह दुःख रहा था। आँखें मींचकर जब उसने समझने की कोशिश की तो पाया कि आसमान में सूरज काफ़ी चढ़ आया है, लेकिन वह यहाँ क्या कर रहा है, यह तब भी उसे समझ में नहीं आया। फिर सामने प्लेटफ़ार्म पर लगे रेलवे स्टेशन के बोर्ड को देखते ही उसकी आँखो के आगे सुबह का पूरा मंज़र एक बार फिर से कौंध गया। अपनी पूरी ताकत जुटाकर वह कोहनी और घुटनों के बल किसी तरह उठ खड़ा हुआ। उसने लियो को प्लेटफ़ार्म के हर कोने में तलाशा, लेकिन अफ़सोस! चारों ओर सन्नाटा पसरा था। बस कहीं लोगों की छूटी हुई चप्पलें तो कहीं बदक़िस्मत यात्रियों के बिखरे पड़े सामान और कहीं खून के छींटें जो सुबह की वीभत्स घटना के साक्षी बन इन्सानियत को धिक्कार रहे थे, 'बड़े सभ्य बनते हो न तुम! इसी का घमण्ड था, न तुम्हें। तुमसे अच्छा तो मूक पशु है, जो अकारण किसी को नहीं मारता।' वह सिर पकड़कर वहीं पर बैठ गया। अचानक उसे याद आया कि लियो को एक दंगाई खींचकर ले जा रहा था। वह स्टेशन के मुख्य गेट की ओर भागा, लेकिन लियो का कहीं अता-पता नहीं था। 'हे, भगवान! लियो, पता नहीं किस वहशी के हाथ लग गयी। पता नहीं उसने उसे कहाँ और किस हालत में रखा होगा?' यह सोचकर उसका कलेजा मुँह को आने लगा। तभी उसे याद आया कि जो दरिन्दा उसे खींचकर ले जा रहा था, उसे उसने ज़रूर कहीं-न-कहीं देखा है। बहुत देर तक दिमाग़ पर ज़ोर डालने के पश्चात्

उसे याद आया कि ट्यूशन आते-जाते समय घर के पास फूलबाग़ मोहल्ले में पीली कोठी के मोड़ पर उस शख़्स को उसने कई मर्तबा देखा था। यह याद आते ही जैसे उसके पैर में पँख लग गये हों और वह तेज़ क़दमों से फूलबाग़ की ओर चल पड़ा।

लेकिन फिर यह सोचकर उसके क़दम एक़दम से थम गये कि न तो उसे उसका नाम मालूम है और न ही उसका पता, फिर डर और नफ़रत के इस माहौल में कौन उस दुष्ट का पता बतायेगा। 'क्या करें, क्या न करें? वह इसी उधेड़बुन में लगा था कि अचानक उसके कान में एक आवाज़ पड़ी, 'सिंघाड़े लियो, मीठे सिंघाड़े लियो।' शायद यह किसी फेरीवाले की आवाज़ थी जो तालाब में उगने वाले पानी के सिंघाड़े बेच रहा था। अक्सर ग्राहकों का ध्यान आकर्षित करने के लिए फेरीवाले ज़ोर-ज़ोर से अजीब-सी आवाज़ में ग्राहकों को पुकार लगाते हैं। वह फेरीवाला भी इसी तरह 'सिंघाड़े ले लो' को 'सिंघाड़े लियो, सिंघाड़े लियो' पुकार रहा था। उसकी आवाज़ से ईशान को याद आया कि सिंघाड़े तो लियो को भी बहुत पसन्द हैं। पर अगले ही क्षण यह सोचकर उसे रुलाई आने लगी। पहले उसने इस सिंघाड़े वाले की आवाज़ पर कोई विशेष ध्यान नहीं दिया था, परन्तु इस विचार के आने के बाद जैसे-जैसे 'सिंघाड़े लियो, सिंघाड़े लियो' की आवाज़ उसके नज़दीक आती गयी उसे लगा कि कोई अद्वितीय शक्ति इस आवाज़ के ज़रिये उसे अपनी ओर खींच रही है। ठीक उस वक़्त जब वह अपनी बहन लियो को ढूँढ़ रहा था, उसी वक़्त कोई 'सिंघाड़े ले लो' की जगह 'सिंघाड़े लियो' बुला रहा है, तो वह समझ गया कि यह कुछ और नहीं, भगवान का सन्देश है। उसके अन्दर की बुझती हुई आशा की किरण एक बार से फिर से रोशन हो उठी।

उसने अपनी जेब टटोलकर देखा। बीस रुपये का एक नोट उसकी जेब में पड़ा था। वह तेज़ी से उस आवाज़ की दिशा में दौड़ पड़ा। थोड़ी दूर पर उसे एक बूढ़ा फेरीवाला अपनी ओर आता दिखायी दिया जो सिर पर एक टोकरी में सिंघाड़े रखकर आवाज़ लगाता हुआ बेच रहा था। उसके नज़दीक पहुँचकर ईशान बोला, 'बाबा, यह पूरी टोकरी कितने की है?'

उस बूढ़े फेरीवाले ने उसे ऊपर से नीचे तक देखा। ईशान की बात सुनकर पहले उसने यह समझाने की कोशिश किया कि कहीं यह लड़का उससे मसख़री तो नहीं कर रहा है। परन्तु, उसके चेहरे की मासूमियत को देख उसकी आशंका निर्मूल हो गयी। वह धीमे से बोला, 'बेटा, दस रुपये की है, ताज़े सिंघाड़ें हैं चाहो तो चखकर देख लो।'

ईशान, 'नहीं बाबा, मुझे आपकी बात पर विश्वास है। यह लीजिए रुपये।'

फेरीवाला, 'लेकिन ये तो बीस रुपये हैं। मेरे पास खुल्ले नहीं हैं।'

ईशान, 'कोई बात नहीं बाबा, आप इसे रख लीजिए।' यह कहते हुए उसने टोकरी उस वृद्ध आदमी के सिर से उतारकर अपने सिर पर रख ली।

वह अभी दो-चार क़दम ही चला था कि उस बूढ़े फेरीवाले ने पीछे से आवाज़ लगायी, 'बेटा! रुको।'

ईशान का दिल धक्क् से रह गया। कहीं उस फेरीवाले का मन तो नहीं बदल गया? यदि कहीं वह सौदा वापस करने की बात करे तो लियो को ढूँढ़ने की उसकी सारी योजना पर पानी फिर जायेगा। वह धड़कते दिल से बोला, 'क्या हुआ बाबा? कोई बात क्या?'

बूढ़ा फेरीवाला, 'बेटा, तुम इतने सिंघाड़ों का आख़िर करोगे, क्या?'

ईशान 'इन्हें बेचकर दो पैसे कमा लूँगा।'

बूढ़ा फेरीवाला,'तुम भले घर के मालूम पड़ते हो, लेकिन मुझे पक्का यक़ीन है कि तुम फेरीवाले नहीं हो। यदि तुम्हें मुनाफ़ा ही कमाना होता तो तुम मुझे इन सिंघाड़ों के दस रुपये की जगह बीस रुपये न देते, क्योंकि इतना मुनाफ़ा तो तुम्हें इससे होने से रहा। वैसे अब सौदा हो चुका है और तुम्हारी जो मर्ज़ी हो वह कर सकते हो, लेकिन मेरा तजुर्बा कहता है कि तुम्हारे मन में कुछ और चल रहा है।'

ईशान, 'नहीं बाबा, ऐसी कोई बात नहीं है।'

बूढ़ा फेरीवाला, 'तुम बोल कुछ और रहे हो पर तुम्हारा दिल कुछ अलग कह रहा है। यदि तुम्हें मेरी सफ़ेद दाढ़ी पर थोड़ा भी यक़ीन हो तो मुझ पर यक़ीन कर सच-सच बताओ। मैं तुम्हारी हर प्रकार से मदद करूँगा।'

पता नहीं उस अनजान बूढ़े व्यक्ति की बातों में कैसी रूहानी ताक़त थी कि ईशान ने बिना किसी झिझक के अपनी योजना उन्हें ज्यों की त्यों बता दी, 'बाबा! आज मैं अपनी छोटी बहन लियो और मम्मी-पापा के साथ हिन्दुस्तान जाने के लिए ट्रेन पकड़ने स्टेशन जा रहा था, तभी दंगाइयों ने हमें घेर लिया और मेरे मम्मी-पापा को मार डाला। लियो को मैं किसी तरह वहाँ से सुरक्षित निकालकर रेलवे स्टेशन ले आया, लेकिन अचानक दंगाई वहाँ भी पहुँचकर लड़कियों की अस्मत लूटने में लग गये। उनकी निगाह मेरी छोटी बहन पर पड़ गयी और मुझे मार-पीटकर वे उसे ज़बरदस्ती ले गये। किन्तु जो दंगाई मेरी बहन को अगवाकर अपने साथ ले गया है, उसे मै थोड़ा-बहुत पहचानता हूँ। वह सम्भवतः मेरे बगल के फूलबाग़ मोहल्ले का रहने वाला है। जब मैंने आपकी आवाज़ सुनी 'लियो, सिंघाड़े लियो' तो मुझे लगा कि आपके वेश में भगवान स्वयं मेरी बहन की रक्षा के लिए आ गये हैं।

बूढ़ा फेरीवाला, 'लेकिन ऐसा क्यों? इन सिंघाड़ों का तुम्हारी बहन से कैसा सम्बन्ध है?'

ईशान, 'मेरी बहन को प्यार से सभी घरवाले लियो कहकर बुलाते हैं और उसे सिंघाड़े बहुत पसन्द है और ले लो की जगह 'लियो लियो' का आइडिया जो मुझे आपसे मिला है उससे मुझे विश्वास हो गया है कि यह ज़रूर काम करेगा।

बूढ़े फेरीवाले ने फिर उत्सुकतावश पूछा, 'वह कैसे?'

'मैं फेरीवाला बनकर 'लियो, सिंघाड़े लियो' की आवाज़ लगाकर फूलबाग़ मोहल्ले में जाकर आवाज़ लगाऊँगा। मुझे यक़ीन है कि मेरी आवाज़ सुन कर मेरी बहन मुझे ज़रूर पहचान लेगी।' दु:ख के इस माहौल में बूढ़े सिंघाड़े वाले का प्यार पाकर एक बार में ही अपनी पूरी योजना की एक-एक परत ईशान नें उसके सामने खोल कर रख दी।

बूढ़े की आँखों में ईशान की बात सुनकर आँसू आ गये। एक-दो क्षण ख़ामोश रहने के बाद बोला, 'बेटा! मैं तुम्हारी हिम्मत और बुद्धि की दाद देता हूँ, लेकिन एक दिक़्क़त है।'

'क्या बाबा?' ईशान चिन्तित हो उठा।

‘तुम फेरीवाले की तरह जरा भी नहीं लगते हो। ऐसे जाने में तुम्हारे पकड़े जाने का ख़तरा है।’ बूढ़े फेरीवाले ने अपना अनुभव उससे साझा किया।

‘ओह! तब क्या करूँ?’ ईशान के चेहरे पर एक बार फिर से मायूसी छाने लगी। उसका अभी-अभी जागा उत्साह ठण्डा पड़ने लगा।

‘परन्तु, बेटा! दिल छोटा करने की ज़रूरत नहीं है। ऊपरवाला बहुत रहमत वाला है और मेरा नाम भी रहमत है।’ यह बोलते हुए उस बूढ़े फेरीवाले ने अपनी मैली-कुचैली अचकन उसे पहना दी और अपने फटे-पुराने गमछे को पगड़ी की तरह उसके सिर पर बाँध दिया फिर एक दो कोण से उसे निहारने के बाद‘बस एक चीज़ की कमी रह गयी है।’ यह कहते हुए उसने अपने कन्धे पर टँगी मैली-कुचैली गठरी को उतारकर ईशान के कन्धे पर टाँग दिया, ‘हाँ अब ठीक है, अब तुम पक्के फेरीवाले लग रहे हो।’

ईशान हतप्रभ रह गया, ‘यह सब तो आपका...’

रहमत, ‘बेटा, बाकी बातें बाद में कर लेंगे। अब देर मत करो। जहाँ तक मैंने सुना है हिन्दुस्तान जाने वाली अन्तिम ट्रेन आज शाम साढ़े छः बजे यहाँ से छूटेगी। तुम अपनी बहन को तुरन्त खोजने निकल जाओ, मैं स्टेशन के पिछले दरवाज़े पर तुम्हारा और तुम्हारी बहन का इन्तज़ार करूँगा।’

‘क्या आपको यक़ीन है कि वह मुझे मिल जायेगी।’

‘हाँ, पक्का यक़ीन है।’

कुछ देर पहले तक अनाम, अनजान रहे उस बूढ़े फेरीवाले के क़दमों में भावविभोर ईशान का सिर झुक गया। बूढ़े रहमत ने उसका माथा चूमकर आशीर्वाद दिया, ‘अल्लाह, बहन को खोजने में तुम्हारी मदद करे।’ रहमत वाले ने रहमत बरसाने का काम कर दिया था।

ईशान, ‘शुक्रिया बाबा!’ वह फेरीवाले का रूप धरकर फूलबाग़ मोहल्ले की ओर तेज़ी से चल पड़ा।

‘लियो, सिघाड़े लियो’ की तेज़-तेज़ आवाज़ लगाता हुआ वह फूलबाग़ की गलियों में घूमने लगा। भूखा-प्यासा और लाठी-डण्डे की चोट खाने के बावजूद उसके पैरों में सिंघाड़े की टोकरी उठाते ही गज़ब

की ताक़त आ गयी थी। यद्यपि वह सिंघाड़े किसी और को बेचना नहीं चाहता था, लेकिन न बेचने पर राज खुल जाने से नये प्रकार के ख़तरे हो सकते थे। अतः उसे मजबूरन कुछ सिंघाड़े बेचने पड़े। धीरे-धीरे करके अब टोकरी में बहुत थोड़े से सिंघाड़े ही बचे रह गये थे और इधर सूरज भी ढलने वाला था।

'हे भगवान! कहीं अन्तिम ट्रेन भी निकल न जाये।' यह सोचकर उसके माथे पर पसीना आ गया।

भूख और प्यास से उसकी आवाज़ भी धीमी पड़ती जा रही थी, लेकिन अपनी बहन को खोजने की दृढ़ इच्छाशक्ति उसे अन्दर से ताक़त दे रही थी। वह चाहता तो टोकरी में पड़े दो-चार सिंघाड़े खाकर अपनी भूख मिटा सकता था, लेकिन उसने प्रण किया कि जब तक लियो मिल नहीं जायेगी, वह मुँह में खाने का एक टुकड़ा भी नहीं डालेगा। फूलबाग़ मोहल्ले की लगभग दो-तिहाई गलियाँ नापते-नापते वह पीली कोठी वाले चौराहे पर आ गया। इस चौराहे के बायीं ओर नेशनल वॉच कम्पनी का बोर्ड देखकर उसे सहसा याद आया कि अरे! यही तो वह जगह है जहाँ उसने उस अगवा करने वाले को पहले कभी देखा था। वह ख़ुशी से लगभग उछल पड़ा। उसे ऐसा लगा, जैसे वह मंज़िल के बिल्कुल क़रीब पहुँच गया हो, लेकिन इस चौराहे से वह कौन-सी गली पकड़े, यह उसे समझ में नहीं आ रहा था। तभी उसे चौराहे से दाहिनी ओर वाली गली में दो-तीन छोटी उम्र की लड़कियाँ ईमली के बीज से गोटियाँ खेलते हुए दिखायी दीं। उन छोटी लड़कियों को देखकर उसे सहसा लियो की याद आ गयी। भगवान का नाम लेकर वह उसी गली में आवाज़ लगाता हुआ चल पड़ा, 'लियो! सिंघाड़े लियो।' अचानक एक मकान से तेज़ी से दौड़कर आने और फिर फ़टाक से खिड़की खोलने की आवाज़ आयी, जैसे किसी ने उसकी आवाज़ सुनकर ही दौड़कर खिड़की खोली हो। उसने भी तुरन्त खिड़की खुलने वाली आवाज़ की दिशा में सिर उठाकर देखा तो उसे एकबारगी विश्वास ही नहीं हुआ। खिड़की पर सचमुच उसकी बहन लियो खड़ी थी। उसके मुँह से ख़ुशी के मारे चीख़ निकलती-निकलती रह गयी। एक-दूसरे को देखकर भाई-बहन की आँखों से आँसुओं की धारा फूट पड़ी।

जब आशना ने लियो को दौड़कर खिड़की की ओर भागते हुए और उसे खिड़की से चुम्बक की तरह चिपके हुए देखा तो वह समझ गयी कि ज़रूर नीचे वहाँ पर कोई-न-कोई बात है। उसके पीछे खड़ी हो खिड़की से नीचे झाँककर उसने देखा तो पाया कि लगभग बीस साल का एक लड़का सिर पर सिंघाड़े की टोकरी लिए खिड़की पर खड़ी लियो को देखकर रो रहा है। किन्तु उस पर नज़र पड़ते ही वह आँसू पोंछकर आगे बढ़ने लगा। शायद उसे डर था कि कहीं उसका भेद खुल न जाये, तभी आशना ने उसे आवाज़ लगायी, 'सिंघाड़े वाले भैया! रुको।' ईशान के बढ़ते हुए क़दम वहीं रुक गये उसका एक मन हुआ कि वह वहाँ से तुरन्त निकल जाये, पर पता नहीं क्यों वह वहाँ से भागा नहीं और आवाज़ लगाने वाली महिला का इन्तज़ार करने लगा। उधर लियो का चेहरा अपनी ओर घुमाते हुए आशना ने उससे पूछा, 'क्या यही?'

लियो, 'हाँ, दी। भैया।' वह उँगली से इशारा कर फूट-फूटकर रोने लगी।

आशना, 'लियो! यह रोने का नहीं धैर्य से काम लेने का समय है। तुम यहीं रुको, मै अभी आई।' फिर वह तेज़ क़दमों से जीना उतरकर नीचे आयी और बिल्कुल सामान्य ग्राहक की तरह व्यवहार करते हुए दरवाज़ा खोलकर सिंघाड़े ख़रीदने के लिए ईशान को दरवाज़े के पास आने का संकेत किया। उसे देखकर ईशान पहले तो ठिठका कि पता नहीं क्या हो? पर उसका दिल कह रहा था कि अब दुःख की मियाद पूरी हो चुकी है। वह धीरे क़दमों से उसके पास पहुँचा।

आशना, 'भैया! आधा किलो सिंघाड़े तौलना।'

ईशान, 'जी।' सिर से उतारकर उसने सिघांड़े तौलने के लिए टोकरी दरवाज़े के समीप रख दी।

आशना, 'ध्यान से सुनो। मेरा नाम आशना है। मेरे पति तुम्हारी बहन लियो को अगवा कर यहाँ ले आये हैं, वह मेरे पास सुरक्षित है। किन्तु एक दिक़्क़त है कि मेरे पति किसी भी समय वापस आ सकते हैं। उनके आने से पहले उसे यहाँ से निकालना होगा। तुम यह बताओ हिन्दुस्तान के लिए ट्रेन आज कब जा रही है?'

हतप्रभ ईशान ने आशना की ओर देखा।

आशना, 'बिल्कुल सामान्य बने रहो और जल्दी बताओ, समय बहुत कम है।'

ईशान, 'आज शाम साढ़े छः बजे अन्तिम ट्रेन हिन्दुस्तान जाने वाली है।'

आशना, 'ठीक है, साढ़े पाँच बज रहे हैं। मैं आधे घण्टे में स्टेशन पहुँचती हूँ। तुम मुझे कहाँ पर मिलोगे?'

ईशान, 'स्टेशन के पिछले वाले दरवाज़े पर।'

आशना 'ठीक है तुम निकलो मैं तुम्हें वहीं मिलती हूँ।' उसने खिड़की की ओर देखा। लियो अभी भी वहीं खड़ी थी, एक-दूसरे को देखकर भाई-बहन के चेहरे पर पहली बार हल्की-सी मुस्कुराहट उभर आयी थी।

आशना से मिलने और इतनी बातचीत हो जाने के बाद भी ईशान यह नहीं समझ पा रहा था कि वह क्यों उसकी मदद कर रही है? यह सब उस समय उसकी समझ से परे हो रहा था। परन्तु भरोसे की जो लौ आशना की आँखों में दिख रही थी उससे उसे पूरा यक़ीन हो गया था कि अब ज़रूर कुछ न कुछ अच्छा ही होने वाला है।

ईशान के जाते ही आशना दरवाज़ा बन्द कर लगभग दौड़ते हुए जीना चढ़कर लियो के पास पहुँची और उसे एक लम्बा सफ़ेद चादर देते हुए बोली, 'इसे लपेट लो और मुँह भी ढँक लो ताकि यदि अरशद बीच रास्ते में मिल भी जाये तो तुम्हें पहचान न सके। हम तुरन्त स्टेशन चलेंगे।'

लियो के चारों ओर चादर को अच्छी तरह लपेटने में उसकी मदद कर उसने खुद तेज़ी से बुर्का पहना और उसका हाथ पकड़कर वह घर से स्टेशन की ओर निकल पड़ी।

अपने ही घर से लियो का हाथ थामे वह ऐसे चौकन्नी होकर निकल रही थी जैसे दुश्मन के खेमे से निकल कर भाग रही हो। दोनों का दिल तो दौड़कर स्टेशन पहुँचने का कर रहा था, लेकिन इस समय भावनाओं पर क़ाबू रखना ज़रूरी था। संयोग से थोड़ी दूर जाते ही एक ख़ाली रिक्शा मिल गया। कुछ ही देर में वे दोनो स्टेशन के पिछले दरवाज़े पर पहुँच गयीं।

जहाँ ईशान उस सिंघाड़े वाले बूढ़े रहमत के साथ पहले से मौजूद था। हिन्दुस्तान जाने वाली अन्तिम गाड़ी छूटने में अब कुछ ही समय शेष रह गया था। घड़ी की सूइयाँ तेज़ी से आगे बढ़ रहीं थीं।

दो महिलाओं को रिक्शे से उतरते देख ईशान भगवान से हाथ जोड़कर प्रार्थना करने लगा, 'हे भगवान! यह लियो ही हो।' इतने दुःख सहने के बाद मिलने वाली खुशी कहीं झलक दिखाकर अचानक छिन न जाये, इस डर से प्रार्थना में उसने अपनी आँखें बन्द कर लीं।

वे दोनों जनानी सवारियाँ रिक्शे से उतरकर तेज़ी से ईशान और उसके साथ खड़े बूढ़े की ओर बढ़ने लगीं। नज़दीक पहुँचकर आशना ने बुर्के का नक़ाब हटाकर देखा तो ईशान आँखें बन्द किए कुछ बुदबुदा रहा था।

आशना, 'ईशान! अब अपनी आँखें खोलो। तुम्हारी प्रार्थना क़बूल हो गयी है। देखो, भगवान ने तुम्हारी बहन को फिर से तुम्हारे पास भेज दिया है।'

खुशी से भावविभोर ईशान ने जैसे ही अपनी आँखें खोलीं तो अपनी प्यारी बहन लियो को अपने सामने खड़े पाया। एकबारगी उसे विश्वास ही नहीं हुआ फिर उसने तेज़ी से आगे बढ़कर उसे गले लगा लिया। दोनों भाई-बहन एक-दूसरे से लिपटकर रोने लगे।

ईशान, 'यदि मैं तुझे खो देता तो मैं मरने के बाद पापा को अपना मुँह भी नहीं दिखा पाता।'

लियो, 'भैया! अब ऐसा मत बोलो। पहले के ही दुःख कम हैं, क्या?'

बूढ़े फेरीवाले रहमत की आँखें भाई-बहन के इस अनूठे मिलन पर नम हो आयीं। अपने कुर्ते की आस्तीन से वह अपनी आँखें पोंछने लगा।

लियो, 'भैया, ये कौन हैं?'

ईशान, 'ये देवदूत हैं, यदि आज ये न होते तो मैं तुम्हें कभी ढूँढ़ नहीं पाता।' फिर उसने सारा किस्सा उसे एक साँस में तेज़ी से बता दिया।

आशना, 'बाबा! आप सच में फरिश्ता हो। ऐसा मैनें सिर्फ़ सुना था लेकिन, देखा आज पहली बार है।'

रहमत, 'शुक्रिया, बिटिया। पर, ऐसी कोई बात नहीं है। मैं एक साधारण इन्सान हूँ। पर खुशकिस्मत हूँ कि मुझे अल्लाह ने इस काम के काबिल समझा। किन्तु, बेटा अब ट्रेन छूटने वाली है और ख़तरे भी कम नहीं हैं। इसलिए जल्दी से प्लेटफ़ार्म पर चलो।'

आशना, 'रहमत बाबा! आप ठीक कह रहे हैं। यदि अरशद हम लोगों के घर से निकलने के बाद वहाँ आ गया होगा तो लियो को वहाँ न पाकर इसे और मुझे पागल भेड़िये की तरह ढूँढ़ रहा होगा और हो सकता है कि वह कहीं इधर न आ जाये, क्योंकि उसे भी पता है कि हिन्दुस्तान जाने के लिए इस समय ट्रेन ही एकमात्र जरिया है।'

रहमत,'हाँ, तुम सही बोल रही हो, बेटा! चलो तेज़ी से प्लेटफ़ार्म पर चलते हैं और ये रहे तुम दोनों के ट्रेन के टिकट।' उसने कुर्ते की जेब से दो टिकट निकालकर ईशान की हथेली पर रख दिये।

ईशान 'बाबा, आप वाकई भगवान के द्वारा भेजे गये देवदूत हैं, जो हर समस्या का हल पहले से ढूँढ़कर रखते हैं।

रहमत 'बेटा तुमने बाबा कहा है तो मेरा भी कुछ फ़र्ज़ बनता है न।'

ईशान बूढ़े रहमत के क़दमों में दुबारा से झुकने ही वाला था कि वे बोले, 'बेटा ,चलो समय बहुत कम है।' तेज़ी से चलकर सभी लोग प्लेटफ़ार्म पर आ गये, जहाँ ट्रेन पहले से खड़ी थी।

आशना ने लियो, को अपने गले लगा लिया, 'मेरी छोटी बहन, मैं अल्लाह से दुआ करती हूँ कि तुम्हें जीवन में आगे कोई दुःख न मिले।'

'दीदी! आप मुझे बहुत याद आओगी और आप मेरी दीदी ही नहीं मेरी माँ भी हो। कहते हैं न कि माँ मरने के बाद भी अपने बच्चों की रक्षा करने के लिए कोई न कोई रूप धारण कर उनके पास आ ही जाती है। देखिये न, आज ही मैंने अपनी माँ को खोया और उसने आपके रूप में तुरन्त पुर्नजन्म लेकर मुझे बचा लिया।'

अपने आततायी पति से एक मासूम लड़की की रक्षा करने की खुशी और 'माँ' शब्द के सम्बोधन से अभिभूत निःशब्द आशना लियो को सीने से चिपकाकर रोने लगी।

लियो, 'लेकिन दी! मुझे आपकी बहुत चिन्ता हो रही है। पता नहीं अपने पति के चँगुल से मुझे छुड़ाने से गुस्सा होकर वे आपके साथ कैसा व्यवहार करें?'

आशना, 'तुम उसकी चिन्ता मत करो। इतनी प्यारी बहन के लिए थोड़ी मार भी खा लूँगी तो कोई गम नहीं।' उसे एक बार फिर से चिपकाते हुए वह हल्के से मुस्कुराकर बोली, 'अब जाओ, ख़ुदा हाफ़िज़!'

ट्रेन ने भी हॉर्न बजाकर इस अनोखे मिलन के बाद विदाई का संकेत दे ही दिया। आशना और बूढ़े रहमत ने नम आँखों से वक़्त की मार झेल चुके भाई-बहन को अन्तिम विदा दी। वे दौड़कर ट्रेन में दाख़िल हो गये।

ट्रेन धीरे-धीरे प्लेटफ़ार्म से खिसकने लगी। दरवाज़े पर खड़े लियो और ईशान और प्लेटफ़ार्म पर खड़े आशना और रहमत के बीच फासला पल दर पल बढ़ता जा रहा था, पर दोनो ओर से कभी जगह बदलकर तो कभी उचककर एक-दूसरे को एक बार और देख लेने की पुरज़ोर कोशिश जारी थी।

ट्रेन प्लेटफ़ार्म से विदा लेकर अब पूरी तरह ओझल हो गयी थी, पर मुल्क की सीमा के परे रिश्तों की एक नयी इबारत लिखी जा चुकी थी, जिसे न तो सियासत का कोई फरमान हिला सकता था और न ही दुनियावी धर्म का कोई नियम, क्योंकि इस नायाब रिश्ते को स्वयं ऊपरवाले ने गढ़ा था जिसकी इच्छा के आगे किसी की कोई हैसियत नहीं होती।

'लियो टालस्टॉय' ने अप्रत्यक्ष रूप से ही सही अपने नाम और अपनी रचना के माध्यम से न केवल एक बिछड़ी हुई बहन को खोजने में एक भाई की मदद की वरन् दो अलग-अलग धर्मों को मानने वाली और एक-दूसरे से पूरी तरह अनजान दो लड़कियों को पहले बहन के रिश्ते में पिरोया, फिर उन्हें दुनिया के सबसे मधुर एवं पवित्र माँ-बेटी के रिश्ते में ढाल दिया साथ ही बूढ़े रहमत के रूप में ईशान और लियो को एक पिता की छाया फिर से प्रदान कर दिया। स्वर्ग में बैठे 'लियो टालस्टॉय' को भी आज अपने पर गुमान हो रहा था। यह अद्‌भुत नजारा देख वे मन्द-मन्द मुस्कुरा रहे थे।

परिताप और परितोष

प्रसून एक बहुत बड़ी मल्टीनेशनल सॉफ्टवेयर कम्पनी का सीईओ था। वह अपने चैम्बर में अपने सहयोगियों के साथ कम्पनी के भविष्य की कार्य योजना पर विचार-विमर्श कर रहा था कि कम्पनी के चेयरपर्सन छाबड़ा साहब अचानक वहाँ आ गये अचानक उन्हें सामने देखकर अपनी सीट से तेज़ी से उठकर खड़ा होते हुए वह बोला, 'गुड मार्निंग, सर! आपने क्यों तकलीफ़ की? कोई काम था, तो मुझे बुला लेते।'

छाबड़ा साहब, 'प्रसून! मैं आज इतना ख़ुश हूँ कि अपने आपको रोक नहीं पाया। वैसे भी मैं प्रोटोकॉल को बेक़ार की चीज़ मानता हूँ।'

प्रसून, 'सर! आप बिल्कुल सही कह रहे हैं। किन्तु, क्या आप अपनी ख़ुशी हम लोगों के साथ साझा नहीं करेंगे?' उसके स्वर में जिज्ञासा एवं उत्सुकता साफ़ दिखायी दे रही थी।

छाबड़ा साहब, 'क्यों नहीं? तुमसे नहीं करूँगा तो किससे करूँगा, आख़िर इस ख़ुशी की वजह भी तो तुम ही हो प्रसून!'

'मैं! मैंने ऐसा क्या कर दिया सर!' प्रसून आश्चर्य से बोला।

छाबड़ा साहब 'प्रसून! तुम्हें फोर्ब्स इंडिया लीडरशिप द्वारा बेस्ट सीईओ मल्टीनेशनल अवॉर्ड के लिए चुना गया है। मुम्बई के 'द ट्राइडेंट होटल' में अगले सप्ताह होने वाले समारोह में तुम्हें यह पुरस्कार दिया जायेगा, जिसके लिए उन्होंने तुम्हें परिवार सहित आमन्त्रित किया है।' यह कहते हुए उन्होंने फोर्ब्स इंडिया की ओर से प्राप्त आधिकारिक पत्र प्रसून के हाथ में देते हुए उसे गले से लगा लिया।

पूरा ऑफिस प्रसून की इस सफलता पर खुशी से झूम उठा। ऑफिस के हर स्टाफ को लग रहा था कि यह पुरस्कार प्रसून को नहीं वरन् उसे ही मिला है, क्योंकि प्रसून के व्यवहार में ऐसा रंग भरा था कि स्टाफ के हरेक सदस्य को यही लगता था कि प्रसून सबसे ज़्यादा क़रीब उसी के साथ है।

कम्पनी का हर सदस्य उसे व्यक्तिगत रूप से बधाई देने को उत्सुक था। अपने प्रति उनके दिल को छू जाने वाले स्नेहिल व्यवहार को देख उसकी आँखें खुशी से भीग आयीं, पर इन सबके बीच उसका मन अपने मम्मी-पापा और अपनी पत्नी राम्या से इस खुशी को तुरन्त साझा करने का हो रहा था। बधाई का सिलसिला ख़त्म होते ही उसने राम्या को कॉल लगाया, 'राम्या! तुम मेरे लिए इतनी लकी हो कि मैं तुम्हें बता नहीं सकता।'

राम्या, 'क्यों, क्या हुआ? ऐसा मैंने क्या कर दिया?'

प्रसून की आवाज़ में शरारत उतर आयी, 'इतनी आसानी से नहीं बताऊँगा, मैडम! थोड़ी देर में घर आ रहा हूँ तब आपके पास बैठकर बताऊँगा, और...।'

प्रसून की बातों का आशय समझते हुए राम्या के कपोल रक्तिम हो उठें। वह उसकी बात काटते हुए बोली, 'अच्छा! बस, बस! सब बातें फ़ोन पर ही कर लोगे, क्या? तुरन्त घर आओ, मुझसे इन्तज़ार नहीं हो रहा है।'

प्रसून से भी यह खुशी राम्या को मिलकर बताये बिना कहाँ जज़्ब हो रही थी। ऑफिस का काम जल्दी-जल्दी समेट कर वह घर के लिए निकल पड़ा। गाड़ी से उतरते ही उसने देखा कि राम्या दरवाज़े पर उसके इन्तज़ार में पहले से खड़ी है। उसे देखते ही प्रसून ने खुशी से उसे अपने आगोश में भर लिया। उसके सीने से चिपके-चिपके राम्या बोली, 'प्रसून! अब बता भी दो, क्या बात है?'

प्रसून, 'स्वीटहार्ट! मुझे फोर्ब्स इंडिया लीडरशिप अवॉर्डस में बेस्ट मल्टीनेशनल सीईओ के लिए सेलैक्ट किया गया है।'

राम्या, 'वाह! अमेजिंग! इस शानदार उपलब्धि के लिए बधाई! लेकिन मैं इसमें कहाँ से आ गयी?' लाड़-दुलार उसकी बातों में झलक रहा था।

प्रसून, 'कहाँ से आ गयी! अरे! तुम जब से मेरे जीवन में आयी हो, सफलताएँ खोज-खोज कर मेरे पास आने लगी हैं। शादी के दूसरे महीने में ही पहले आउट ऑफ टर्न प्रमोशन और अब यह अवॉर्ड।' यह कहते हुए उसने राम्या को फिर ज़ोर से अपनी बाहों में भींच लिया। प्रफुल्लित राम्या का रोम-रोम ईश्वर के प्रति श्रद्धावनत हो उठा और आख़िर हो भी क्यों न? प्रसून सपनों के राजकुमार जैसा पति जो था। वह अपनी हर सफलता का क्रेडिट राम्या को दिल से देता था।

राम्या, 'शुक्रिया, प्रसून अपनी सफलताओं में मेरे वजूद का एहसास करने के लिए।' लेकिन मुझसे पहले मम्मी-पापा का आशीर्वाद लो, जिनकी तपस्या ने तुम्हें इस मुकाम तक पहुँचाया है। तब तक मैं तुम्हारे लिए स्पेशल चाय बनाकर लाती हूँ।'

प्रसून, 'यू आर राईट, थैंक यू।'

मम्मी-पापा के कमरे में जाकर उनका आशीर्वाद लेते हुए उसकी आँखों के आगे सहसा एक मासूम चेहरा तैर गया। यह चेहरा था, उसकी स्कूल फ्रैंड अंशु का। अंशु! उसकी स्कूल फ्रेंड! क्या सिर्फ़ स्कूल फ्रेंड? नहीं! नहीं! बल्कि उसकी गाईड और मेंटर भी। जिसने एक सच्चे मित्र का फ़र्ज़ निभाते हुए उसकी जिन्दगी को सँवारने में हर क़दम पर उसकी निःस्वार्थ मदद की थी। उसे लगा कि अंशु वहीं कमरे में खड़ी है और उसकी सफलता से पुलकित हो कर कह रही है, 'प्रसून! मैं जानती थी, तुम असाधारण हो।' वह मन ही मन अंशु से बातें करने लगा। ये बातें पता नहीं कब तक चलती रहती। पर जब मम्मी ने उसे कहा, 'प्रसून! जाओ! बहू के साथ इस ख़ुशी को सेलीब्रेट करो।' तब जाकर अतीत की पगडण्डियों में दौड़ रहे उसके मन के पाँव रुके। वह वर्तमान के धरातल पर वापस तो आ चुका था परन्तु, गिनती के इन थोड़े से क्षणों में अतीत की इस यात्रा ने उसके पन्द्रह वर्ष पूर्व के छात्र-जीवन की याद को फिर से हरा-भरा कर दिया था। दिल की अटल गहराइयों से मन ही मन अंशु का शुक्रिया अदा करते हुए उसकी आँखें नम हो आयीं। झिलमिल अतीत ने उसे फिर अपने आग़ोश में ले लिया। यादों की बारात के साथ-साथ चलता हुआ वह लिविंग रूम में आकर सोफे पर बैठ गया।

स्कूल के उन दिनों की एक-एक बातें उसकी आँखों के सामने पुनर्जीवित हो गयीं जब जान-बूझकर की गयी गलतियों के बावजूद अंशु ने न सिर्फ़ उसे माफ कर दिया था, बल्कि अप्रत्याशित रूप से उसे जीवन में आगे बढ़ने का सहारा भी दिया था।

किचन से चाय लेकर आते हुए राम्या ने नोटिस किया कि प्रसून किन्हीं ख़यालों में गहरे तक डूबा हुआ है। कुछ क्षण वह उसे यूँ ही देखती रही। उसकी मासूमियत पर उसे प्यार आने लगा। पर चाय ठण्डी हो जाने की गरज से वह उसके बालों में उँगलियाँ फिराते हुए बोली, 'अरे! आप कहाँ खो गये? कोई बात है, क्या?'

अचानक उपस्थित हुए इस प्रश्न ने प्रसून को चौंका दिया। वह बोला, 'नहीं, नहीं! कोई बात नहीं है। बस यूँ ही।'

राम्या, 'नहीं! प्रसून! कोई तो बात है?आप मेरा दिल हैं, और मेरा दिल कह रहा है कि आपके मन में कुछ चल रहा है, जो ज़ंजीरों को तोड़कर बाहर आना चाहता है। पर, आप उसे जबरन रोक रहे हैं। प्लीज, बताइये! क्या बात है?'

प्रसून, 'राम्या! दरअसल इस मुकाम तक मुझे पहुँचाने में मम्मी, पापा तथा तुम्हारे अतिरिक्त किसी और का भी बहुत बड़ा योगदान है।' हिम्मत जुटाते हुए प्रसून बोला।

राम्या आश्चर्य से बोली, 'किसका? कौन है वो?'

प्रसून ख़ामोश हो गया। गले से निकलते हुए शब्द जिव्हा पर आते-आते रुक से जा रहे थे।

राम्या, 'आप बिल्कुल मत हिचकिचाइये, जिसका इस सफलता में इतना बड़ा योगदान है, उसके लिए हिचकिचाना, कैसा?'

प्रसून, 'राम्या! जब मैं इंटरमीडिएट में पढ़ रहा था, उस समय मेरी महत्त्वकांक्षा आसमान छू रही थी। मुझे अपनी सफलता के आगे कुछ नहीं सूझता था और इस चक्कर में मुझसे एक बहुत बड़ी ग़लती हो गयी। 'ग़लती' शब्द छोटा होगा, वह अपराध था।'

'अच्छा फिर क्या हुआ?' राम्या की उत्सुकता बढ़ती जा रही थी। किसी पत्नी के लिए बात जब उसके पति के अतीत के अनजाने-अनछुए

पलों की हो रही हो, तो उसकी उत्कट उत्सुकता के आगे हिमालय भी बौना नज़र आने लगता है।

'इंटरमीडिएट में मेरी क्लासमेट अंशु मिश्रा थी। वह मेरी अच्छी दोस्त थी। वह बहुत मेधावी थी और क्लास में प्रथम स्थान की प्रतिस्पर्धा में वह मेरी निकटस्थ प्रतियोगी भी थी। मैं जानता था कि वह मुझसे पढ़ाई में बीस है लेकिन मेरा अहं इसे स्वीकार करने के लिए बिल्कुल भी तैयार नहीं था। महत्त्वकांक्षा का नशा मेरे ऊपर इतना बुरी तरह तारी था कि मैंने दोस्ती की आड़ में उसे ऐसा धोखा दिया, जिसके लिए क्षमा मिलना तो दूर उसके पास पहुँचना भी असम्भव था, लेकिन एक सच्चे मित्र का फ़र्ज़ निभाते हुए उसने न केवल मुझे माफ कर दिया बल्कि आश्चर्यजनक रूप से मेरे अपराध के लिए मुझे दण्ड दिलाने की जगह मेरी गलतियों को मेरी नादानी समझे बिना मुझे ग्लानि अनुभूत कराये एक मेंटर की भाँति उसने मेरे जीवन को सँवारा। मैं आज भी जब अपनी तुलना उससे करता हूँ तो मुझे लगता है कि मैं अभी भी उसके मुक़ाबले कितना अपरिपक्व व असंवेदनशील हूँ। राम्या, इस शिखर तक मुझे पहुँचाने में उसके योगदान को मैं कभी भूल नहीं सकता।' प्रसून दीवार पर नज़रें गड़ाये बोलता जा रहा था और राम्या पूरी तन्मयता से उसे सुन रही थी।

जब प्रसून के शब्दों ने विराम लिया तो उसका हाथ अपने हाथ में लेते हुए राम्या बोली, 'प्रसून! मुझे आपकी साफ़गोई और संवेदनशीलता पर गर्व है।

प्रसून, 'राम्या! थैंक्स, बट आई नीड योर हैल्प।'

राम्या, 'हाँ! बोलिये। मैं क्या कर सकती हूँ?'

प्रसून, 'मैं दुनिया को यह बताना चाहता हूँ कि सच्ची दोस्ती दुर्लभ भले ही हो, परन्तु असम्भव कदापि नहीं हो सकती। और एक लड़के व लड़की के बीच के सम्बन्ध प्यार-मोहब्बत के इतर निश्छल व सहज मानवीय भी हो सकते हैं। मैं अंशु के योगदान को सार्वजनिक तौर पर स्वीकार करना चाहता हूँ।'

राम्या, 'यह तो बहुत अच्छी बात है, प्रसून। थैंक्सगिविंग आत्मा का आध्यात्मिक शुद्धिकरण है और मेरे पास इस सम्बन्ध में एक आइडिया भी है।'

प्रसून, 'कैसा आइडिया?' वह उत्सुक हो उठा।

राम्या, 'अगले सप्ताह आपको अवार्ड मिलने वाला है। आप उस बड़े मंच का प्रयोग कर अपनी भावना को दूर तक आसानी से पहुँचा सकते हैं।'

राम्या का सहज उदात्त उत्तर सुनकर प्रसून हर्ष से भर उठा। वह बोला, 'यह तो अद्‌भुत विचार है, परन्तु तुम यह बात क्या दिल से बोल रही हो? तुम्हें कुछ बुरा तो नहीं लगेगा, न।'

'मिस्टर हसबैंड! आपने मुझे अभी तक समझा नहीं। जीवन में हर व्यक्ति की अलग-अलग भूमिका होती है। मैं आपकी पत्नी हूँ और हमेशा रहूँगी। वहाँ मैं इंच भर भी समझौता किसी से नहीं कर सकती। लेकिन, जो आपकी फ्रैंड, मेंटर और गाईड रही है, उसके प्रति यदि आप कृतज्ञता प्रदर्शित करना चाहते हैं, तो मुझे अच्छा लगेगा कि मैं एक संवेदनशील इन्सान की पत्नी हूँ, लेकिन एक शर्त है! 'राम्या उसकी नाक को दुलार से हल्के से हिलाते हुए बोली।

प्रसून, 'कैसी शर्त?'

राम्या हँसते हुए बोली, 'अरे परेशान मत होइये। मैं कोई ऐसी-वैसी शर्त नहीं रखने जा रही हूँ। बस, आपको अपने स्कूल के उन दिनों की पूरी बात मुझे विस्तार से बतानी होगी।'

प्रसून एक गहरी निःश्वास लेते हुए बोला, 'ओह! तुमने तो मुझे डरा ही दिया था। बिल्कुल, तुम जब कहो।'

राम्या, 'ओके, डिनर करने के बाद टैरेस पर बैठते हैं, तो मुझे अपने स्कूल के गोल्डेन डेज की बात बताना।'

राम्या की बात सुनकर प्रसून मुस्कुरा दिया। राम्या के विश्वास और प्रेम से पगे हुए शब्दों ने उसके मन-मस्तिष्क में अविराम चल रहे ऊहापोह की चुभन को ऐसे समाप्त कर दिया, जैसे गर्मी से व्याकुल पथिक को रेगिस्तान में अचानक नखलिस्तान मिल गया हो।

डिनर करने के बाद दोनों टैरेस पर पहुँचें। दोनों के दिलों में बराबर की उत्सुकता थी, एक को जानने की और दूसरे को बताने की। छत पर चल रही ठण्डी हवा से माहौल में माधुर्य का रस घुल आया था।

प्रसून के दिल से जहाँ आज एक बहुत बड़ा बोझ उतरने जा रहा था वहीं राम्या अपने पति के जीवन में उसी के शब्दों के झरोखे से झाँकने जा रही थी।

प्रसून धीरे-धीरे बताने लगा कि उसकी प्रारम्भिक शिक्षा रायपुर में हुई थी। वहाँ का दिल्ली पब्लिक स्कूल शिक्षा के साथ अन्य सांस्कृतिक गतिविधियों के मामले में भी शहर का सबसे अग्रणी स्कूल था। प्रत्येक वर्ष वहाँ के ढेरों बच्चे इंजीनियरिंग, मेडिकल, लॉ, मैनेजमेंट आदि की एंट्रेंस परीक्षाओं में सफल होते थे, लेकिन इन सबसे अलग उस स्कूल के स्टूडेंट्स का मुख्य आकर्षण बिन्दु था, 'स्टार ऑफ द स्कूल' का बैज मिलना। इंटरमीडिएट क्लास का वह स्टूडेंट जो पढ़ाई के साथ अन्य सभी सांस्कृतिक गतिविधियों में ओवरऑल टॉपर होता था, उसे ही यह बैज मिलता था। एल्यूमिनाई मीट में भी 'स्टार ऑफ द स्कूल' की एक अलग ही पहचान रहती थी। पिछले कई वर्षों की शानदार अकादमिक एवं सांस्कृतिक उपलब्धियों के कारण जहाँ उस स्कूल का स्टूडेंट होना ही किसी उपलब्धि से कम नहीं था, वहीं 'स्टार ऑफ द स्कूल' तो एक अच्छा ख़ासा सेलिब्रिटी ही होता था। इसलिए इस बैज को पाने का सपना हर स्टूडेंट की आँखों में सदैव तैरता रहता था।

वह उस समय इंटरमीडिएट फर्स्ट ईयर का स्टूडेंट था और पिछले तीन वर्षों से अपनी क्लास का मॉनीटर भी था। वह अपने स्कूल का टॉपर छात्र होने के साथ-साथ स्कूल की फुटबाल टीम का कैप्टन और स्कूल के म्युजिक बैन्ड का पियानो प्लेयर भी था। उस वर्ष उसे स्कूल के द्वारा 'स्टार ऑफ द स्कूल' चुन लिया गया था। किन्तु, पता नहीं कब और कैसे इन उपलब्धियों ने उसके अन्दर झूठा अभिमान भर दिया। उसे लगने लगा था कि उसमें श्रेष्ठता के गुण जन्मोजात रूप से मौजूद हैं और कोई उसकी बराबरी नहीं कर सकता है। इसी कारण अमीर और अभिजात्य घरों के चुनिन्दा छात्रों के साथ दोस्ती करना और दूसरे सामान्य सहपाठियों से कृत्रिम दूरी बनाकर रखना उसके व्यवहार में शुमार हो गया था। जिन क्लासमेट्स के साथ पहले जहाँ वह दिल खोलकर बातें करता था, उनके दुःख-सुख में शरीक़ रहता था, वहीं अब वह उन्हें जान-बूझकर नज़रअन्दाज़ करने लगा था, क्योंकि उसे अपने स्टेट्स की बहुत फ़िक्र होने लगी थी।

उसके पिता स्टेट बैंक ऑफ इंडिया के क्षेत्रीय महाप्रबन्धक थे। किन्तु, पद का अहँकार उन्हें ज़रा-सा छू भी नहीं पाया था। वे सरलता एवं विनम्रता की प्रतिमूर्ति थे। परन्तु, उनके विपरीत वह अहंकार और सुपीरियारिटी के रंगीन बुलबुले पर सवार हवा में उड़ रहा था। वे उसके व्यवहार में उपज रहे दम्भ को लेकर चिन्तित रहने लगे थे। वे जानते थे कि यदि समय रहते उसे वास्तविकता का बोध नहीं कराया गया तो यह मिथ्या अभिमान उसे ग़लत रास्ते पर ले जा सकता है। उन्होंने विविध दृष्टान्तों और अपने खुद के अनुभवों का हवाला देकर उसे समझाने का प्रयास किया कि नेतृत्व का अभिप्राय दिखावा नहीं वरन् सबको साथ लेकर मंज़िल तक पहुँचना होता है और सच्ची प्रतिष्ठा पद और धन से नहीं, बल्कि सद्व्यवहार और परोपकार से प्राप्त होता है। किन्तु, उदभ्रान्त किशोर मन को ये बातें सहजता से कहाँ समझ में आती हैं। उसे भी अपने पिता की ये बातें बेमानी लगती थीं। पिता की सीख के विपरीत दूसरे विद्यार्थियों से विशिष्ट एवं श्रेष्ठ मानने का उसका भ्रम दिन-प्रतिदिन इस हद तक मज़बूत हो गया था कि वह उस भ्रम को ही सत्य मानने लगा था।

संयोग से समय पूरी तरह उसके अनुकूल चल रहा था कि एक दिन अचानक बिना किसी पूर्व सूचना के एक तूफ़ान उसकी जिन्दगी में धमक आया। अचानक आये इस तूफ़ान ने उसके चमकते हुए साम्राज्य की नींव को बुरी तरह हिला दिया। वह सितम्बर का महीना था। उसकी अर्द्धवार्षिक परीक्षा का अन्तिम पेपर उसी दिन समाप्त हुआ था और आशा के अनुरूप उसके सभी पेपर बहुत अच्छे हुए थे। स्कूल से लौटकर वह अपनी माँ को खुशी-खुशी बता रहा था कि इस बार भी वह ही स्कूल में टॉप करूँगा। अभी उसकी बात ख़त्म भी नहीं हो पायी थी कि दरवाज़े की कॉलबेल बजी। दरवाज़ा खोला तो देखा कि पापा दरवाज़े पर खड़े हैं।

'अरे! पापा आप इतनी जल्दी कैसे आ गये? सब ठीक तो है न!' अनपेक्षित समय पर घर आये पापा को देखकर वह आश्चर्य से बोल पड़ा।

'बेटा! मेरा ट्रांसफर इन्दौर हो गया है और हैडक्वार्टर का आदेश है कि मैं कल ही वहाँ ज्वाइन करूँ।' पापा की उद्घोषणा ने घर में सहज प्रवाहित हो रही जीवन धारा को सहसा झकझोर दिया।

'क्या? यह अचानक से ट्रांसफर कैसे हो गया? और कल ही नयी जगह ज्वाइन करना! पापा! यह आप क्या बोल रहे हैं? यह सब कैसे सम्भव है?' उसने पापा से प्रश्नों की झड़ी लगा दी।

'बेटा! सर्विस के कुछ रूल्स होते हैं। आदेश का पालन करना हमारी ड्यूटी है।' पापा की शान्त आवाज़ में नौकरी की मज़बूरी साफ़ झलक रही थी।

'लेकिन अचानक से यह ट्रांसफर कैसे हो गया? आपने इसके पहले इस बारे में कोई चर्चा भी नहीं की।' पापा की घोषणा से हैरान उसकी माँ उनसे बोलीं।

पापा ने बताया कि उन्हें भी पहले से इस बारे में कुछ पता नहीं था। शायद इन्दौर वाली ब्रान्च में कोई भारी गड़बड़ी हो गयी है। मेरी साफ़-सुथरी प्रोफाइल को देखते हुए वहाँ के रीजनल मैनेजर की जगह पर बैंक ने मुझे वहाँ भेजने का निर्णय किया है।

माँ, 'ओह! लेकिन इतनी जल्दी हम लोग यहाँ से कैसे जा पायेंगे?'

पापा, 'वह जानता हूँ, सब कुछ अचानक समेट कर नयी जगह जाना बहुत मुश्किल है। पर क्या करें, कोई विकल्प भी तो नहीं है। मुझे तो कल जाना ही पड़ेगा परन्तु, तुम लोग एक सप्ताह बाद आना। मैं तुम लोगों को लेने आऊँगा। तब तक सामान पैक कर लो।'

वह नयी जगह जाने के लिए बिल्कुल भी तैयार नहीं था। एक अन्तिम कोशिश करते हुए वह बोला, 'पापा! क्या आपका ट्रांसफर रुक नहीं सकता?'

पापा, 'बेटा! अभी तो यह मुमकिन नहीं है। आई एम सॉरी।'

पापा के उत्तर ने उसे मायूस कर दिया।

घर में एक अज़ीब-सी ख़ामोशी पसर चुकी थी। वह बिल्कुल संज्ञा शून्य हो चुका था। उसे लगा कि जैसे किसी ने सहसा उसे एक ब्लैक होल में ज़बरन धकेल दिया हो, जिससे निकलने के लिए वह बुरी तरह हाथ-पैर मार रहा हूँ, परन्तु बाहर निकलने का कोई रास्ता मिल ही नहीं रहा हो। दरअसल दुःख तो उसे शहर और मित्रों के छूटने का था ही परन्तु सबसे ज़्यादा चिन्ता उसे स्कूल छूटने की हो रही थी। वह अपने प्यारे

स्कूल को बिल्कुल भी छोड़ना नहीं चाहता था, जहाँ का वह सेलिब्रिटी स्टूडेंट था। उसकी आँखों से आँसू बहने लगे। वह वहाँ से उठकर धीमे क़दमों से चलता हुआ चुपचाप अपने कमरें में जाकर लाइट ऑफ कर बैठ गया। पापा-मम्मी उसकी मनोदशा को समझ रहे थे। उन्होंने कुछ देर के लिए उसे अकेला छोड़ देना उचित समझा ताकि वह अपने आप से बात कर अपने को सँभाल सके, लेकिन जब काफ़ी देर हो जाने के बाद भी उसके कमरे की बत्ती नहीं जली तो उन्हें चिन्ता हुई। वे दोनों उसके कमरे में आये। वह तब तक स्टडी टेबल पर बिल्कुल गुमसुम बैठा था। मम्मी ने उसे अपने सीने से चिपका लिया और पापा प्यार से बोले, 'बेटा! जीवन में ऐसे अनेक क्षण आते हैं, जब अप्रत्याशित रूप से नयी चुनौतियाँ हमारे सामने उपस्थित हो जाती हैं, लेकिन हमें इनसे घबराना नहीं चाहिए। वह जानता हूँ कि कम्फर्ट जोन से अचानक बाहर आना बहुत मुश्किल होता है, परन्तु, यह कार्य इतना भी असम्भव नहीं कि हम स्वयं को नयी परिस्थियों के अनुकूल न बना सकें।

वह रूँधे गले से बोला, 'पर, पापा! इतने वर्षों की मेहनत के बाद मैंने यह स्थान प्राप्त किया था। इस स्कूल में मेरी एक अलग पहचान है। मेरी अलग वैल्यू है। किसी नये स्कूल में भला मुझे कौन जानेगा?'

किशोर मन में मनोभाव रूपी बादलों के उमड़ने-घुमड़ने की गति बड़ी विचित्र होती है। बाल्यावस्था से भिन्न हर उस चीज़ से वह बहुत गहरे तक सम्पृक्त हो जाता है, जो उसे लुभाती है। वह उनको लेकर सपने बुनने लग जाता है और ये स्वपनिल दुनिया ही उसे असली लगने लगती हैं।

उसके मन में उठ रहे तूफान को भाँपते हुए उसके पापा उसे समझाते हुए बोले, 'बेटा! परिस्थितियाँ सदा समान नहीं रहती हैं, परन्तु जिसके अन्दर सच्ची प्रतिभा और सबको साथ लेकर चलने का गुण होता है उसकी प्रतिभा कभी छुप नहीं सकती, वह हर जगह अपनी अलग पहचान बनाने में सफल हो जाता है। उसे विश्वास है कि तुम नये स्कूल में भी जल्द अपना विशिष्ट स्थान बना लोगे। हाँ! एक खुशी की बात यह है कि तुम्हारे स्कूल की एक प्रतिष्ठित ब्रान्च इन्दौर में भी है, वैसे तो वहाँ प्रवेश मिलना बहुत कठिन है, लेकिन मिड-सेशन ट्रांसफर के कारण

तुम्हारा एडमिशन वहाँ हो जायेगा। इस सम्बन्ध में मेरी बात तुम्हारे स्कूल प्रबन्धन से हो गयी है।'

पापा के शब्द उसके कान में प्रवेश कर तो रहे थे पर उसका मन उन्हें बिल्कुल भी आत्मसात् नहीं कर रहा था। अचानक से सब कुछ छिन जाने का भय और दु:ख उसे अभी भी गहरे तक व्याकुल कर रहा था। वह मम्मी के सीने से चिपककर रोने लगा। उसे विचलित और मायूस देखकर मम्मी अपने आँचल से उसके आँसू पोंछते हुए प्यार से बोलीं, 'बेटा! परेशान मत हो! यही जीवन का असली रण-क्षेत्र है, जहाँ नित्य नयी चुनौतियाँ सामने आती हैं, जिनमें से कुछ ऐसी होती हैं, जो हमें हतप्रभ और अचम्भित भी कर देती हैं, किन्तु इन क्षणों को भी हँसते-हँसते स्वीकार कर जीत का रास्ता बना लेना ही आर्ट ऑफ लिविंग है। ये चुनौतियाँ ही हमें अन्दर से मज़बूत बनाकर भावी जीवन के लिए तैयार करती हैं और मैं जानती हूँ कि मेरे होनहार बेटे के लिए कुछ भी असम्भव नहीं है।'

मम्मी-पापा की बातों से मुझे थोड़ा सुकून तो ज़रूर मिला, लेकिन उसका नव-केशोर्य मन अनिश्चितता के घने बादलों में फँसा होने के कारण स्थिर नहीं हो पा रहा था।

वह सप्ताह उसके लिए बहुत दु:सह था। स्कूल की बिल्डिंग को देखते ही उसे रोना आने लगता था। उसे लगता कि उसका आलीशान महल रेत के घरौन्दे की मान्निद क्षण-प्रतिक्षण ज़मींदोज़ हो रहा है और सब कुछ देखते हुए भी मैं उसे बचा नहीं पा रहा है। देखते-देखते हफ्ते का आख़िरी दिन आ गया। उसके पापा उसे और उसकी मम्मी को इन्दौर ले जाने के लिए रायपुर आ गये। नये शहर में जाने से पहले आख़िरी दिन उसे स्कूल से घर ले जाने के लिए उसके मम्मी-पापा भी स्कूल आये थे। पूरे स्कूल ने अपने स्टार ब्वॉय को नम आँखों से भावभीनी विदाई दी। अपने प्यारे स्कूल से सदा के लिए विदा लेते हुए उसका हृदय बुरी तरह विचलित हो रहा था। स्कूल से निकलकर कार में बैठते ही वह फूट-फूटकर रोने लगा। एक ओर अपने शहर, मित्रों और स्कूल छूटने का दु:ख तो दूसरी ओर मॉनीटरव स्टार ब्वाय का पद खोने का गम उसे व्यथित कर रहा था और इन सबसे अधिक एक स्पेशल स्टूडेंट से एक सामान्य विद्यार्थी में बदल

जाने का भय उसके मन को व्याकुल और विचलित कर रहा था। समय अपनी गति से आगे बढ़ रहा था और उसे पीछे ले जाना, उसके क्या, किसी के वश में नहीं था। आख़िरकार मम्मी-पापा के साथ वह रायपुर से इन्दौर आ ही गया। कुछ ही दिनों में उसका नामांकन इन्दौर के दिल्ली पब्लिक स्कूल में हो गया। यह बहुत बड़ा स्कूल था।

किसी भी नयी जगह पर पहला दिन किन्चित संकोच युक्त होता है। प्रश्नों की एक लम्बी सूची मन के विभिन्न कोनों में जन्म लेती रहती है और मन उत्तरों के अपेक्षित व अनपेक्षित सम्भावनाओं के मध्य तब तक झूलता रहता है, जब तक परिस्थितियों से सीधा साक्षात्कार न हो जाये। उसके साथ भी कुछ ऐसा ही हो रहा था।

नये स्कूल में प्रथम दिन जब वह क्लासरूम में दाख़िल हुआ तब तक क्लास टीचर का आगमन नहीं हुआ था। सारे स्टूडेंट आपस में बातचीत कर रहे थे। किसी ने उसे नोटिस ही नहीं किया। उसे समझ नहीं आ रहा था कि वह कहाँ बैठे। इस समय उसे अपना पुराना स्कूल बहुत याद आ रहा था, जहाँ उसका सिटिंग पार्टनर बनने के लिए सारे सहपाठी लालायित रहते थे। अभी वह दरवाज़े के पास ही खड़ा था कि उसके पीछे से ठक-ठक की आवाज़ अपने नज़दीक आते हुए सुनायी दी। वह मुड़कर देखता, तब तक एक लड़की बैसाखियों के सहारे चलते हुए बिल्कुल उसके पास आकर खड़ी हो गयी थी। उसके कुछ समझने और बोलने से पहले मुस्कुराकर उसका स्वागत करते हुए वह बोली, 'वेलकम! यदि मैं ग़लत नहीं हूँ तो तुम्हारा नाम प्रसून है।'

वह आश्चर्य से बोला, 'हाँ! पर, आपको कैसे पता?'

वह हँसते हुए बोली, 'मेरा नाम अंशु मिश्रा है। क्लासटीचर शमीमा मैम ने कल ही बता दिया था कि एक नये स्टूडेंट ने एडमिशन लिया है। उसका नाम प्रसून है। वह कल से क्लास ज्वाइन करेगा।'

'ओह! थैंक्स। सो नाइस ऑफ यू।' उसने हृदय से उसे धन्यवाद ज्ञापित किया।

अंशु के साथ हुई परिचयात्मक वार्तालाप ने उसे काफ़ी रिलैक्स कर दिया। अवांछित एवं अनजान होने का दर्द अब काफ़ी हद तक काफूर हो

चुका था, लेकिन, इस दौरान उसने एक ख़ास बात नोटिस की। जो स्टूडेंट्स अभी तक इधर-उधर खड़े थे, मण्डलियों में एकत्र हो बिन्दास बातें कर रहे थे, वे अपनी-अपनी सीटों पर जाकर बैठने लगे थे। उसे समझ में नहीं आया कि अचानक से ऐसा क्यों हो गया? अभी वह इस गुत्थी को सुलझाने का प्रयास कर ही रहा था कि अंशु मध्य पंक्ति की प्रथम सीट की ओर इशारा करते हुए बोली, 'वह रही, तुम्हारी सीट।'

वह आश्चर्य से बोला कि मिडिल रो की फर्स्ट सीट! किन्तु, वह तो आज ही आया है और यह सीट तो सबसे महत्त्वपूर्ण होती है।

अंशु, 'अरे! आज तुम्हारा इस स्कूल में प्रथम दिन है। आज इस क्लास के सबसे महत्त्वपूर्ण स्टूडेंट तुम हो और फिर जिसका स्वागत किया जाता है उसे सम्मानजनक स्थान देना तो शुरू से हमारे देश की संस्कृति रही है।' इतना कहकर मुस्कुराते हुए उसने उसे अपनी सीट पर बैठने का ईशारा किया।

'पुनः बहुत-बहुत धन्यवाद।' इस अनपेक्षित सम्मान ने उसे भावविभोर कर दिया था।

अंशु मिश्रा के क्लास में प्रवेश करते ही छात्र-छात्राओं के अनुशासित होने की कवायद उसमें अजीब-सी लगी। वह अन्दाजा लगा रहा था कि यह लड़की या तो क्लासटीचर की मुँह लगी होगी, या फिर शिक्षकों से चुगली करने में विश्वास करती होगी, इसलिए सारे छात्र अनुशासित होने का दिखावा कर रहे हैं, नहीं तो किसी स्टूडेंट के देखते ही सैनिकों की टुकड़ी की तरह क्लास का अनुशासित हो जाना उसने आज तक नहीं देखा था।

उसके मन में कयासों का दौर अभी चल ही रहा था कि क्लास टीचर शमीमा मैम ने क्लास में प्रवेश किया। क्लास में घुसते ही वे उससे बोलीं, 'वैलकम प्रसून! तुम्हें कोई कठिनाई तो नहीं हुई, न?'

'बिल्कुल नहीं, मैम! अंशु ने मेरा बहुत ध्यान रखा।' वह प्रसन्नतापूर्वक बोला।

शमीमा मैम, 'अच्छा, तो क्लास मॉनीटर अंशु से तुम्हारा परिचय हो गया!'

शमीमा मैम की बात से यह रहस्योद्‌घाटन हुआ कि अंशु उसके क्लास की मॉनीटर है। उसे थोड़ा आश्चर्य हुआ कि बैसाखियों के सहारे चलने वाली इस लड़की में कौन सा ऐसा गुण है, जिसके कारण उसे क्लास-मॉनीटर बनाया गया। शमीमा मैम ने लंच टाइम में स्टाफ रूम में बुलाकर उसे बताया कि तुम्हें इस स्कूल में नये होने के कारण कोई भी कठिनाई हो तो तुम अंशु को बता देना। ऊपर से वह थोडी सख़्त है, लेकिन अन्दर से बहुत नरम है। वह पूरे स्कूल की हरदिल अज़ीज़ स्टूडेंट है। स्कूल के किसी भी स्टूडेंट की परेशानी में सबसे पहले वही उनके साथ खड़ी होती है।

अंशु का बाँया पैर पोलियो से ग्रस्त था। वह बैसाखी का सहारा लेकर चलती थी। किन्तु, इसको लेकर उसमें थोड़ी-सी भी हीनभावना नहीं थी। उर्जा से भरपूर होने के साथ-साथ वह अत्यन्त मेधावी छात्रा थी, साथ-ही-साथ उसमें नेतृत्व का विलक्षण गुण भी था। क्लास में जब अनुशासन बनाये रखने की बात हो तो वह बिल्कुल दृढ़ और सख़्त रहती थी, वहीं यदि उसका कोई सहपाठी किसी परेशानी में पड़ जाये तो उसकी समस्या हल करने के लिए वह अपनी जान लगा देती थी। यही नहीं उसके मधुर व्यवहार के कारण जूनियर क्लास के बच्चे भी उसे बहुत पसन्द करते थे। अपनी इस अद्‌भुत नेतृत्व क्षमता के कारण वह स्कूल में बेहद लोकप्रिय थी। शिक्षक के साथ-साथ सारे विद्यार्थी भी उसे बहुत प्यार करते थे और अपने इन्हीं गुणों के कारण ही वह क्लास टीचर शमीमा मैम ही नहीं पूरे स्कूल की आँखों का तारा थी।

परन्तु, कहते हैं न कि अच्छाइयों के बीच कुछ बुराइयाँ किसी तरह घुसने में सफल हो ही जाती हैं। इस स्कूल में भी कुछ लड़के थें जिन्हें वह बिल्कुल भी नहीं भाती थी, क्योंकि उसकी वजह से उन्हे शरारत करने का मौका नहीं मिल पाता था। वे पीठ पीछे उसे कड़कदीन बुलाते थे।

ऐसे लड़कों में नितिन और सुरेश मुख्य थे। वे बेहद शरारती और गैर ज़िम्मेदार थे। नितिन के पिता एक राजनेता थें और सुरेश एक बड़े बिज़नेस मैन का बेटा था। वे दोनों न तो खुद पढ़ते थे और न दूसरे लड़कों को पढ़ने देते थें, परन्तु, परीक्षा के समय क्लास के सीधे-साधे लड़कों

को धमकाकर उनसे जबरन नोट्स ज़रूर ले लेते थे और यदि किसी ने उन्हें नोट्स देने में आनाकानी की तो उसे तरह-तरह से परेशान भी करते थे। पैसों और पावर का धौंस दिखाकर सबको धमकाते रहते थे। क्लास में ऊल-ज़लूल हरक़तें करना उनका रोज़ का काम था। वैसे तो वे सभी शिक्षकों की मिमिक्री कर उनका मज़ाक़ उड़ाते ही थे, किन्तु, मौक़ा मिलने पर महिला शिक्षकों के प्रति असम्मानजनक बात करने से भी नहीं चूकते थे। अंशु को उनकी हरकतें बिल्कुल नापसन्द थी। फिर, मॉनीटर होने के नाते क्लास में अनुशासन बनाये रखना उसकी ड्यूटी भी थी। उसने नितिन और सुरेश को समझा-बुझाकर और कभी-कभी शिकायत की धमकी देकर सही रास्ते पर लाने की बहुत कोशिश की लेकिन जिनकी रग-रग में शैतानी भरी हो, वे मॉनीटर की बात भला क्यों मानते? उसकी रोक-टोक से वे उससे बहुत चिढ़ते थे। इधर क्लास टीचर शमीमा मैम भी बेहद अनुशासन पसन्द थीं और उनकी हरकतों पर उन्हें डाँट लगाती रहती थीं। उन्होंने उनके माता-पिता को स्कूल में बुलाकर इन दोनों की असलियत बताते हुए उन्हें आगाह कर दिया था कि इनके व्यवहार में यदि सुधार नहीं आया तो इन्हें स्कूल से निकाल देने पर विचार किया जायेगा। उनके माता-पिता को जब अपने पुत्रों की कारगुज़ारियाँ पता चलीं तो उन्होंने उन्हें बहुत डाँटा और सजा के तौर पर उनकी पॉकेट मनी बन्द कर दी, लेकिन फिर भी उनकी बुरी आदतों में सुधार नहीं हुआ, उल्टे इससे वे और चिढ़ गये और उन्होंने शमीमा मैम को सबक सिखाने की ठान लिया।

एक दिन मौक़ा पाकर उन दोनों ने शमीमा मैम की कुर्सी के पाये की कील को इतना ढीला कर दिया कि वे जैसे ही उस पर बैठें तो गिर पड़ें और पूरी क्लास के सामने वे उपहास का पात्र बन जायें। किन्तु संयोग से अंशु उसी समय वहाँ आ गयी और उसने उनकी कारगुज़ारी को देख लिया। उसने शमीमा मैम को सारी बात बता दी। जब यह बात प्रिंसिपल साहब तक पहुँची तो वे बहुत नाराज़ हुए और उन्हें स्कूल से सदा के लिए निकाले जाने का आदेश दे दिया। प्रिंसिपल सर के इतने सख़्त आदेश की अंशु ने कल्पना भी नहीं किया था। उसे लगा कि उसकी वजह से इन दोनों का कैरियर बरबाद हो जायेगा। उसने प्रिंसिपल सर से उनकी

सजा कम करने का अनुरोध किया। पहले तो वे इसके लिए तैयार नहीं हुए, लेकिन अंशु के आग्रह करने पर उन्होंने सजा कम करते हुए दो सप्ताह के लिए स्कूल आने पर पाबन्दी लगा दिया और उनके पेरेंटस को बुलाकर कहा कि यदि इसके बाद उनकी कोई शिकायत आयी तो उन्हें हमेशा के लिए स्कूल से निकाल दिया जायेगा। और स्कूल की फुल असैम्बली में सुरेश और नितिन की ओछी हरकतों की जानकारी देते हुए सभी छात्रों को सचेत कर दिया कि अनुशासनहीनता को किसी भी क़ीमत पर बर्दाश्त नहीं किया जायेगा। स्कूल से निकाले जाने और पूरी असेम्बली के सामने अपमानित होने से उन दोनों की दादागिरी एक तरह से ख़त्म-सी हो गयी। यद्यपि उन्हें पता था कि अंशु के कहने पर ही उनकी सजा कम की गयी थी फिर भी इस अपमान के लिए वे अंशु को ही ज़िम्मेदार मानते थे।

स्कूल से निकाले जाने के बाद उन दोनों ने अंशु को उसके किये की सज़ा देने के लिए जैसे कसम खा ली। चूँकि वे यह जानते थे कि यदि उन्होंने सीधे-सीधे अंशु को नुक़सान पहुँचाया, तो उन्हें इस बार हमेशा-हमेशा के लिए स्कूल से निकाल दिया जायेगा और हो सकता है कि उनके रिकॉर्ड को देखते हुए उन्हें भविष्य में किसी भी स्कूल में दाख़िला न मिल पाये। अतः इस षड्यन्त्र के लिए वे एक उपयुक्त मोहरा ढूँढ़ रहे थे ताकि उनका उद्देश्य भी पूरा हो जाये और उनका नाम कहीं उजागर न हो। इधर मेरे अन्दर भी अभिजात्य बोध फिर से सिर उठाने लगा था। अच्छी दोस्त होने के बावजूद मेरे दिल में अंशु की जगह मॉनीटर बनने की भावना निरन्तर बलवती होती जा रही थी। नितिन और सुरेश उसकी महत्त्वकांक्षा को पढ़ चुके थे। अतः उससे मित्रता का ढोंग कर उन्होंने अंशु के विरुद्ध उसे भड़काना शुरू कर दिया। उन दोनो ने उसके झूठे अभिजात्य बोध को इतनी हवा दे दी कि अव्वल तो एक लड़की और ऊपर से दिव्यांग मॉनीटर के अधीन रहना उसे अब बिल्कुल भी नहीं बर्दाश्त हो रहा था। वह यह पद अंशु से जल्द-से-जल्द किसी तरह छीन लेना चाहता था, क्योंकि उसे लगने लगा था कि मॉनीटर बनने के जो गुण उसमें है वह किसी और में हो ही नहीं सकते और एक दिव्यांग

लड़की की उसके सामने क्या बिसात है? ईर्ष्या और महत्त्वकांक्षा की आग में वह यह बिल्कुल भूल गया कि यह अंशु ही थी जो इस नये स्कूल में उसकी पहली मित्र बनी थी और यहाँ एडजस्ट होने में उसकी भरपूर मदद की थी।

जब नितिन और सुरेश ने दोस्ती का स्वांग रचते हुए उसकी दुखती रग पर हाथ रखा तो वह उनकी बातों से इतना प्रभावित हो गया कि उसे लगा कि उनसे बढ़कर कोई और सच्चा मित्र हो ही नहीं सकता। उनका साथ उसे बहुत अच्छा लगने लगा। इन रंगे सियार जैसे दोस्तों के बहकावे में आकर अंशु को नीचा दिखाने के लिए वह मौका पाकर अंशु को लेकर उल्टे-सीधे कमेंट करने लगा और कभी-कभी मर्यादा का अतिक्रमण कर उसकी शारीरिक दुर्बलता का मखौल भी उड़ा देता था। किन्तु, अंशु ने इन बातों का कभी बुरा नहीं माना। बल्कि इसके विपरीत स्कूल में नये होने के कारण उसने उसने निःस्वार्थ रूप से हर सम्भव सहयोग दिया। वह अंशु के मनोबल को तोड़ने के लिए जब भी उसका दिल दुखाने वाला कोई काम करता, तो वह मुस्कुरा कर रह जाती। पता नहीं, क्यों? उसे उसकी मित्रता इतनी अच्छी लगती थी कि वह उसके अतिरेकपूर्ण व्यवहार को जानते-समझते हुए भी नज़रअन्दाज़ कर देती थी। वह मन का बुरा नहीं था बस अहं और अन्धी प्रतिस्पर्धा के कारण उसकी आत्मा पर धूल की एक मोटी परत ज़रूर जम गयी थी। उसका निश्छल व्यवहार उसे अन्दर से द्रवित कर देता था। कभी-कभी उसका मन होता था कि अपनी महत्त्वकांक्षा को सन्दूक में बन्द कर उसे गंगा में प्रवाहित कर अंशु की तरह निर्मल हृदय वाला बन जाऊँ। परन्तु, उसके दुष्ट मित्र जब-जब उसके अन्दर ईर्ष्या और अहँ की आँच को मद्धिम पड़ता देखते तो उसे हवा देकर फिर से तेज़ कर देते।

कुछ दिनों के बाद वार्षिक परीक्षा प्रारम्भ होने वाली थी। वह परीक्षा में सर्वोच्च अँक प्राप्त करने के लिए जी तोड़ मेहनत कर रहा था, क्योंकि क्लास टॉपर होने पर अगले क्लास में मॉनीटर के लिए उसकी दावेदारी मज़बूत हो सकती थी। यह देखकर मॉनीटर बनने के लिए उसे बुरी तरह लालायित देख अंशु से बदला लेने हेतु इस सुनहरे अवसर का लाभ उठाने

के लिए नितिन और सुरेश ने उसे मोहरा बनाते हुए एक ख़तरनाक प्लान बनाया। एक दिन स्कूल से छुट्टी के समय एकान्त पाकर नितिन उससे बोला 'प्रसून! अंशु को पता चल गया है कि तुम मॉनीटर बनने के लिए क्लास में सर्वोच्च अंक पाने हेतु जी-तोड़ मेहनत कर रहे हो, लेकिन वह भी कुछ कम नहीं है। वह तुम्हें नम्बर वन पर न आने देने के लिए कमर कस चुकी है और यदि अंशु टॉप कर गयी तो अगली क्लास में भी तुम मॉनीटर नहीं बन पाओगे।'

यह सुनकर उसका कलेजा मानो डूबने लगा।

उसे परेशान देखकर सुरेश बोला, 'प्रसून, तुम परेशान मत हो। एक रास्ता है!'

'रास्ता! कैसा रास्ता?' उसके डूबते हुए मन को उसकी बात में उम्मीद की एक लौ दिखायी दी।

सुरेश, 'यदि अंशु इस वर्ष परीक्षा नहीं दे पाये, तो बात बन सकती है।'

उसने चकित होते हुए पूछा कि ऐसा कैसे सम्भव है? वह भला परीक्षा क्यों नहीं देगी?

सुरेश कुटिल हँसी हँसते हुए बोला, 'यदि तुम चाहो तो ऐसा बिल्कुल सम्भव है।'

उसे उसकी बात बिल्कुल समझ में नहीं आ रही थी कि उसके चाहने से ऐसा कैसे सम्भव है।

उसे कंफ्यूज्ड देखकर सुरेश बोला, 'प्रसून! तुम्हें बस थोड़ी-सी हिम्मत करनी होगी।'

वह चौंका, 'कैसी हिम्मत!'

सुरेश ने नितिन की ओर देखा, उसने आँखों के इशारे से उसे कुछ समझाया। उसे लगा कि ज़रूर कोई गड़बड़ है। किन्तु, वे दोनों बहुत शातिर थे। उन्हें लगा कि उनकी योजना कहीं वह भाँप न जाये। अतः सुरेश बातों को घुमाता हुआ बोला, 'अरे! कुछ ख़ास नहीं। तुम तो जानते हो कि लंच आवर में सब स्टूडेंटस क्लास से बाहर ग्राउंड या कैंटीन में चले जाते हैं।'

हामी भरते हुए वह बोला, 'हाँ! इसमें कौन-सी नयी बात है।'

सुरेश, 'धैर्यपूर्वक सुनो। क्लास से ग्राउंड में जाने के लिए हमें सीढ़ियों से उतरकर जाना पड़ता है।'

उसने पुनः हामी भरते हुए अपना सिर हिला दिया।

सुरेश, 'प्रसून! लंच आवर में सभी स्टूडेंटस के निकल जाने के बाद सबसे अन्त में अंशु क्लास से बाहर निकलती है। तब तक बाक़ी स्टूडेंटस क्लास से ग्राउन्ड में चले जा चुके होते हैं। अतः वह उस समय बिल्कुल अकेली होती है। उसके क्लास से निकलने के पूर्व तुम सीढ़ियों के नीचे खड़े हो जाना।'

उसे सुरेश की बात से किसी गहरे अनिष्ट की आशंका होने लगी। उसे भयभीत देख नितिन उसके कन्धे पर हाथ रखता हुआ बोला, 'अरे! परेशान मत हो। बिल्कुल आसान और पक्का उपाय हमने ढूँढ़ा है। देखो अंशु तुम्हें अपना बेस्ट फ्रैंड मानती है और तुम पर आँख मूँदकर विश्वास करती है। जब वह क्लास से निकलकर सीढ़ियों से उतरने लगे तो तुम उसे सहारा देने का अभिनय करते हुए ऊपर की ओर बढ़ना और नज़दीक पहुँचकर अपना हाथ उसकी ओर बढ़ाना। वह जैसे ही अपना हाथ तुम्हारी ओर आगे बढ़ाये, तुम उसका हाथ पकड़कर नीचे की ओर खींच देना। एक पैर की मॉनीटर अंशु मिश्रा उर्फ कड़कदीन अपने आपको सँभाल नहीं पायेगी और गिरकर अपना हाथ-पैर तुड़वा लेगी। बस समझो, हो गया काम। वो पड़ी रहेगी हॉस्पिटल में और तुम वॉकओवर पाकर बन जाओगे मॉनीटर।'

'लेकिन इसमें तो बहुत रिस्क है और वह ऐसा नीच काम कभी नहीं करेगा।' सहज प्रत्युत्तर उसके मुँह से निकल पड़ा।

नितिन, 'प्रसून! डरपोक मत बनो और वैसे इसमें कोई ख़ास रिस्क नहीं है। बस थोड़ा आगे-पीछे देख लेना कि कोई और वहाँ पर न हो। फिर तुम लड़के हो और तुम्हें साहसी होना चाहिए और जँग में सब जायज़ होता है और तुम हो कि एक पैर की लड़की से डर कर पीले पड़े जा रहे हो।'

'डरने की बात नहीं है, लेकिन किसी को चोट पहुँचाकर कोई उपलब्धि पाना उसे बिल्कुल भी स्वीकार्य नहीं है।' वह दृढ़ता से बोला।

नितिन, 'यह पावर गेम है और सत्ता प्राप्ति के लिए युद्ध होना कोई नयी बात नहीं है। यदि तुम मॉनीटर बन गये तो आगे चलकर, तुम इस स्कूल के भी स्टार ब्वॉय भी बन सकते हो।'

राम्या! पद और प्रतिष्ठा की अन्धी दौड़ में अच्छा-ख़ासा इन्सान भी दिग्भ्रमित हो जाता है और यहाँ तो एक किशोर था, जो इस दौड़ में दूसरे स्थान से भी समझौता नहीं कर पा रहा था, और जब उसका साथ नितिन और सुरेश जैसे धूर्त मित्र दे रहें हों तो उसे दलदल में फँसने से कौन बचा सकता है? सच में कुसंगति से बड़ा दुश्मन कोई नहीं होता है। इतिहास साक्षी है कि रावण ने सीता का अपहरण अपने मन्त्री अकम्पन के बारम्बार उकसाने पर ही किया था। यह उसके अन्तस की कमज़ोरी ही थी कि अब तक वह विभ्रम के जाल में इतना जकड़ चुका था कि नितिन और सुरेश द्वारा दिखाए गये उस अँधेरी सुरंग में घुसते समय उसे सीलन की बजबजाती बदबू भी बुरी लगनी बन्द हो गयी थी। उसकी मनोदशा भाँपते हुए सुरेश बोला, 'प्रसून! तुम अपने आपको अकेला मत समझो। हम सदा तुम्हारे साथ हैं। हम तुम पर थोड़ी-सी भी आँच नहीं आने देंगे।'

उनकी बातों ने उसे पूरी तरह अपनी गिरफ़्त में ले लिया था। वह ख़यालों में अपने आपको मॉनीटर और भविष्य में स्टार ब्वॉय के रूप में देखने भी लगा था। ईर्ष्या और महत्त्वकांक्षा की अन्धी दौड़ में वह इतना विवेकशून्य हो गया कि उसे होश ही नहीं रहा कि जो लड़की निःस्वार्थ भाव से उससे मित्रता निभा रही है, वह प्रतिदान में उसके साथ ऐसी ओछी हरकत करने जा रहा हूँ।

अगले दिन लंच पीरियड की घण्टी बजते ही सुरेश और नितिन ने उसे इशारा किया। वह थोड़ा नर्वस हो रहा था, क्योंकि उसने ऐसी नीच हरकत करने के बारे में पहले कभी सोचा भी नहीं था। सुरेश और नितिन साये की तरह उससे चिपके रहे कि वह कहीं हथियार न डाल दे। वे बार-बार उसके पौरुष को भड़का रहे थे। अन्ततोगत्वा, उसने उनके सामने सरेंडर कर दिया। उनकी योजना के अनुसार वह सीढ़ियों के नीचे आकर खड़ा हो गया और वे दोनों वहीं आड़ में छिप गये। वह, सीढ़ियों पर अंशु की प्रतीक्षा करने लगा। कुछ ही देर में उसे अंशु सीढ़ियों से नीचे उतरते

दिख गयी। उस समय संयोग से वहाँ पर और कोई मौजूद नहीं था। अंशु को अकेला देख नितिन फुसफुसाकर उससे बोला, 'प्रसून! यही मौक़ा है। तुम दौड़कर उसके पास पहुँचो।'

'नितिन! दोस्ती के नाम पर ऐसी दग़ाबाज़ी, उससे नहीं हो पायेगी।' उसकी आवाज़ लौ की तरह काँप रही थी।

सुरेश, 'प्रसून, ज़्यादा सोचने का समय नहीं है। ऐसा सुनहरा मौक़ा बार-बार नहीं मिलेगा। इस बार यदि चूके तो समझो तुम्हारे मॉनीटर बनने का चांस हमेशा के लिए हाथ से गया।'

मॉनीटर का चांस सदा के लिए हाथ से निकल जाने की बात ने उसे पुनः अपनी मज़बूत गिरफ़्त में ले लिया। उसका विवेक जैसे शून्यप्राय हो गया था। उन चालबाज मित्रों के इशारे पर चलता हुआ वह अंशु के नज़दीक पहुँचकर उसकी तरफ़ हाथ बढ़ाते हुए बोला, 'अंशु! आओ साथ चलते हैं।' अंशु ने सहज भाव से उसकी ओर मुस्कुराते हुए अपना हाथ बढ़ा दिया, लेकिन जैसे ही उसने अपना हाथ उसकी ओर बढ़ाया, उसने झटके से उसका हाथ खींच दिया। यह सब इतनी तेज़ी से हुआ कि उसे सँभलने का बिल्कुल भी मौका नहीं मिला। उसकी बैसाखी सीढ़ियों पर छितरा गयी और वह नीचे की ओर तेज़ी से लुढ़कने लगी। उसे गिरता देख नितिन और सुरेश ने अपने साथ उसे भी वहाँ से खिसक जाने को कहा, लेकिन उससे एक क़दम भी बढ़ाया नहीं जा रहा था। दोस्ती का स्वांग रचने के लिए तेज़ी से ऊपर उठे उसके क़दम उसी पायदान पर जैसे जम से गये थे। मेरा पूरा शरीर बर्फ़ की मानिन्द सर्द हो गया था।

अंशु सीढ़ियों से नीचे गिर कर फर्श पर औंधे पड़ी हुई थी। उसकी बैसाखियाँ उससे दूर छितरायी पड़ी थीं। चोट और पीड़ा के कारण उससे उठा भी नहीं जा रहा था। सहायता के लिए किसी हमदर्द को तलाशती अंशु की नज़रें ज्यों ही उसकी नज़रों से मिलीं तो उसने देखा कि उसमें नफ़रत के स्थान पर ऐसी विलक्षण करुणामय आर्द्रता थी कि वह अन्दर तक काँप गया। वह एकटक उसे देखे जा रही थी। उसके मन के किसी कोने में अभी भी यह विश्वास था कि शायद यह दुर्घटना थी जो उसकी असावधानी से घटित हो गयी थी और वह अभी नीचे उतरकर उसे उठने में मदद करूँगा।

उसके अन्दर अब तक के महत्त्वकांक्षा का जहाज़ उसकी आँखों में समाये करुणा और विश्वास से टकराकर डूब चुका था। अनुताप की नन्ही-नन्ही लहरें अपनी पूरी शक्ति के साथ उसका हृदय परिवर्तन करने में लग गयी थीं। वह सीढ़ियों से नीचे उतरकर अंशु के पास जाने ही वाला था कि तभी सुरेश और नितिन एक साथ चिल्लाकर बोले, 'अरे! प्रसून! भाग। यहाँ खड़ा रहकर खुद भी मरेगा और हमें भी मरवायेगा।' इतना कहकर वे उसका हाथ पकड़कर उसे अपने साथ ले जाने लगे।

अंशु को लाचार अवस्था में वहीं छोड़कर सुरेश और नितिन के साथ वह क्लासरूम की ओर बढ़ चला। बढ़ क्या रहा था, हक़ीक़त में इन दोनों के चँगुल में फँसा हुआ उसका मात्र शरीर आगे की ओर लगभग घिसट रहा था, जबकि उसकी आत्मा वहीं स्थिर होकर टुकुर-टुकुर अंशु की ओर ताक रही थी। क्लासरूम में जाने के पहले उसने फिर पीछे मुड़कर अंशु की ओर देखा। उसकी आँखों में अभी भी वही अखण्ड मैत्री भाव तैर रहा था, जो निःस्वार्थ और निर्मल भावना से ओत-प्रोत था।

पश्चाताप की कोमल कोंपलें अवचेतन से जागकर अभी प्रस्फुटित होने का यत्न ही कर रही थीं कि धूल भरी आँधी की शैतान हवाओं ने उन्हे पुनः रौंद डाला। अंशु को वहीं असहाय अवस्था में छोड़कर सुरेश और नितिन के साथ वह क्लास में आकर चुपचाप बैठ गया। चूँकि अंशु पूरे स्कूल की प्रिय छात्रा थी इसलिए थोड़ी देर में ही यह सूचना आग की तरह पूरे स्कूल में फैल गयी कि वह सीढ़ियों से गिरकर घायल हो गयी है और इंफर्मरी में फर्स्ट-एड देने के बाद शमीमा मैम और स्कूल के दूसरे स्टाफ उसे हॉस्पिटल ले जा रहे हैं।

यह सब सुनकर ठण्ड के मौसम में भी वह पसीने-पसीने हो गया। शरीर से तो वह क्लासरूम में उपस्थित था, लेकिन उसका दिल और दिमाग़ सीढ़ियों से इंफर्मरी और हॉस्पिटल के बीच दौड़ रहा था। सकारात्मकता को जड़े जमाने में एक युग लग जाता है परन्तु नकारात्मकता तुरन्त प्रभावी हो जाती है और जब मन अशान्त हो तो वह नकारात्मकता को कई गुणा बढ़ा देती है। मन की गति भी विचित्र होती है।

उसे यह डर सताने लगा कि अंशु ने पक्के तौर पर यह बात सबको बता दी होगी कि उसने जान-बूझकर उसे गिराया है और अब क्लास टीचर एवं प्रिंसिपल सर उसे कठोर सज़ा देंगे। हो सकता है, कि मुझे स्कूल से निकाल दिया जाये। अन्तिम पीरियड में जब क्लास टीचर शमीमा मैम ने क्लास में प्रवेश किया, तो डर के मारे उसकी आँखों के आगे अँधेरा छाने लगा। वह मन ही मन सज़ा भुगतने के लिए अपने आपको तैयार करने लगा, क्योंकि वह यह मान चुका था कि बात अब तक खुल गयी होगी और शमीमा मैम उसे सजा सुनाने के लिए ही आयी हैं, लेकिन पूरी क्लास ख़त्म हो गयी, किन्तु उन्होंने उसे कुछ भी नहीं बोला। हाँ, वे उस दिन बहुत दुःखी थीं और उनका पढ़ाने का बिल्कुल भी मन नहीं कर रहा था। उस दिन उन दुष्ट छात्रों को छोड़कर जिन्हें पढ़ने में वैसी भी कोई दिलचस्पी नहीं थी, किसी का भी मन पढ़ने का नहीं कर रहा था। किन्तु उसे यह समझ में नहीं आ रहा था कि उसे सज़ा देना तो दूर अभी तक किसी ने भी उसे कुछ कहा क्यों नहीं? अंशु को गिराने की घटना से ज़्यादा वह इस बात से परेशान हो रहा था कि आख़िर कोई उसे इस उद्दण्डता के लिए क्यों कुछ नहीं कह रहा है?

डाँट और सजा से तो वह उस दिन बच गया, लेकिन, वह इस घटना से बुरी तरह डर गया था। उसे यह भय सताने लगा कि अंशु और उसके घरवालों ने पुलिस में अब तक निश्चित तौर पर शिकायत दर्ज़ करा दी होगी और पुलिस उसे पकड़ कर किसी भी समय ले जायेगी। साथ ही उसे खुद पर इतनी लज्जा आ रही थी कि वह इतना घृणित काम कैसे कर बैठा। उसे लगा कि वह एक जंगली जानवर से भी नीचे गिर गया है, जिसने एक मासूम और सच्चे मित्र को अपने क्षुद्र स्वार्थ के लिए इतनी बुरी तरह संकट में डाल दिया। दरअसल वह मन का बुरा नहीं था लेकिन महत्त्वकांक्षा की ऊँची ज्वारों ने उसके विवेक को पँगु कर दिया था। जिसके कारण वह इन दुष्ट लड़कों के प्रभाव में आकर इतना बड़ा अपराध कर बैठा था। डर और तनाव के कारण उसका सिर बुरी तरह दुखने लगा। पश्चाताप से दग्ध वह किसी तरह घर तो पहुँच गया, परन्तु शाम होते-होते उसे तेज़ बुखार हो गया।

उस दिन पापा को घर लौटने में थोड़ी देर हो गयी। घर में प्रवेश करते ही मम्मी जब उनसे पूछा कि, 'उन्हें आज आने में विलम्ब क्यों हो गया?'

तो वे बोले, 'मेरे बैंक के एक कर्मचारी राकेश मिश्रा की बेटी अंशु आज स्कूल में सीढ़ियों से गिर कर घायल हो गयी थी। मैं उसे देखने हस्पताल चला गया था।'

मम्मी, 'ओह! यह तो बहुत बुरा हुआ। कैसे हुआ यह सब?'

पापा ने मम्मी को बताया कि यह तो नहीं पता, क्योंकि उसे ख़ुद भी समझ में नहीं आया कि वह कैसे गिर गयी। बस इतना उसने बताया कि उसकी आँखों के आगे अचानक अँधेरा छा गया था, लेकिन क़िस्मत ठीक रही। उसे कोई फ्रैक्चर नहीं हुआ। हाँ, चोट काफ़ी लगी है, लेकिन कल तक हॉस्पिटल से डिस्चार्ज होकर घर आ जायेगी। अरे! हाँ, यह बताना तो मैं भूल ही गया कि वह प्रसून के स्कूल में उसी की क्लास में पढ़ती है तथा उसके क्लास की मॉनीटर भी है।

'अरे! प्रसून ने तो मुझे इस बारे में कुछ भी नहीं बताया। चलिए, उससे चलकर पूछते हैं।' माँ आश्चर्य से बोली।

माँ-पापा के बीच हो रहे वार्तालाप में इस घटना का वर्णन और उसमें अंशु के नाम का उल्लेख आते ही वह चौंक पड़ा। उसे यह तो पता था कि अंशु के पिता जी बैंक में काम करते हैं, लेकिन उसे यह नहीं पता था कि वे उसके पापा के बैंक में ही काम करते हैं। यह जानकर वह बहुत घबरा गया, क्योंकि उसके पिता जी वैसे तो बहुत नरम दिल इन्सान हैं, लेकिन कोई किसी को अकारण सताये यह उन्हें बिल्कुल नापसन्द था और वे ऐसे व्यक्ति से सारे सम्बन्ध ख़त्म कर लेते हैं। चूँकि यहाँ तो यह अपराध उनके बेटे ने ही किया हुआ था। इसलिए उसे लगा कि पापा को जब यह बात पता चलेगी तो वे उसे ज़रूर कड़ी सज़ा देंगे। मम्मी और पापा उसके कमरे में आये। उन्होंने लाइट जलायी। वह सब सुन-समझ रहा था किन्तु, वह इस विषय में कोई भी बात नहीं करना चाहता था, क्योंकि उसके मन में यह डर सता रहा था कि कहीं इस सम्बन्ध में बात करने से उसका भेद खुल न जाये। इसलिए वह सोने का बहाना कर लेटा रहा।

उसकी तबीयत ख़राब होने के कारण मम्मी-पापा ने उसे डिस्टर्ब नहीं किया। हाँ, चलते समय मम्मी की यह बात उसके कान में ज़रूर पड़ी कि कल चलकर उसके घर देख आते हैं। ओह! फिर से अंशु से मिलना। वह यही सोच रहा था कि भगवान उसे बिना सज़ा दिये मानेंगे नहीं, लेकिन अगले दिन जब मम्मी-पापा उसके घर से मिलकर वापस आयें, तो भी यह हादसा कैसे हुआ इस पर कोई चर्चा नहीं हुई, लेकिन उसकी हिम्मत और व्यवहार कुशलता की तारीफ़ होती रही। मम्मी तो जैसे उसकी फैन हो चुकी थीं।

तबीयत तो एकाध हफ़्ते में ठीक हो गयी, लेकिन उसे स्कूल जाने की थोड़ी भी हिम्मत नहीं हो पा रही थी। दो हफ्ते बीत गये। वह स्कूल नहीं गया, लेकिन आख़िरकार यह सिलसिला कब तक चलता। फाइनल परीक्षाएँ भी शुरू होने वाली थीं। एक पखवाड़े बाद जब वह स्कूल पहुँचा, तो क्लास में प्रवेश करने के समय ऐसा लग रहा था, जैसे वह अदालत में पेश होने जा रहा है। पाँव जैसे मन पर भारी हो चुके थे। क्लास में घुसते ही उसे अंशु दिख गयी, पहले की भाँति अपने काम में मग्न। किन्तु, उसे देखते ही वह घबरा गया, पूरा बदन पसीने से नहा उठा। उसे परेशान देखकर जब उसके सहपाठियों ने इसका कारण जानना चाहा तो उसने उन्हें यह बताकर टाल दिया कि वायरल फीवर से हुई कमज़ोरी के कारण ऐसा हो रहा है। इधर आश्चर्यजनक रूप से उन दुष्ट मित्रों ने उसकी ओर देखना भी गँवारा नहीं किया। ऐसा लग रहा था कि वे उसे कभी पहचानते ही न हो। शायद वे मन ही मन उससे पिण्ड छुड़ाना चाहते थे।

उस दिन उसका मन पढ़ाई में बिल्कुल भी नहीं लग रहा था। हर पल उसे यही लग रहा था कि भरी क्लास के सामने उसकी सज़ा की घोषणा होने जा रही है, लेकिन ऐसा कुछ भी नहीं हुआ। वह बीच-बीच में चोर-निगाहों से अंशु की ओर देख लेता था, लेकिन वह पूर्व की भाँति अपने काम में लगी हुई थी, जैसे कुछ हुआ ही न हो। उसे सजा मिल जाती तो शायद उसके लिए ज़्यादा राहत की बात होती, लेकिन हर पल सजा का डर उसे ज़्यादा व्यथित कर रहा था। उसे अकबकाहट हो रही थी इधर क्लास में कोई इस बारे में चर्चा तक नहीं कर रहा था।

यदि जानते-बूझते कोई अपराध किया जाये तो सिस्टम द्वारा दी गयी सजा से अधिक पीड़ादायक खुद की आत्मा द्वारा पल-पल धिक्कारे जाने की सजा होती है और यही परिताप हमें अपने निर्मल ऊष्मा से माँजकर पुनः शुभ्र एवं चमकीला बनाता है।

लंच पीरियड की घण्टी बजते ही सभी स्टूडेंटस क्लास रूम से बाहर जाने लगे, लेकिन वह वहीं बैठा रहा। उसे उस दिन कुछ भी अच्छा नहीं लग रहा था। वास्तव में वह बहुत लो फील कर रहा था। जब उसके कुछ क्लासमेट्स ने उसे बाहर साथ चलने के लिए आग्रह किया तो तबीयत ठीक न होने का बहाना बनाकर उसने उन्हें टाल दिया। क्लास में अब बस वह और अंशु रह गये थे क्योंकि पैरों में तक़लीफ़ होने के कारण वह सबसे बाद में धीरे-धीरे क्लास से निकलती थी। वह मन ही मन भगवान से मना रहा था कि वह जल्द से जल्द क्लास रूम से बाहर चली जाये, क्योंकि उसका सामना करने में वह स्वयं को असमर्थ महसूस कर रहा था। उसका व्याकुल मन आज एकान्त ढूँढ़ रहा था, ख़ासकर अंशु से छिपना चाह रहा था।

भीड़ में हम प्रायः अस्तित्वहीन हो जाते हैं, परन्तु, कभी-कभी मन आपको खो जाने देने का और उसमें छुप जाने का करता है, क्योंकि हम किसी व्यक्ति विशेष की नज़रों में आने से बचना चाहते हैं कि कहीं उसकी लौ में हम झुलस न जायें। यह स्थिति तब और भी कष्टप्रद हो जाती है, जब हमने उस व्यक्ति को कमज़ोर और मजलूम मानकर जानते-बूझते नुक़सान पहुँचाने की कुचेष्टा की हो और वह नुक़सान उठाने के बाद भी आपको बुरा-भला कहना तो दूर, थोड़ी-सी उलाहना भी नहीं दे रहा हो, तब हमारी सारी शाक्ति, सारा पौरुष कपूर की तरह हवा में विलीन हो जाता है और उस व्यक्ति का मौन प्रभुत्वत हमारे रोम-रोम में स्वयंमेव व्यावप्तक हो जाता है। नुक़सान उठाकर लाभ प्राप्त करने की और हारकर भी जीत जाने की यह अनूठी विधा लड़कियों में जन्मजात पायी जाती है। पुरुष उसे नीचा दिखाने का दर्द देता है, और वे इस दर्द पर भी हँसकर विजय प्राप्त कर लेती है। पुरुष मानता है कि वह इसी के लिए बनी है, परन्तु, वह भूल जाता है कि हार उसी की हो रही है, क्योंकि शक्ति उसी

की क्षीण हो रही है। अन्ततोगत्वा उसे अपनी पराजय का एहसास होता है, जब उसका सब कुछ ख़त्म हो चुका होता है।

अपने अलावा क्लासरूम में अंशु की उपस्थिति उसे कुछ ऐसी ही लग रही थी, जैसे अग्नि की प्रदीप्त ज्वाला में वह अकेले घिर गया है और उसके अपने ही कर्म यमदूत बनकर उसे ज़बरन अग्निकुण्ड में धकेलने ले जा रहे हों। उसे लग रहा था कि एक अदृश्य शक्ति की तरह अंशु क्लास में चारों ओर व्याप्त हो गयी है और अब उसका वहाँ से निकल पाना मुश्किल ही नहीं असम्भव है।

वह अभी इन्हीं विचारों में डूब-उतरा रहा था कि अंशु उसे अपनी ओर आती हुई दिखायी दी। अचानक से उत्पन्न हुई इस परिस्थितिकी तो उसने कल्पनना भी नहीं किया था। उसने इधर-उधर मुड़कर देखा कि शायद क्लास में कोई और भी मौजूद हो, पर वहाँ उसके और अंशु के सिवा कोई भी नहीं था। उसका पूरा शरीर ठण्डा पड़ रहा था। उसका दिमाग़ तेज़ी से चल रहा था। उसने यह तय किया कि उसके कुछ बोलने से पहले ही वह सॉरी बोलने के साथ-साथ उसे बता देगा कि वह पहले से ही यह निश्चय कर चुका है कि आज प्रिंसिपल सर के पास जाकर वह अपनी ग़लती कुबूल कर लेगा। इसके बाद भी यदि उसे जो सज़ा ठीक लगे वह उसे दे सकती है।

निर्दोष को सताने से लज्जित मन अंशु की ओर देखने का साहस भी नहीं जुटा पा रहा था, लेकिन ऐसा उद्धिग्न मन भला स्थिर भी कहाँ रह पाता है। वह झुकी हुई चोर निगाहों से अपने ओर बढ़ते हुए अंशु को देख रहा था। उसे चलने में तक़लीफ़ महसूस हो रही थी। बैसाखी के सहारे उठता उसका हर क़दम उसके चेहरे पर पीड़ा की एक रेखा खींच दे रहा था। यह देखकर उसे अपने ऊपर बहुत ग्लानि होने लगी कि मॉनीटर बनने की चाह में वह इतना नीचे कैसे गिर गया कि नितिन और सुरेश सरीखे दुष्ट और स्वार्थी लड़कों के बहकावे में आकर उसने अपनी निर्दोष मित्र की ज़िन्दगी को ख़तरे में डाल दिया, जिसका दोष बस इतना सा था कि दिव्यांग और ऊपर से लड़की होने के बावजूद वह उसकी क्लास मॉनीटर थी। उसका मन उसे धिक्कार रहा था कि क्या दिव्यांग और लड़की होना

उसकी इतनी बड़ी कमी है कि वह इस पद के लिए नहीं चुनी जा सकती? अभी वह यही सोच रहा था कि अंशु उसके पास आकर खड़ी हो गयी। उसके पास आते ही असंख्य विचारों का व्यूह रचना करता हुआ उसका उद्विग्न मन सहसा विचारशून्य हो गया। वह बिल्कुल ख़ामोश हो गया। एक–दो क्षण के बाद उसकी आवाज़ उसके कानों में गूँजी, 'प्रसून! पिछले दो सप्ताह तुम स्कूल नहीं आये। मैडम ने फ़ाइनल एग्जाम के लिए कुछ महत्त्वपूर्ण नोट्स दिये थे, मैनें तुम्हारे लिए फ़ोटोकॉपी करा कर रख लिया था। ताकि तुम अच्छे से पेपर देकर स्कूल टॉपर बन सको।' इतना कहकर उसने उसे कुछ पेपर पकड़ा दिया।

अंशु को हराने वाला उसका मन उस क्षण मानो उसका अनुगामी बन चुका था। उसने बिना किसी ना–नुकुर के ले लिया। वे कागज उसने कब दिये, उसने कब उन्हें लिया, उसे कुछ भी समझ नहीं आ रहा था। सब कुछ जैसे अवचेतन में घटित हो रहा था। वह समझ नहीं पा रहा था कि अब वह क्या करे? चाहकर भी उसके मुँह से एक शब्द भी नहीं निकल पा रहा था। यहाँ तक कि अपने किये के लिए वह सॉरी और नोट्स के लिए थैंक्यू भी नहीं बोल पाया। मुझे नोट्स देकर अंशु क्लास से चली गयी पर वह वहाँ से हिल भी न सका, जैसे वह फ्रीज हो चुका था। उसे लंच भी करने का ध्यान नहीं रहा।

लंच टाईम ख़त्म होने के थोड़ा पहले ही अंशु क्लास में आ गयी। उस समय कमरे में और कोई मौजूद नहीं था। उसके दिये हुए नोट्स पकड़े वह शून्य में देख रहा था। उसे वहीं बैठा देखकर उसने पूछा, 'प्रसून! तुम अभी तक यहीं बैठे हो! क्या तुम लंच करने नहीं गये?'

उसे अपने सामने अकेले देख वह'ना' कहते हुए रो पड़ा।

'अरे! क्या हुआ? सब ठीक है न?' अचानक उसे रोता देखकर अंशु घबरा गयी।

'अंशु! कुछ भी ठीक नहीं है। उसे माफ़ कर दो। मैंने जान–बूझकर तुम्हें चोट पहुँचायी। तुम्हारी जान को ख़तरे में डाल दिया ताकि तुम परीक्षा नहीं दे सको और यह सब जानते हुए भी तुमने किसी से मेरी इंच भर भी शिकायत नही की। उल्टे तुम अपना नोट्स देकर परीक्षा की तैयारी

में मेरी मदद कर रही हो, जबकि जिन दोस्तों के बहकावे में आकर मैंने तुम्हें नुक़सान पहुँचाया। वे आज मुझे पहचान भी नहीं रहे हैं। आई एम एक्स्ट्रीमली सॉरी! मैं बहुत बुरा लड़का हूँ।' उसके आँसू कुछ और तेज़ हो गये थे।

अंशु मुझे ढाँढ़स देते हुए बोली, 'प्रसून! मुझे शुरू से विश्वास था कि तुम बहुत अच्छे लड़के हो। तुम्हारी आँखों के आँसू बता रहे हैं कि तुम अन्दर से बिल्कुल निर्मल एवं पवित्र हो। हाँ, बहकावे में आ जाने के कारण तुम्हारे मन की ऊपरी परतों पर थोड़ी-बहुत धूल जम गयी थी, पर वह भी इन सच्चे आँसुओं में कब की बह चुकी है। इसलिए तुम कोई अपराध बोध मत रखो।'

'अंशु! धन्यवाद। लेकिन एक बात मुझे उस दिन से लगातार परेशान कर रही है।' वह थोड़ा सहज होते हुए बोला।

अंशु ने पूछा, 'कौन-सी बात? वही तो नहीं कि मैंने किसी को उस घटना की सच्चाई किसी को नहीं बतायी।'

उसके सिर हिलाकर हामी भरने के बाद वह बोली, 'प्रसून! जानना चाहोगे, क्यों? तो सुनो। मैं तुम्हारे जैसे एक अच्छे दोस्त को कभी नहीं खोना चाहती थी।'

वह अंशु की बात सुनकर भावुक हो उठा। उसके लिए दोस्ती कितनी क़ीमती थी और वह हीरे सरीखी इस दोस्ती को छोड़कर मॉनीटर और स्टार ब्वॉय बनने के चक्कर में काँचरूपी टुकड़े बीनने में जुटा हुआ था। उसे ताज्जुब हो रहा था कि लगभग समान उम्र की अंशु उससे कितनी समझदार हो चुकी थी। लंच टाइम ख़त्म होने की घण्टी बज चुकी थी और बाकी स्टूडेंट्स भी क्लास में आने ही वाले थे। यह जानकर अंशु बोली, 'अब आँसू पोछो, नहीं तो कोई यही समझेगा कि कड़कदीन ने तुमको भी डाँट पिला दी है।'

अंशु की बात सुनकर वह हँस पड़ा।

उसने उससे धीमे से पूछा, 'अंशु! एक बात कहूँ?'

अंशु, 'हाँ बोलो!'

वह, 'क्या हम फिर से मित्र बन सकते हैं?'

अंशु अचानक गम्भीर हो गयी 'फिर से! नहीं। बिल्कुल नहीं।'

वह घबराकर चुप हो गया। उसे लगा कि उसका विश्वास उस पर से उठ चुका है। उसे परेशान देखकर वह हँसते हुए बोली 'अरे! बुद्धू फिर से क्यों मित्र बनें, जब पहले से ही दोस्त हैं।'

वह उसकी बात सुनकर हँस पड़ा। बहुत दिनों के बाद वह खुलकर हँसा था। उसे लग रहा था कि वह कितना हल्का हो गया है और बादलों के ऊपर उड़ा जा रहा है।

लंच पीरियड ख़त्म होने के बाद बच्चे जब क्लास में आये, तो उन्होंने देखा कि उसका चेहरा खुशी से चमक रहा है। अचानक आये इस परिवर्तन के बारे में जब उन्होंने पूछा तो उसने उन्हें हँस कर धीरे से बताया, 'उसके मर्ज़ की दवा उसकी लापरवाही से कहीं गुम हो गयी थी, लेकिन एक सच्चे दोस्त ने उसे ढूँढ़कर उसको दे दिया और दवा लेते ही बीमारी छू-मन्तर हो गयी। 'उसकी बात सुनकर सारे सहपाठी हँस पड़े और अपनी गलतियों से लगभग हमेशा के लिए खो चुके अपनी बैस्ट फ्रैंड को दुबारा पाकर उसका मन खुशी से नाच उठा।

उस दिन उसने यह जाना कि जिन्दगी को खुशहाल बनाना है तो हमें पद और पैसा नहीं वरन् इन्सान जोड़ना चाहिए। कहते हैं न कि-

'छू न सको तुम आसमाँ को तो कोई ग़म नहीं,
बस छू लो दोस्तों के दिल को,
गर ये भी किसी आसमाँ से कम नहीं।'

प्रसून के अतीत के गलियारों में उसके साथ सफ़र कर रही राम्या उसके अन्तःकरण से निकल रहे शब्दों की दुनिया में इतनी मग्न हो गयी कि उसे समय का ध्यान हीं नहीं रहा। जब प्रसून ने धीमे से उसके ठुड्डी को उठाकर कहा, 'अरे! कहाँ खो गयीं, तुम? आओ कमरे में चलते हैं। रात बहुत हो गयी है।'

'प्रसून! अंशु एक बेमिसाल लड़की है। अपनी शारीरिक दुर्बलताओं पर विजय पाकर सबल एवं समर्थ लोगों के लिए प्रेरणास्त्रोत बनने वाली अंशु मित्रता और मानवता की अप्रतिम उदाहरण है।

उसने मित्रता का जो नायाब नमूना पेश किया है उसके लिए 'हैट्स ऑफ टू हर' कहना भी नाकाफ़ी है।'अंशु के लिए दिल से निकलते हुए राम्या के शब्दों की अनुगूँज ने निशा के तीसरे पहर में निःशब्द नीरव माहौल को झँकृत कर दिया।

'थैंक्स! राम्या। मित्रता के सूक्ष्म एवं निर्मल भावों को समझने के लिए।' प्रसून भी भावुक हो उठा।

'लेकिन, अंशु आजकल है, कहाँ? मेरा मन उससे अभी इसी वक़्त मिलने का कर रहा है।' राम्या बच्चों की तरह चहकते हुए उत्सुकता से बोली।

'राम्या! स्कूल से निकलने के बाद उसका सैलेक्शन आई.आई.एम. अहमदाबाद में हो गया और उसने मॉस कम्यूनिकेशन में दाख़िला ले लिया। अलग फील्ड और अलग-अलग शहरों में रहने के कारण सम्पर्क ख़त्म हो गया। फिर, उस समय आज की तरह इन्टरनेट और सोशल मीडिया का ऐसा दौर भी नहीं था कि वर्चुअल कनैक्टिविटी ही सही, हम एक-दूसरे के सम्पर्क में रह सके। पिछले चौदह-पन्द्रह बरसों से मुझे उसके बारे में कोई जानकारी नहीं है।' प्रसून की आवाज़ में थोड़ी उदासी घुल आयी थी।

किन्तु, प्रसून की बात के इस अन्तिम सिरे से राम्या को अचानक एक शानदार आइडिया आया कि उस समय न सही आज तो सोशल मीडिया का जमाना है। फेसबुक के माध्यम से कितने भूले-बिसरे मित्र और रिश्तेदार एक-दूसरे से फिर से मिलने में सफल हुए हैं। मैं भी इसी तरह अंशु को ढूँढ़ निकालूँगी, लेकिन अगले ही क्षण उसने निश्चय किया कि वह यह बात अभी प्रसून को नहीं बतायेगी। यदि अंशु मिल गयी तो वह उसे सीधे अवॉर्ड सैरेमनी के दौरान ही प्रसून से मिलवायेगी। प्रसून के लिए इस ख़ुशनुमा सरप्राइज से बेहतर और कोई ट्रीट हो ही नहीं सकती। यह सोचकर वह मन ही मन मुस्कुरा उठी।

राम्या को फिर से विचारों में डूबा हुआ देख प्रसून बोला, 'अब तुम क्या सोचने लगी?'

राम्या, 'कुछ नहीं। बस यह सोच रही हूँ कि इस अवॉर्ड को जीतने के लिए मैं तुम्हें क्या उपहार दूँ?'

प्रसून, 'अरे! उपहार की क्या ज़रूरत? तुम्हारा साथ ही बहुत है।'

राम्या, 'नहीं! गिफ्ट तो बनता है।'

प्रसून, 'अच्छा।' फिर तुम्हारा जो दिल चाहे दे देना। किन्तु, अभी रात काफ़ी हो गयी है, तुम्हें ठण्ड लग जायेगी। चलो, कमरे में चलते हैं।' यह कहते हुए प्रसून ने अपना शॉल राम्या के कन्धों पर डाल दिया। प्रसून को धन्यवाद देती हुई राम्या ने मन ही मन कहा, 'गिफ्ट तो मैं तुम्हें ज़रूर दूँगी, प्रसून। और वो भी ऐसा सरप्राइजिंग जिसकी तुम कभी कल्पना भी नहीं कर सकते।'

राम्या, 'एक बात बोलूँ'?

प्रसून, 'हाँ, ज़रूर।'

राम्या, 'आप जितने अच्छे पति हैं उससे भी कहीं बढ़कर एक अच्छे इन्सान हैं। आपने जिस साफ़गोई से अपनी गलतियों को स्वीकार किया और अपनी सफलता का श्रेय सबको दिया, उसकी कोई तुलना नहीं हो सकती, लेकिन आप मेरी इतनी केयर मत करो, मुझे डर लगने लगता है।'

'राम्या! डरने जैसी चीज़ हमारे तुम्हारे बीच कभी पनप ही नहीं सकती।' राम्या की हथेलियों को अपनी हथेलियों में मज़बूती से पकड़कर उसे सीने से लगाते हुए प्रसून बोला।

राम्या टैरेस से उठकर बिस्तर पर पहुँचकर नींद के आगोश में जा चुकी थी, परन्तु अंशु का विराट स्वरूप उसे सपने में भी अभिभूत कर रहा था। रात को पूरी नींद न सोने के बावजूद सुबह उठने पर लेशमात्र भी थकान राम्या के चेहरे पर नहीं थी। अंशु को खोजने के उत्साह ने उसे नयी ऊर्जा से भर दिया था।

इधर अवार्ड सैरेमनी में समय बहुत कम शेष रह गया था और राम्या की खोज-यात्रा अभी शुरू भी नहीं हो पायी थी, लेकिन कहते हैं न कि नेकनीयत से किए गये कार्य को अन्जाम तक पहुँचाने में पूरी कायनात लग जाती है।

प्रसून के ऑफिस जाते ही राम्या फैसबुक पर अंशु को खोजने में जुट गयी। उसने अंशु के नाम, सरनेम, शहर और प्रोफैशन आदि की-वर्ड डालकर सर्च करना शुरू कर दिया। चूँकि अंशु इतना कॉमन नाम है कि

कुछ ही देर में उस नाम के अनेक प्रोफाईल मिल गये, जिसमें कइयों में इन्दौर शहर में स्टडी करने का ज़िक्र भी था, लेकिन, समस्या यह थी कि इन प्रोफाइल्स में सरनेम मिश्रा मैच ही नहीं हो रहा था। शायद इसकी वजह अपने देश में विवाह के बाद स्त्रियों के मायके के सरनेम का ससुराल के सरनेम से ऑटो रिप्लेस हो जाना था। फिर उसने न तो अंशु की कोई फ़ोटो देखी थी और न ही कभी उससे मिली थी, इसलिए ठीक-ठाक पहचान निश्चित कर पाना मुश्किल हो रहा था। परन्तु, उसने नाउम्मीदी को अपने पास फटकने तक नहीं दिया। इसी दौरान अचानक उसे यह विचार सताने लगा कि यदि वह अंशु को ढूँढ़ निकालने में सफल भी हो जाती है, तो प्रसून को सरप्राइज देने तक इसकी गोपनीयता किस प्रकार बनाये रखी जाये। अभी वह इसी उधेड़बुन में लगी थी कि उसकी बैस्ट फ्रैन्ड रोली का फ़ोन आ गया। रोली को वह अपना हनुमान बुलाती थी। कोई भी समस्या हो, रोली संजीवनी लेकर तुरन्त हाजिर हो जाती थी।

रोली को पूरी कहानी सुनाने के बाद वह उससे बोली, 'मैं अंशु को ढूँढ़कर फंक्शन वाले दिन प्रसून से उसे मिलवाकर उन्हें सरप्राइज देना चाहती हूँ, लेकिन समस्या यह है कि यदि वह मिल जाती है और आने को तैयार भी हो जाती है तो फंक्शन होने तक उसे कहाँ ठहराऊँ कि प्रसून को इस बारे में कुछ भी पता न चले और अंशु को भी यह न लगे कि किसी अनजान गेस्ट की तरह मैंने उसे किसी होटल में ठहरा दिया है। अब तू ही सुझा, मुझे क्या करना चाहिए।'

रोली, 'तो इसमें इतना परेशान होने की क्या बात है? तू अपना पूरा ध्यान अंशु को ढूँढ़ने में लगा। उसके ठहरने की चिन्ता मत कर। जब तक सरप्राइज पूरा नहीं हो जाता, वह मेरे घर में मेहमान बनकर रहेगी और फंक्शन वाले दिन मैं उसे लेकर सीधे कार्यक्रम स्थल पर पहुँच जाऊँगी।'

रोली का प्रस्ताव सुनकर राम्या खुशी से उछल पड़ी। वह बोली, 'तू वाक़ई में मेरी हनुमान है, इधर समस्या आयी, उधर तुमने उपाय सुझा दिया। दिल कर रहा है कि तुझे ज़ोर से हग कर लूँ।'

रोली, 'लो, तुम्हारी यह इच्छा भी पूरी कर देती हूँ। मैं थोड़ी देर में तेरे घर पर आती हूँ।'

रोली के आ जाने से राम्या को बड़ी सहूलियत हो गयी। उसके साथ मिलकर उसने अंशु से मिलते-जुलते सभी प्रोफाइलों को शार्टलिस्ट कर फैसबुक मैसेन्ज़र से उन्हें मैसेज किया, 'क्या आप वही अंशु मिश्रा हो, जो इन्दौर के दिल्ली पब्लिक स्कूल में आज से लगभग पन्द्रह वर्ष पहले पढ़ती थीं। यदि आप वही हैं तो प्लीज मुझे रिप्लाई कीजिए। मेरा नाम राम्या है और मेरा मोबाइल नम्बर...है।'

इतना करने के बाद राम्या बहुत सहज महसूस कर रही थी। उसे विश्वास था कि कोई-न-कोई प्रोफाईल ज़रूर मैच होगा, लेकिन शाम होने को आ गयी थी, परन्तु किसी का कोई जवाब नहीं आया। घर के ज़रूरी काम वह निपटा रही थी, लेकिन उसका पूरा ध्यान मोबाइल फ़ोन पर ही था। जैसे ही मोबाइल में कोई नोटीफिकेशन टोन बजती, वह दौड़कर मोबाइल उठाकर चेक करती, लेकिन नतीजा शून्य देखकर चुपचाप उसे वापस रख देती। एक-दो प्रोफाइल से मैसेज भी आया, लेकिन वह सॉरी का था। शाम को जब प्रसून वापस आया तो रोज़ की तरह राम्या का चेहरा खिला-खिला नहीं था। उसने पूछा, 'राम्या! क्या हुआ? तबियत तो ठीक है, न?'

सरप्राइज की फीलिंग को बनाये रखने की ख़ातिर राम्या ने पहली बार प्रसून से झूठ बोला, 'नहीं, ऐसी कोई बात नहीं। शायद बदलते मौसम के कारण कुछ डल फील हो रहा है।'

प्रसून, 'ठीक है। फिर आज तुम आराम करोगी और मैं चाय बनाकर लाता हूँ। फिर साथ बैठकर पीयेंगे।'

राम्या, 'अरे! नहीं! नहीं! मेरी तबीयत इतनी भी ख़राब नहीं है कि मैं तुम्हारे लिए एक कप चाय तक नहीं बना सकूँ।'

लेकिन, प्रसून ने प्यार से अधिकारपूर्वक राम्या को आराम करने का आदेश दिया और किचन में चाय बनाने चला गया।

राम्या प्रसून के प्यार पर निहाल हुई जा रही थी। जब प्यार में मनुहार के बाद अधिकार का उदय होता है, तो उसका सौन्दर्य सोलह कलाओं से युक्त चन्द्रमा की भाँति निखर आता है। ऐसा प्यार रोमानियत की शीर्ष पर पहुँचकर भी धरातल पर मज़बूती से अपना पैर टिकाये रहता है और

हौले-हौले दिल-दिमाग़ और शरीर के कण-कण में समान रूप से व्याप्त हो जाता है। प्रसून के प्यार में अभिभूत राम्या अपने भाग्य को धन्यवाद दे रही थी कि उसके मोबाइल फ़ोन पर एक बार फिर से नोटिफिकेशन बीप आयी। उसने इस बार जैसे ही मोबाइल उठाया तो स्क्रीन पर उसे फेसबुक मैसेंजर का नोटिफिकेशन दिखायी दिया, जिसमें एक लड़की की फ़ोटो थी। उसने फटाफट डबल क्लिक कर उस मैसेज को खोला। उसे पढ़ते ही उसकी आँखों की पुतलियाँ प्रसन्नता और आश्चर्य से फैल गयीं। इनबॉक्स में लिखा था, 'मेरा नाम अंशु मिश्रा है और मैं लगभग पन्द्रह वर्ष पूर्व इन्दौर के दिल्ली पब्लिक स्कूल की स्टूडेंट रही हूँ, लेकिन, आप कौन हैं, और मेरे बारे में क्यों जानना चाहती हैं?'

एक क्षण के लिए राम्या को विश्वास ही नहीं हुआ कि वह मंज़िल के इतने क़रीब पहुँच गयी है। फिर, काँपते हाथों से उसने मैसज टाइप किया, 'आप भले ही मुझे नहीं जानती हों, लेकिन मैं आपको अच्छी तरह जानती हूँ। यदि मैं ग़लत नहीं हूँ तो आप इंटरमीडिएट में अपने क्लास की मॉनीटर रही हैं। जिसे लोग 'कड़कदीन' भी बुलाते थे।'

कड़कदीन शब्द से अंशु समझ गयी कि मैसेज करने वाली निश्चित तौर पर मुझे जानती है। अशोक वाटिका में रावण के कड़े पहरे में क़ैद सीता ने भी हनुमान को उत्तर उसी समय दिया था, जब उन्होंने श्रीराम की अँगूठी साक्ष्य के तौर पर उन्हें सौंपी थी। यहाँ राम्या और अंशु के बीच 'मॉनीटर कड़कदीन' शब्द ने वर्षों बाद पुनः उसी अँगूठी रूपी निशानी का कार्य किया था।

उसने तुरन्त जवाब दिया, 'हाँ! आप सही बोल रही हैं, लेकिन, आप मुझे कैसे जानती हैं? क्या आप भी उसी स्कूल की स्टूडेंट रही हैं?

राम्या, 'नहीं! मैं दिल्ली पब्लिक स्कूल इन्दौर की स्टूडेंट नहीं हूँ, लेकिन, आपको अच्छी तरह जानती हूँ। यदि आपको कोई दिक़्क़त न हो तो क्या हम कॉल पर बात कर सकते हैं?'

चाहे आभासी जगत हो या वास्तविक, निश्छल प्रेम की तरंगों में कुछ ऐसी संवेदना समायी रहती है कि वह सामने वाले के दिल में अपनी जगह बना ही लेता है फिर वो शख़्स चाहे पास में मौजूद हो या हज़ारों मील दूर।

राम्या के प्रेमसिक्त अनुरोध में भी कुछ ऐसा जादू था कि अंशु उसे टाल नहीं सकी। और सच पूछिये तो अंशु की जिज्ञासा भी कुछ कम नहीं थी। वह भी यह जानने को उत्सुक हो रही थी कि राम्या उसे कैसे जानती है? वह दिल्ली पब्लिक स्कूल की विद्यार्थी नहीं रही है फिर भी वह ये सब बातें कैसे जानती है? और, क्यों उससे बात करना चाहती है? उसने उत्तर दिया, 'हाँ, क्यों नही? मेरा नम्बर...है। आप जब चाहे, मुझे कॉल कर सकती हैं।'

अभी वह अंशु के मैसेज का जवाब दे ही रही थी कि प्रसून के क़दमों की नज़दीक आती हुई आहट सुनकर उसने 'थैंक्स ए लॉट, कॉल यू सून' टाइप किया और फ़ोन रख दिया। सरप्राइज़ की दिशा में मिली इस बड़ी सफलता को वह बिल्कुल भी नहीं खोना चाहती थी।

चाय लेकर प्रसून जब कमरे में दाख़िल हुआ तो राम्या का अब तक बुझा-बुझा चेहरा फिर से रोज़ की तरह खिला-खिला दमक रहा था। यह देखकर प्रसून खुश होकर बोला, 'अरे! वाह! दस-पन्द्रह मिनट में ही तुम्हारे चेहरे की कान्ति वापस आ गयी। क्या बात है?'

राम्या ठिठोली करते हुए बोली, 'जब पूरे दिन ऑफिस में काम करने के बाद भी पति घर आने पर पत्नी के लिए चाय बनाकर लाये, तो कोई बीमारी भला ज़्यादा देर तक कैसे टिक सकती है?'

इस बात पर हँसते हुए प्रसून बोला, 'तब तो मैं रोज़ तुम्हारे लिए चाय बनाऊँगा ताकि तुम्हारा चेहरा गुलाब की तरह खिला-खिला रहे।'

उसकी बात सुनकर लजाते हुए राम्या बोली, 'अरे! बस-बस। मैं बैठी-बैठी मोटी हो जाऊँगी। हाँ, तुमसे एक फरमाईश करनी है।'

प्रसून, 'बोलिये, मैडम!'

राम्या, 'पिछले काफ़ी दिनों से तुमने अपनी कोई कविता मुझे नहीं सुनायी।'

प्रसून, 'हाँ, तुम सही बोल रही हो।' अच्छा सुनो...

'मैं कभी भी चाय में चीनी नहीं लेता,
पर मैं कभी चाय फीक़ी भी नहीं पीता।

वो रोज़ मेरे चाय के प्याले में बस,
अपनी उँगलियाँ फिरा देती है,
अब मुझे तो इसकी आदत-सी लग गयी है।'
राम्या, 'वाह! क्या बात है? कुछ और सुनाइये।'
प्रसून, 'चाय का अन्तिम घूँट ख़त्म कर,
प्याले को वापस ट्रे में रखते हुए,
उँगलियों में समाई गरमाहट को आँखों से छुआते हुए,
एक अजीब-सी तसल्ली मिलती है।
गोया एक-दूसरे में समाये हुए,
खोखली ज़िन्दगी के सलीब का जुआ परे रख,
अपने सपनों को तुम्हारी आँखों में बुनते हुए देख,
एक अज़ीब-सी तसल्ली मिलती है।
चाय पीते-पीते झुकी-झुकी निगाहों से
एक-दूसरे को देखते हुए,
मैं और तुम को हम में बदल जाते देखते हुए,
एक अज़ीब-सी तसल्ली मिलती है।'

राम्या, 'वाह! अमेजिंग, तुम्हारी कविता ने तो चाय का मज़ा कई गुना बढ़ा दिया।'

प्रसून, 'धन्यवाद! राम्या, अब तुम आराम करो। मैं ऊपर स्टडी रूम में जा रहा हूँ। मुझे ऑफिस के कुछ ज़रूरी काम निपटाने हैं।'

वैसे तो राम्या कभी भी प्रसून से अलग नहीं रहना चाहती थी, लेकिन इस समय वह भी उससे अलग कुछ देर के लिए एकान्त चाह रही थी ताकि वह अंशु को कॉल कर सके। एक प्यार भरा आलिंगन देकर उसने प्रसून को स्टडी रूम में भेज दिया।

प्रसून के जाते ही उसने अंशु को कॉल लगाया। एक-दो रिंग में ही उधर से हैलो की हल्की मधुर-सी आवाज़ आयी। कदाचित अंशु को भी इस कॉल का बेसब्री से इन्तजार था।

राम्या, 'अंशु मैम! नमस्कार! मैं राम्या बोल रही हूँ, मुम्बई से।'

अंशु, 'नमस्ते! राम्या जी। मैं अंशु दिल्ली से। आप कैसी हैं और मुझे कैसे जानती हैं?'

राम्या, 'मैम! वैसे तो मुझे आपको जानते हुए अभी चौबीस घण्टे भी नहीं हुए हैं, लेकिन मैं आपके बारे में बहुत कुछ जान चुकी हूँ।'

अंशु आश्चर्य मिश्रित प्रसन्नता से बोली, 'अरे! इतने कम समय में मेरे बारे में आप इतना कुछ कैसे जान गयीं और आपको मेरे बारे में इतना कुछ किसने बता दिया?'

'है, कोई ऐसा भक्त! जो आपका फ्रैंन्ड रहा है तथा आपको अपना मेंटर मानता है।' राम्या की आवाज़ में थोड़ी शरारत आ गयी थी।

अंशु, 'अरे! ऐसा कौन है, जो मुझे अपना मेंटर मानता है? मुझे तो नहीं याद है कि मैंने ऐसा कुछ ख़ास किसी के लिए कभी किया हो।'

राम्या, 'यही तो आपका बड़प्पन है। भले लोग नेकी कर भूल जाते हैं, क्योंकि उन्हें किसी प्रतिदान की अपेक्षा नहीं होती है।'

अंशु, 'राम्या जी! प्लीज मुझे और मत उलझाइये, अब बता भी दीजिए, कौन है वो?'

राम्या, 'ठीक है! ठीक है। अभी बताती हूँ। क्या इन्दौर के दिल्ली पब्लिक स्कूल में आपके साथ इंटरमीडिएट में प्रसून आपका क्लासमेट था?'

प्रसून का नाम सुनते ही अंशु खुशी से लगभग चिल्ला पड़ी, 'प्रसून! हाँ, वह मेरा क्लासमेट था। अरे! वो कहाँ है और आप उसे कैसे जानती हैं?'

राम्या धीरे से बोली, 'वो इस समय कुछ ही मीटर की दूरी पर मेरे घर में है और उसने जब से मुझे आपके बारे में बताया है, तब से मैं आपकी मुरीद हो गयी हूँ।'

अंशु, 'प्रसून आपके घर में क्या कर रहा है? कहीं आप उसकी...?'

राम्या, 'आपका अन्दाज़ा सही है, मैं प्रसून की पत्नी हूँ।'

अंशु, 'सच! आप सच बोल रही हैं?'राम्या, 'जी! मैम। बिल्कुल सच बोल रही हूँ।'अंशु, 'इट इज अमेजिंग! मुझे सब कुछ सपने जैसा लग रहा है।' फिर थोड़ा ठहरकर वह अचानक साधिकार बोली, 'अरे! जब तुम प्रसून की पत्नी हो तो यह मैम-वैम क्या लगा रखा है।

सीधे-सीधे अंशु बोलो न।' इस हल्की-सी झिड़की में एक मीठी-सी छुअन थी, जो दोनों को और क़रीब ला रही थी। प्रेमसिक्त इस अकस्मात् मिलन ने औपचारिकता को दिल के दरवाज़े से बाहर का रास्ता दिखाकर सम्बोधन की रूपरेखा को ही बदल दिया था। भौतिक दूरी भले ही अपनी जगह पर क़ायम थी, पर मन की दूरियाँ एक झटके में ही समाप्त हो चुकी थीं। राम्या, 'ठीक है। किन्तु, एक शर्त पर, जब आप भी मुझे राम्या जी नहीं बुलायेंगी।'

अंशु, 'अरे! अब मैं तुम्हें कहाँ राम्या जी बुलाने वाली हूँ। मैं तो तुम्हें भाभी बुलाऊँगी।'

भाभी शब्द एक तो स्वयं में इतना मनोरम एवं मीठा है, दूसरे अंशु के मुँह से अपने लिए अनपेक्षित-अयाचित भाभी शब्द का सम्बोधन सुनकर राम्या का रोम-रोम पुलकित हो उठा। राम्या के मन में वैसे भी अंशु और प्रसून की सच्ची मित्रता के प्रति कोई सन्देह नहीं था, लेकिन अंशु द्वारा उसके लिए भाभी शब्द के सम्बोधन ने इसे एक अकथ्य नयी ऊँचाई दे दी थी।

राम्या और अंशु के बीच बातें जब शुरू हुईं तो थमने का नाम ही नहीं ले रहीं थीं, लेकिन, राम्या यह अच्छी तरह जानती थी कि प्रसून किसी भी समय वहाँ आ सकता है और यदि मुख्य बात बतानी रह गयी, तो उसकी योजना सफल नहीं हो पायेगी। इसलिए अंशु को बीच में रोकते हुए वह बोली, 'अंशु! एक अनुरोध है। यदि कहो तो बोलूँ।'

अंशु, 'हाँ, हाँ, क्यों नही? बताओ न।'

राम्या, 'प्रसून को अगले हफ़्ते मुम्बई में फोर्ब्स इंडिया लीडरशिप द्वारा बैस्ट मल्टीनेशनल सीईओ का पुरस्कार दिया जाने वाला है। मेरी प्रार्थना है कि तुम इस मौक़े पर वहाँ उपस्थित रहो।'

अचानक प्राप्त हुए इस निमन्त्रण ने अंशु को अचम्भित कर दिया। वह सोच में पड़ गयी कि क्या जवाब दे? उसे एक ओर प्रसून से मिलने की जहाँ हार्दिक इच्छा हो रही थी वहीं दिल में एक हल्की-सी हिचक भी हो रही थी, कि कैसे मिलेगी प्रसून से इतने वर्षों के बाद? लेकिन राम्या के निमन्त्रण में इतना स्नेह भरा था कि वह उसे मना नहीं कर पायी।

संकोच के ऊपर स्नेह की भावपूर्ण विजय हो गयी। वह बोली, 'भाभी! धन्यवाद! परन्तु मैं बिन बुलाये उस समारोह में कैसे जा पाऊँगी।'

राम्या, 'प्रसून को उस कार्यक्रम में सपरिवार बुलाया गया है और तुम अब हमारे परिवार की हिस्सा हो।'

आभासी दुनिया की एक अजनबी मित्र ने उसे मरासिम के ऐसे मज़बूत धागे में बाँध दिया था कि वह भावविभोर हो उठी। हर रिश्ता माँ के पेट से नहीं बनता। कुछ रिश्तें हम समाज में रहकर अपने व्यवहार से अर्जित करते हैं और ऐसे रिश्तें बहुधा गज़ब के गहरे व दिलकश बन जाते हैं।

अंशु, 'धन्यवाद, भाभी! कार्यक्रम किस दिन है?'

राम्या, 'अगले हफ्ते, 15 तारीख़ को।' अंशु, '15 तारीख़, लेकिन इसमें तो चार दिन ही शेष रह गये हैं।' राम्या, 'हाँ। मैं जानती हूँ कि इतने कम समय में तुम्हें दिल्ली से मुम्बई तक की यात्रा की तैयारी करने में असुविधा होगी, लेकिन, तुम्हारे आ जाने से प्रसून को कितनी ख़ुशी मिलेगी, मैं बता नहीं सकती। प्रसून की ख़ुशी के लिए प्लीज़ आ जाओ।'

राम्या की बातों की निश्छलता ने अंशु पर जैसे जादू कर दिया। वह बोली, 'भाभी! मैं ज़रूर आऊँगी।'

राम्या, 'अंशु! एक और छोटी-सी प्रार्थना है। हो सकता है, तुम्हें थोड़ा असहज लगे, पर मुझे विश्वास है कि तुम इसे अन्यथा नहीं लोगी।'

अंशु, 'अरे, भाभी! प्रार्थना नहीं हुक्म करो।' राम्या, 'मैं अंशु की खोज को क्लाईमैक्स पर प्रस्तुत करना चाहती हूँ।'

अंशु, 'मैं कुछ समझी नहीं।'

राम्या, 'मैं प्रसून को सरप्राइज़ देना चाहती हूँ।'

अंशु आश्चर्य से बोली, 'कैसा सरप्राइज़, भाभी?'

राम्या, 'मैं चाहती हूँ कि प्रसून तुमसे सीधे अवार्ड फंक्शन में ही मिलें। इसलिए मैं दिल्ली में तुम्हारे ठहरने का इन्तज़ाम अपनी मित्र रोली के यहाँ करा रही हूँ। वो तुम्हें सीधे समारोह-स्थल पर ले आयेगी। परन्तु, सरप्राइज़ ओवर होते ही तुम्हारा अज्ञातवास ख़त्म हो जायेगा और तुम हमारे घर आ जाओगी, तब हम दोनों जी भर कर बातें करेंगे।'

'भाभी! आप में बचपन वाली मासूमियत अभी भी बरक़रार है। ठीक है, मैं ऐसा ही करूँगी।' अंशु राम्या की बात पर हँस पड़ी।

राम्या ने अंशु को रोली का मोबाइल नम्बर, पता वगैरह सब कुछ तुरन्त नोट करा दिया। और फिर फ़ोन रखते ही उसने रोली को फ़ोन लगाया। उसकी आवाज़ की चमक से ही रोली समझ गयी कि उसने अंशु रूपी ख़ज़ाना ढूँढ़ निकाला है। राम्या के कुछ कहने के पहले ही रोली बोली, 'बता! अंशु को कब रिसीव करने चलना है।'

झूठ-मूठ का गुस्सा दिखाते हुए राम्या बोली, 'तू तो किसी चीज़ को सरप्राइज ही नहीं रहने देना चाहती। अच्छा चल तू अपनी तरफ़ से भी अंशु को आमन्त्रित कर ले। ये रहा उसका नम्बर 9........2'

अंशु ने अगले दिन राम्या को बताया कि वह 14 तारीख की शाम को इंडिगो की फ़्लाइट से मुम्बई से दिल्ली आ रही है। राम्या ने एक प्लाकार्ड बनाया जिस पर अंशु फ्रॉम दिल्ली- रोली एन्ड राम्या लिखा हुआ था। अगले दिन नियत समय से थोड़ा पहले वह रोली को लेकर मुम्बई के छत्रपति शिवाजी इंटरनेशनल एयरपोर्ट पर पहुँच गयी। जैसे ही स्क्रीन पर फ्लैश हुआ कि इंडिगो की फ्लाईट संख्या 6E-155 दिल्ली पहुँच चुकी है, राम्या की उत्कण्ठा शिखर पर पहुँच गयी। उसकी नज़रें बाहर निकलने वाले हर पैसेंजर में अंशु को ढूँढ़ रही थीं। कुछ देर बाद एक ख़ूबसूरत महिला उन्हें बैसाखियों के सहारे बाहर आती हुई दिखायी दी। आत्मविश्वास एवं माधुर्य का अद्‌भुत मेल उसके चेहरे पर चमक रहा था। प्रसून ने अंशु के बारे में जितना बताया था, उससे वह महिला बहुत हद तक मेल खा रही थी। उसका ध्यान आकर्षित करने के लिए उसने अपने हाथ में पकड़े प्लाकार्ड को थोड़ा ऊँचा करके उसे हिलाया ताकि उसकी निगाह उस पर पड़ जाये। राम्या का अन्दाजा बिल्कुल सही सिद्ध हुआ। उस महिला की दृष्टि जैसे ही उस लहराते हुए प्लाकार्ड पर पड़ी, वह मुस्कुरा उठी। उसे मुस्कुराता देख राम्या ने भी मुस्कुरा दिया। रोली देख रही थी कि राम्या और अंशु के होंठों पर जन्म ले चुकी स्मिता स्निग्ध एवं विस्तृत होती जा रही है। अपने किसी प्रियजन से मिलने का सुख यूँ भी अनिर्वचनीय होता है और यदि आप उससे पहली बार मिल रहे हों तो वह सुख अकथनीय होने के साथ-साथ अलौकिक भी हो जाता है।

राम्या की ओर बढ़ते हुए अंशु बोली, 'कैसी हो, भाभी?'

खुशी से राम्या के मुँह से कोई भी शब्द नहीं निकला। वह आगे बढ़कर अंशु के गले लग गयी। हर्ष से उपजे मोतियों ने उसके नयनों से निकलकर कपोलों पर अपना आशियाना बना लिया। आत्मिक सुख की प्राप्ति अक्सर हमें शब्दों से निर्वाक् बना देती है। कथ्य स्वयंमेव अकथ्य में परिवर्तित हो जाता है। उस समय स्पर्श रूपी इन्द्रिय ही हमारी भावनाओं की सन्देशवाहक बन जाती है।

रोली भी कहाँ पीछे रहने वाली थी। वह राम्या से लाड़ लगाते हुए बोलीं, 'अरे! तुम दोनों ने तो मुझे भुला ही दिया।'

अंशु ने बाहें फैलाकर रोली का स्वागत किया और वे तीनों एक-दूसरे का हाथ पकड़े पार्किंग की ओर बढ़ चलीं। जैसे-जैसे भावना रूपी लहरों का उत्ताल आरोह अपने स्वाभाविक लय में आने लगा वैसे-वैसे बातों का सिलसिला बढ़ने लगा। कुछ ही देर में सभी रोली के घर पहुँच गये। रोली ने अंशु के लिए सुरुचिपूर्ण ढँग से कमरा सजाया हुआ था। स्वागत से अभिभूत अंशु बोली, 'राम्या भाभी तो बहुत अच्छी हैं ही, लेकिन भाभी की दोस्त रोली का भी कोई जवाब नहीं है। टचवुड, यह दोस्ती ऐसी ही बनी रहे।'

यह सुनकर रोली शरारत से बोली, 'राम्या! अब अंशु सिर्फ़ तेरी नहीं रही, मेरी भी हो गयी है।' दोनों उसकी बात पर हँस पड़े।

अंशु और रोली से अगले दिन के कार्यक्रम की रूपरेखा तय कर राम्या प्रसून के ऑफिस लौटने के पहले ही अपने घर चली आयी। रात को बिस्तर पर जाने के बाद भी उसके मन में अगले दिन की योजना बनती-सँवरती रही। वह अगली सुबह काफ़ी तड़के ही उठ गयी। जब प्रसून ने उसे टोका कि इतनी सुबह उठने की क्या ज़रूरत है? तो प्रसून के बाल में उँगलियाँ फिराते हुए वह बोली, 'भगवान जी को शुक्रिया अदा करने के लिए मुझे मन्दिर जाना है, जिनके आशीर्वाद से मेरे डार्लिंग पति को यह अवॉर्ड मिल रहा है। किन्तु, इसके साथ ही उसके मन में यह भी चल रहा था कि दो दोस्तों को मिलाने की उसकी योजना में शीर्ष तक रहस्य बना रहे।'

राम्या ने आज के इस विशेष अवसर हेतु प्रसून के लिए नया सूट और मैचिंग टाई ख़रीदा था। प्रसून गद्‌गद् हो उठा, 'राम्या! तुम मेरा कितना ध्यान रखती हो?'

टाई के नॉट को ठीक करते हुए राम्या बोली, 'मुझे आपके लिए कुछ भी करना बहुत अच्छा लगता है।'

राम्या की बातों और सामीप्य ने प्रसून को थोड़ा रोमानी बना दिया। वह उसे आलिंगनबद्ध करता हुआ बोला, 'तो इसके बदले में मैं तुम्हें क्या दूँ?'

प्रसून की बात का मतलब समझते हुए राम्या के गालों पर नारीसुलभ लज्जा उभर आयी।

वह बोली, 'कुछ नहीं, प्रसून। बस हम लोग एक-दूसरे की भावनाओं को बिना कहे यूँ ही समझते रहें।' फिर घड़ी की ओर इशारा करते हुए बोली, 'चलिये, फटाफट तैयार हो जाइये, समय बहुत कम रह गया है।'

प्रसून, 'ओह! यह घड़ी ऐसे ही मौके पर दुश्मन लगने लगती है। चलो चलते हैं।'

राम्या प्रसून की मासूमियत पर हँस दी। राम्या ने इसी बीच रोली को टैक्स्ट मैसेज कर बता दिया कि वह घर से कार्यक्रम-स्थल के लिए निकल रही है।

बातों-बातों में प्रसून और राम्या मंज़िल तक पहुँच गये। 'द ट्राइडेन्ट होटल' के मुख्य द्वार पर आयोजन समिति के सदस्यों ने उनका गर्मजोशी से स्वागत किया। समारोह स्थल पर उपस्थित देश की बड़ी-बड़ी कम्पनियों के सीईओ एवं अधिकारियों ने भी आज उसे दिये जाने वाले अवॉर्ड के लिए हार्दिक बधाई दी।

जब उद्‌घोषिका ने बैस्ट मल्टीनेशनल सीईओ के लिए प्रसून का नाम पुकारा और उससे मंच पर आने का आग्रह किया, तो पूरा हॉल तालियों से गूँज उठा और मीडियाकर्मियों के कैमरों के फ़्लैश उसकी ओर चमकने लगे।

मुख्य अतिथि से अवॉर्ड ग्रहण करने के पूर्व जब उद्‌घोषिका प्रसून का परिचय और उपलब्धियाँ बता रही थी तो प्रसून ने उससे अनुरोध किया कि

वह इसमें कुछ जोड़ना चाहता है। उद्घोषिका ने सहर्ष उसे माइक सौंप दिया तो उसने सभी का अभिवादन करते हुए आगे की पंक्ति में बैठे हुए राम्या को देखकर हाथ हिलाया प्रत्युत्तर में राम्या से प्राप्त मुस्कुराहट ने उसकी ख़ुशी को कई गुना बढ़ा दिया।

अपनी कम्पनी, स्टॉफ और सहयोगियों को इस उपलब्धि के लिए धन्यवाद ज्ञापित करते हुए प्रसून बोला, 'मित्रों! यह पुरस्कार मेरी पूरी टीम के लिए है, जिनकी अहर्निश सेवाभावना ने कम्पनी को इस स्थान पर पहुँचाया है। किन्तु, मैं इस अवसर पर अपने माता-पिता के साथ-साथ दो हस्तियों को याद करना चाहता हूँ जिनका मेरी सफलता में बहुत बड़ा योगदान है। पहली मेरी लकी चार्म, मेरी पत्नी राम्या जिसने अपनी व्यक्तिगत आकांक्षाओं को मेरे कार्य के लिए कई बार कुर्बान किया और दूसरी मेरी बचपन की मित्र, मेरी गाईड और मेरी मेंटर अंशु मिश्रा को, जिसने मुझे अहँकार और झूठी श्रेष्ठता के भँवर से निकालकर एक सहयोगी एवं संवेदनशील इन्सान बनाया। कोई सीईओ अकेले सब काम नहीं कर सकता। यह उसकी टीम की ताक़त होती है, जो उसे सफलता दिलाती है। मैं उसी की बदौलत जीवन में टीम के महत्त्व को समझ पाया और आज उसी का फल है कि फोर्ब्स इंडिया ने मुझे बैस्ट सीईओ के अवॉर्ड के योग्य समझा है। मैं नहीं जानता हूँ कि आज अंशु कहाँ है? लेकिन वो जहाँ भी हो, मैं इस मंच और आप सभी के माध्यम से उस तक यह सन्देश पहुँचाना चाहता हूँ कि 'अंशु! तुम न होती तो मैं आज यहाँ तक कभी नहीं पहुँच पाता।''

अभी प्रसून की बात ख़त्म ही हुई थी कि राम्या अपने स्थान से खड़ी होते हुए बोली, 'इसकी कोई आवश्यकता नहीं, प्रसून। अंशु जब यहीं मौजूद है तो तुम अपनी बात उससे सीधे क्यों नहीं कहते?'

राम्या की बात सुनकर प्रसून का मुँह खुला का खुला रहा गया। उसे समझ में नहीं आ रहा था कि राम्या यह क्या बोल रही है? यह कैसे सम्भव है? इतने वर्षों से न कोई सम्पर्क न ही उसके बारे में कोई जानकारी। फिर वह अचानक यहाँ कैसे?और उसकी उपस्थिति के बारे में राम्या को कैसे पता? पूरा हॉल इस सस्पेंस को जानने के लिए उत्सुक था।

प्रश्नों के आरोह–अवरोह में उतर रही प्रसून की चेतना उद्‌घोषिका की मधुर आवाज़ से वापस आयी, जब उसने इस अद्‌भुत संयोग के लिए उसे बधाई दी। वह आश्चर्यपूर्वक राम्या से बोला, 'यह तुम क्या बोल रही हो? अंशु यहाँ कैसे हो सकती है?'

हाथ के इशारे से प्रसून को इन्तजार करने का संकेत कर राम्या स्टेडियम के उस कोने की ओर बढ़ चली, जहाँ अंशु और रोली बैठीं थीं। राम्या ने अंशु का हाथ पकड़कर उससे विनम्रतापूर्वक स्टेज पर चलने का आग्रह किया। एक तो इतने समय बाद प्रसून से मिलना और दूसरे इस ढँग से इतने विशाल जनसमुदाय के स्टेज पर जाने में उसे थोड़ी हिचकिचाहट हो रही थी। उसकी मनोभावना समझते हुए राम्या बोली, 'अंशु! अपने दोस्त की हौसला अफ़ज़ाई करने मंच तक नहीं चलोगी, क्या?'

भावविभोर अंशु राम्या और रोली का हाथ पकड़कर उठ खड़ी हुई। उपस्थित जनसमुदाय ने देखा कि गर्व से दमक रहा अंशु का चेहरा खुशियों के आँसू से भीगा हुआ है। जिसने यह मंज़र देखा, वे सभी भावुक हो गये। स्टेडियम में बैठे सभी लोग आश्चर्य से दो बिछड़े दोस्तों के मिलन के साक्षी बनने को व्याकुल हो उठे।

प्रसून को अभी भी अपनी आँखों पर विश्वास नहीं हो रहा था कि राम्या और रोली का हाथ थामे मंच की ओर धीरे–धीरे बढ़ती हुई वह उसकी किशोरावस्था की मित्र अंशु ही है। क़दम दर क़दम नज़दीक आती अंशु की उपस्थिति ने पन्द्रह वर्षों के अन्तराल को कुछ ही क्षणों में भर दिया। प्रसून के मुँह से अस्फुट स्वर में निकला, 'अमेजिंग! इट् इज अनविलिवेबल। राम्या, यू आर ग्रेट।' मुख्य अतिथि से अनुमति लेकर वह दौड़कर अंशु के पास जा पहुँचा। अकस्मात् मिली इस अपरिमित खुशी से भावविभोर वह अंशु को देखता ही रह गया। अंशु ने ही चुप्पी तोड़ी, 'अरे! खड़े ही रहोगे, क्या? गले नहीं मिलोगे।' अरे! हाँ! इतना कहकर वह अंशु के गले लग गया। दोनों मित्रों की आँखें नम हो आयीं। कृष्ण और द्रौपदी की मित्रता कलयुग में एक बार फिर से पुनर्जीवित हो उठी थी।

अंशु का एक हाथ राम्या और दूसरा प्रसून ने थामा हुआ था। जब दोस्त का हाथ ही सहारा बन जाये तो लकड़ी की बैसाखियों का क्या काम? अंशु के साथ मंच की सीढ़ियाँ चढ़ते हुए प्रसून बोला, 'अंशु! देखो, वक़्त किस प्रकार करवटें लेता है। कभी ऐसी ही एक सीढ़ी से तुम्हें गिराकर मैं किसी भी क़ीमत पर विजयी बनना चाहता था, लेकिन, यह तुम्हीं थी, जिसने बिना कुछ बोले मुझे यह सिखाया कि सबको साथ लेकर चलना ही असली जीत है। यह बात मेरे दिल को ऐसे छू गयी कि देखो उस रास्ते पर चलकर आज तुम्हारे साथ वैसी ही एक सीढ़ी चढ़कर मैं सम्मान पाने जा रहा हूँ।

अंशु, 'प्रसून! सफलता के इस मुकाम पर और इतने वर्ष बीत जाने के बावजूद तुमने मुझे याद रखा, यह मेरे लिए कल्पना से परे है। ऐसा लग रहा है कि यह अवॉर्ड तुम्हें नहीं मुझे मिल रहा है।' दोनों मित्रों की आँखें डबडबा गयीं।

मंच पर पहुँचकर मुख्य अतिथि से पुरस्कार लेने के बाद प्रसून ने विनम्रता पूर्वक जनसमुदाय के सामने घोषणा की, 'मैं बेस्ट मल्टीनेशनल सीईओ का अवॉर्ड अपनी मित्र एवं मेंटर अंशु मिश्रा को समर्पित करता हूँ।' पूरा हॉल इस अनाउंसमेंट पर झूम उठा। उद्घोषक के कहे बिना स्वतः स्फूर्त तालियों की गड़गडाहट बता रही थी कि मित्रता की यह अनूठी झलक उन्हें भी कितनी पसन्द आ रही थी।

कार्यक्रम स्थल से निकलते हुए प्रसून अंशु से बोला, 'अंशु! इस कार्यक्रम में तुम्हारी अप्रत्याशित उपस्थिति मेरे लिए इस अवॉर्ड से भी ज़्यादा महत्त्वपूर्ण है, लेकिन मुझे समझ नहीं आ रहा कि तुम्हें इसके बारे में कैसे पता चला और तुम बिना बताये यहाँ अचानक से कैसे आ गयीं? आख़िर यह सब हुआ कैसे?'

अंशु, 'थैंक्स प्रसून! लेकिन इस अमेजिंग सरप्राइज की प्रोड्यूसर-डायरेक्टर मैं नहीं, बल्कि मेरी भाभी हैं।'

प्रसून, 'भाभी! कौन भाभी?'

अंशु, 'अरे! अभी भी नहीं समझे। मेरी राम्या भाभी।'

'अच्छा, तो यह सब राम्या का प्लान था।' प्रसून विस्मय से भर उठा।

अंशु, 'हाँ। इतनी सुन्दर योजना राम्या भाभी ने ही बनायी थी।'

प्रसून ने राम्या की ओर देखा। उसकी आँखें हर्ष एवं लज्जा के मिश्रित भाव से चमक उठीं। प्रसून उसकी मुलायम हथेलियों को अपने हाथों में लेते हुए बोला, 'अद्‌भुत! मुझे पता नहीं था राम्या कि तुम इतनी अच्छी स्क्रिप्ट राइटर भी हो। इस अप्रतिम सरप्राइज़ के बदले में तुम जो माँगो, मैं तुम्हें देने के लिए तैयार हूँ।'

राम्या, 'प्रसून! अरे! मुझे तो इसके बदले में तुमने मुझे पहले ही अंशु जैसी प्यारी सहेली दे दी है। मुझे और कुछ नहीं चाहिए।'

राम्या की बात से अभिभूत होकर प्रसून ने उसे गले से लगा लिया।

अंशु, 'प्रसून! तुम बहुत ख़ुशनसीब हो कि तुम्हें इतनी अच्छी और समझदार जीवनसाथी मिली है।'

प्रसून, 'हाँ, तुम्हारी यह बात सोलह आने खरी है।'

हर्ष, अनुराग एवं लज्जा के मिश्रित भाव राम्या के चेहरे पर एक साथ खिल उठे। राम्या को गले लगाते हुए प्रसून की भावुकता आँखों एवं होठों से एक साथ फूट पड़ी, 'राम्या! अंशु को धोखे से गिराकर मैं आज तक परिताप की अग्नि में जल रहा था। मुझे सपने में भी आशा नहीं थी कि मैं अंशु को प्रतिदान स्वरूप अपना आभार कभी व्यक्त कर पाऊँगा, लेकिन तुमने मेरे बिना कुछ कहे न केवल मुझे उससे उबार लिया बल्कि अंशु से मिलवाकर परिताप की ज्वाला को परितोष की ठण्डी सुखद अनुभूति में बदल दिया। मैं तुम्हारा सदैव शुक्रगुज़ार रहूँगा।'

सभी भावुक हो उठे। कुछ देर के लिए मौन मुखटित हो उठा।

'फिर से मुझे सब भूल गये। अरे! फिल्म में केमियो की भी अपनी महत्ता कोई होती है या नहीं।' रोली झूठ-मूठ का गुस्सा दिखाते हुए वातावरण को सहज बनाते हुए बोली।

'अरे! मेरी हनुमान! तुम्हें कैसे भूल सकते हैं? तुम्हारे बिना तो यह पिक्चर पूरी ही नहीं हो सकती थी।' यह कहते हुए राम्या ने उसे अपनी बाँहों के घेरे में चिपका लिया।

अंशु और प्रसून भी रोली की बातें सुनकर मुस्कुरा पड़ें।

दोस्ती से उपजे मरासिम के मज़बूत डोर में बँधे चारों एक-दूसरे का हाथ थामे घर की ओर चल पड़े। जिन्होंने बड़ी सरलता से यह सिद्ध कर दिया था कि दोस्ती लिंग, उम्र, पद, पैसे जैसी किसी भी दुनियावी चीज़ की मोहताज़ नहीं होती और यह भी ज़रूरी नहीं कि स्त्री और पुरुष की दोस्ती सदा प्रेम सम्बन्धों में ही परिणत हो।

अनुताप

जजमेंटल होना बहुत आसान है, क्योंकि इसके लिए तथ्यों की गहराइयों में गोते लगाने की जहमत नहीं उठानी पड़ती। सागर के किनारे खड़े होकर पानी की ऊपरी सतह को देखकर ही हम उसका सारा इतिहास भूगोल बताने लगते हैं। किन्तु, इस प्रक्रम में हमारा ध्यान सागर की अतल गहराइयों में छिपे हुए उजले, चमकदार मोतियों पर जा ही नहीं पाता। हमारे पूर्वाग्रहों से जन्म लिए हुए ऐसे बेतुके निष्कर्षों की परिणति सदैव लज्जित होने और दूसरों के सामने मुँह छिपाने में ही होती है और फिर इसके अनुक्रम में हम अपने आपको सही साबित करने के लिए चाहे कितना ही तर्क़ क्यों न दे दें, हमारे हिस्से में शर्म और अपमान के सिवा और कुछ नहीं आता है। सत्य की शुभ्र, निर्मल दीप्ति ऐसे आधारहीन, बेतुके निष्कर्षों के ताने-बाने को उसी तरह छिन्न-भिन्न कर देती है जैसे सत्य रूपी सूरज बादलों को चीर कर अपनी रोशनी बिखेरने बाहर आ ही जाता है, फिर चाहे वे बादल कितने ही घने और काले क्यों न हों।

वैशाली अपने ऑफिस में ज़रूरी फ़ाइलें निपटा रही थी, तभी इंटरकॉम की घण्टी बजी। उधर से ऑफिस के हाउसकीपिंग सुपरवाइजर शहंशाह की कॉल थी, 'मैडम, क्या आप दो मिनट के लिए फ्री हैं?'

वैशाली, 'हाँ, बताइये। क्या बात है?'

शहंशाह, 'आपने घर के लिए एक महिला स्टाफ़ तलाश करने के लिए बोला था, न?'

वैशाली की दफ़्तर वाली औपचारिक भाषा सहसा सहज एवं लोचपूर्ण हो गयी, 'हाँ-हाँ, बोला था। कोई मिली क्या?'

शहंशाह, 'मैडम, प्लेसमेंट एजेंसी वालों ने आज एक लड़की को ऑफिस भेजा है, किन्तु वह ऑफिस में प्यून का काम नहीं करना चाहती, परन्तु घर पर काम करने के लिए वह राजी है। यदि आप कहें तो मैं उसे आपसे मिलवा दूँ।'

वैशाली, 'अरे! नेकी और पूछ-पूछ। आप उसे मेरे चैम्बर में लेते आइये।'

दरअसल वैशाली अपनी दोनों किशोर हो रही बेटियों की देखभाल को लेकर चिन्तित रहती है। पति निखिल और स्वयं के उँचे ओहदे पर होने के नाते घरेलू कार्यों के लिए उसके पास कई सरकारी और निजी स्टाफ है, लेकिन वे सभी पुरूष हैं। वर्किंग वुमन होने के कारण जिस समय बेटियाँ स्कूल से घर आती हैं, वह घर पर नहीं होती है। समाचार-पत्रों में रोज़ छोटी-छोटी लड़कियों के साथ घर के अन्दर हो रहे दुष्कर्म और छेड़खानी की ख़बरों को पढ़कर किशोर होती लड़कियों को पुरुष स्टाफ के भरोसे छोड़कर आना उसे असहज कर देता है, इसलिए वह एक महिला सहायिका घर पर रखना चाह रही थी ताकि उसकी अनुपस्थिति में वह उसकी बेटियों की देखभाल कर सकें।

सुपरवाइजर शहंशाह कुछ ही देर में वैशाली के चैम्बर में एक लड़की को लेकर आया। उसकी उम्र रही होगी यही कोई बीस-बाइस वर्ष की, दिखने में छरहरी और शक्ल सूरत से भली सी। उसने हाथ जोड़कर बहुत सलीक़े से वैशाली को अभिवादन किया।

वैशाली, 'क्या तुम मेरे घर पर काम करना चाहोगी?'

लड़की, 'जी।'

वैशाली, 'बहुत अच्छा। अरे सॉरी! मैंने तो तुम्हारा नाम ही नहीं पूछा। क्या नाम है तुम्हारा?'

लड़की, 'जी, सुधा।'

वैशाली, 'वाह! बहुत प्यारा नाम है, लेकिन सुधा, तुम यह बताओ। क्या तुम्हें इस तरह के काम करने का कोई अनुभव है?'

सुधा, 'मैडम, घर के बाहर कभी काम करने की ज़रूरत ही नहीं पड़ी, किन्तु आप निश्चिन्त रहिये। चूँकि अपने घर के सारे काम मैं ही

करती हूँ, इसलिए कोई दिक़्क़त नहीं होगी। मैं जैसे अपने घर का ध्यान रखती हूँ वैसे ही आपके घर का ध्यान भी रखूँगी।'

वैशाली, 'बहुत अच्छा।'

सुधा, 'और दोनों बेटियों का भी ध्यान रखूँगी।'

वैशाली, 'अरे! तुम्हें बेटियों के बारे में कैसे पता चला?'

सुधा सुपरवाइज़र शहंशाह की ओर देखने लगी।

वैशाली, 'अच्छा तो शहंशाह साहब ने तुम्हें सब कुछ बता दिया है।'

सुधा ने धीरे से सिर हिला दिया।

वैशाली, 'चलो अच्छा है, मुझे बताने की जहमत नहीं उठानी पड़ी। वैसे तुम कहाँ रहती हो?'

सुधा, 'जी परसपुर में।'

वैशाली, 'परसपुर! लेकिन यह जगह तो मेरे घर से बहुत दूर है। तुम्हें वहाँ से हमारे घर इतनी दूर रोज़ आने जाने में कठिनाई होगी।'

सुधा, 'नहीं, मैडम! कोई कठिनाई नहीं होगी।'

वैशाली को अच्छी तरह पता था कि परसपुर उसके घर से लगभग पन्द्रह-बीस किलोमीटर दूर है। वह सोचने लगी इतनी दूर से रोज़ काम पर आना एक कठिन कार्य है लेकिन सुधा इसके बावजूद भी मेरे घर काम पर आने को तैयार है तो उसकी ज़रूर कोई न कोई मज़बूरी अवश्य होगी। शक्ल सूरत से भी यह भले घर की लग रही है तो वह कौन-सी मजबूरी है जिसकी वजह से वह अपने घर से इतनी दूर काम पर आने के लिए राज़ी है। अभी वह इसी उधेड़बुन में लगी थी कि सुधा बोली, 'मैडम आपसे एक प्रार्थना है।'

वैशाली, 'हाँ, बताओ।'

सुधा, 'मैडम! क्या मैं दोपहर बाद आपके घर ड्यूटी करने आ सकती हूँ?'

वैशाली, 'सुधा, मुझे कोई दिक़्क़त नहीं, लेकिन सैकेंड शिफ़्ट में ड्यूटी करने पर तुम्हें घर वापस जाने में काफ़ी देर हो जायेगी और रात के समय तुम्हारा इतनी दूर जाना शायद ठीक नहीं होगा।'

सुधा, 'मैडम! आप सही कह रही हैं, परन्तु दरअसल मुझे ही घर का खाना बनाना पड़ता है। सुबह की शिफ्ट में ड्यूटी करने पर घर में दोपहर का खाना नहीं बन पायेगा, और..।

वैशाली, 'और क्या? खुल कर बताओ।'

सुधा हिचकिचाते हुए बोली, 'मैडम, मेरा एक वर्ष का बेटा है। उसे नहलाने, खिलाने, उसके कपड़े धुलने आदि में सुबह देर हो जाती है।'

वैशाली, 'अच्छा, तुम्हारा बेटा भी है, लेकिन इसमें शर्माना कैसा?'

सुधा, 'दरअसल मैडम, छोटे बच्चे तो सभी को पसन्द आते हैं, पर जहाँ काम देने की बात आती है तो उन छोटे बच्चों की माँ को लोग पसन्द नहीं करते।'

वैशाली, 'हाँ, तुम सही बोल रही हो, लेकिन मैं ऐसा नहीं सोचती, लेकिन इतने छोटे बच्चे और घर की ढेर सारी जिम्मेदारियों के साथ ड्यूटी कर पाना क्या तुम्हारे लिए मुश्किल नहीं होगा?'

सुधा, 'मैडम! कोई मुश्किल नहीं होगी। मेरा विश्वास कीजिए, मैं अपने घर की कठिनाइयों को ड्यूटी के आड़े कभी भी आने नहीं दूँगी। मैं मन लगाकर काम करूँगी।' वह हाथ जोड़कर कातर हिरणी की भाँति वैशाली को देखने लगी।

छोटे बच्चे की परवरिश और घर की ढेर सारी ज़िम्मेदारियों से सुधा को घिरा हुआ देखकर वैशाली ने उसे मना करने का मन बना लिया था, परन्तु उसकी बातों में छिपे हुए दर्द ने उसे अपने निर्णय पर एक बार दोबारा सोचने पर मजबूर कर दिया। उसे लगा कि सुधा को एक मौक़ा देने में कोई बुराई नहीं है। यदि बात नहीं बन पायी तो मना करने का विकल्प तो हमेशा ही खुला हुआ है और वैसे भी फीमेल डोमेस्टिक हैल्प की आवश्यकता उसे इसलिए है ताकि उसकी अनुपस्थिति में बेटियों के अकेले रहने के दौरान कोई महिला उनके साथ घर में रह सकें। फिर सुधा संस्कारी और शिक्षित भी लग रही है। ऐसी डोमेस्टिक हैल्प आसानी से मिलती कहाँ है? यदि सुधा दोपहर वाली शिफ्ट में ड्यूटी करना चाहती है तो क्या दिक़्क़त है? वैसे भी उसकी बेटियाँ स्कूल से लगभग दो बजे ही घर आती हैं। तब तक सुधा ड्यूटी पर आ चुकी होगी। इस तरह महिला स्टाफ को रखने

का मेरा उद्देश्य भी पूरा हो जायेगा और अपनी सुविधा के अनुसार ड्यूटी टाइम पाने पर वह भी अपना काम ख़ुशी-ख़ुशी करेगी। अपने ख़यालों से निकलकर उसने सुधा की ओर देखा। वह एकटक उसकी ओर आशा भरी निगाहों से देख रही थी।

पेट की क्षुधा और घर-गृहस्थी की आधारभूत ज़रूरतों को पूरा करने के लिए पैसों की आवश्यकता से घिरे हुए एक ज़रूरतमन्द को हर उस इन्सान में भगवान दिखायी देने लगता है, जिसमें उन्हें पूरा करने की संभाव्यता की एक हल्की-सी झलक उसे दिखायी पड़ती है।

वैशाली के मन में सुधा के प्रति अनायास प्यार और सहानुभूति का ज्वार उठने लगा। वह बोली, 'सुधा मुझे कोई प्राब्लम नहीं है। बस तुम्हें कोई कठिनाई न हो।'

सुधा की आँखें वैशाली की 'हाँ' सुनकर ख़ुशी से नम हो आयीं। वह भरे गले से बोली, 'मैडम! बहुत-बहुत धन्यवाद। मैं आपका यह अहसान जिन्दगी भर नहीं भूलूँगी।' फिर थोड़ा सकुचाते हुए बोली, 'मैडम! मैं ड्यूटी पर कब से आ सकती हूँ?'

वैशाली ने मुस्कुराते हुए कहा, 'कल से।'

वांछित की प्राप्ति से भावविभोर सुधा वैशाली को धन्यवाद देते हुए वहाँ से चली गयी।

सुधा के जाने के बाद सुपरवाइजर शहंशाह वैशाली को बताने लगा, 'मैडम! यह एक अच्छे घर की लड़की है। इंटर तक पढ़ी हुई भी है। इसके पिता की कपड़े की दुकान थी, लेकिन मन्दी के कारण कुछ ख़ास मुनाफ़ा नहीं हो रहा था। फिर इसकी शादी में दहेज़ की रकम जुटाने के लिए उन्हें कई लोगों से क़र्ज़ लेना पड़ा, जिसे चुकाने के लिए उन्हें अपनी दुकान तक गिरवी रखनी पड़ी किन्तु इसके बावजूद वे क़र्ज़ अदा नहीं कर पाये। कोई-न-कोई साहूकार उनके दरवाज़े पर पैसे माँगने के लिए हमेशा खड़ा ही रहता था, जिससे मोहल्ले और बाज़ार में उनकी बदनामी हो रही थी। रोज़-रोज़ की ज़लालत से तँग आकर इसकी शादी के कुछ महीनों बाद ही उन्होंने ख़ुदकुशी कर ली। इधर इसका पति कहीं काम करता था, लेकिन पता नहीं किसी वजह से उसकी नौकरी भी छूट गयी।

तब सुधा की माँ ने अपना मकान गिरवी रखकर बैंक से लोन लेकर इसके पति को बिज़नेस शुरू कराया, परन्तु किस्मत ने वहाँ भी साथ नहीं दिया। घर की माली हालत निरन्तर ख़राब होते जाने के कारण दो पैसे कमाने के लिए इसे बाहर निकलना पड़ रहा है।'

वैशाली, 'ओह! पर इसकी मुस्कुराहट देखकर कोई सोच भी नहीं सकता कि वह ऐसी कठिन मुसीबतों से इस कदर दो-चार हो रही है।'

बात कुछ ऐसी थी कि उसके उत्तर के शाब्दिक होने की कोई ज़रूरत नहीं थी परस्पर अनुभूति ही पर्याप्त थी। शहंशाह वैशाली की बात पर हामी भरते हुए एक गहरी साँस लेकर कमरे से बाहर चला गया।

वैशाली सोचने लगी किसी मुस्कान के पीछे कितने गम छिपे होते हैं, यह तेज़ी से भागती-दौड़ती दुनिया को पता नहीं चलता। देखा जाये तो परेशानियों से दो-चार होते हुए होंठों पर मुस्कान लाना ज़िन्दगी के रंगमंच पर अभिनय का सबसे कठिन उदाहरण होता है, जहाँ दिल की गहराइयों में कुछ और चल रहा होता है पर दुनिया को दिखाने के लिए न चाहते हुए भी होंठों पर मुस्कान सजानी पड़ती है, क्योंकि बिसूरते हुए चेहरे से सभी दूर भागते हैं कि पता नहीं वह कब गले पड़ जाये और क्या कुछ माँग बैठे, लेकिन इसी दुनिया में कुछ लोग ऐसे भी होते हैं जो इस दर्द को न केवल पढ़ लेते हैं, बल्कि खुशी-खुशी उस दर्द की टीस और चुभन को कम करने के लिए खुले दिल से आगे आ कर उन्हें गले लगा लेते हैं।

सुधा अगले दिन से वैशाली के घर ड्यूटी पर आने लगी। अपने अच्छे व्यवहार के कारण उसने घर के सभी सदस्यों का दिल कुछ ही समय में जीत लिया। सबसे ज़्यादा खुशी वैशाली की दोनों बेटियों को हुई, जिन्हें सुधा के रूप में दोस्त समान एक बड़ी बहन मिल गयी थी। उनके स्कूल से लौटने पर वह उन्हें खाना परोसती, बालों में कँघा करती और समय मिलने पर उनके साथ बैडमिंटन भी खेल लेती।

तमाम जिम्मेदारियों का बोझ उठाये और अपने घर की देहरी के बाहर काम करने का कोई अनुभव न होने के बावजूद सुधा ने कार्य को पूजा की तरह समझा। ड्यूटी से वापस जाते समय उसे रात्रि के नौ-दस बज जाते थे, लेकिन कभी भी निर्धारित समय से पहले उसने घर जाने

की जल्दी नही दिखायी। एक सहृदय महिला होने के कारण वैशाली को अच्छी तरह पता था कि एक स्त्री के पास घर की अनगिनत ज़िम्मेदारियाँ होती हैं। अतः वह खुद उसे अक्सर समय से पहले छोड़ देती थी।

वैशाली ने अनुभव किया कि जॉब करने से सुधा के अन्दर आत्मविश्वास आ गया है। जिस दिन उसे पहली तनख्वाह मिली, उस दिन वह सबके लिए लड्डू लेकर आयी। लड्डू का पैकेट नन्हा-सा था, पर उसके अन्दर का आत्मविश्वास अब बहुत विशाल हो चुका था जिसकी अत्यन्त प्रखर चमक यह बता रही थी कि वर्किंग वुमन होना किसी स्त्री के लिए चुनौतीपूर्ण अवश्य होता है, लेकिन अपने घर के लिए कुछ कर पाने की खुशी के सामने यह चुनौती कहीं नहीं ठहरती।

उस दिन वैशाली की तबीयत थोड़ी ढीली थी इसलिए वह ऑफ़िस से थोड़ा पहले घर आ गयी। उसका सिर बहुत दुःख रहा था। वह लाईट ऑफ कर बिस्तर पर लेटी थी कि सुधा की आवाज़ आयी, 'मैडम आ जाऊँ।'

लाईट ऑन करते हुए वैशाली ने देखा, सिर में मालिश करने के लिए ठण्डे तेल की शीशी लेकर सुधा दरवाज़े पर खड़ी है।

वैशाली, 'अरे! तुम्हें कैसे पता कि मेरे सिर में दर्द हो रहा है?'

सुधा, 'मैडम, वो दर्द ही क्या जिसे कहकर समझाया जाये।'

वैशाली, 'अरे वाह! तुम तो फिलॉस्फर भी हो।'

सुधा उसकी बात सुनकर हँस पड़ी। वह बड़े प्यार से उसके सिर में तेल मालिश करने लगी। वैशाली छोटी बच्ची की तरह सुधा से तेल लगवा रही थी। उम्र में छोटी होने पर भी सुधा उसे अपनी माँ की याद दिला रही थी, जो बिना कहे पढ़ाई के बोझ से थक जाने पर उसके बिना कहे उसके सिर में ठण्डे तेल की मालिश करने लगती थी।

आज वैशाली पहली बार सुधा के साथ फ्री बैठी थी। उसने सोचा काम-काज की बात तो रोज़ ही सुधा से होती रहती है, क्यों न आज इससे इसके घर-परिवार की बात की जाये। परन्तु, उसने जैसे ही उसके पति और ससुराल के बारे में उससे पूछा, उसके चेहरे पर अचानक से अवसाद के काले बादल छा गये। वह बिल्कुल ख़ामोश हो गयी।

वैशाली, 'सॉरी! शायद मुझे तुम्हारे घर के बारे में नहीं पूछना चाहिए था।'

सुधा, 'नहीं, मैडम! ऐसी कोई बात नहीं। दरअसल ससुराल में सभी लोग मुझे अपशकुनी मानते हैं।'

वैशाली, 'ऐसा क्यों?'

सुधा, 'सासू माँ बोलती हैं कि तुम्हारे साथ शादी होते ही पहले मेरे बेटे की नौकरी गयी फिर बिज़नेस भी डूब गया।'

वैशाली, 'अरे! यह तो बहुत ग़लत बात है। इसमें तुम्हारा क्या दोष है?'

सुधा, 'मैडम! यह बात तो मुझे तब भी उतनी बुरी नहीं लगती, लेकिन जब वे भगवान जी के घर जा चुके मेरे पापा को जली-कटी सुनाती हैं तो मुझे बहुत बुरा लगता है। बात-बात पर वे ताना देती रहती हैं कि बेटी-दामाद की जिम्मेदारियों से मुँह मोड़कर तेरा बाप चुपके से स्वर्ग के मजे लूटने चला गया। अब आप ही बताइये, मैडम! मेरे पापा की मौत के ज़िम्मेदार तो मेरे ससुराल वाले ही हैं न, जिनकी दहेज की माँग ने मेरे पापा को समय से पहले मरने पर मजबूर कर दिया। और उल्टे मेरी सास उन्हें ही बुरा-भला कहती हैं। मेरी विधवा माँ ने इनकी नौकरी छूट जाने पर यह सोचकर कि बेटी को कोई कठिनाई न हो, पिता जी की अन्तिम निशानी हमारे मायके के घर को बैंक में गिरवी रखकर लोन लेकर इनका बिज़नेस शुरु कराया। इतना करने के बावजूद मेरी सास मुझे और मेरे मायके वालों को अपनी बदहाली का दोषी मानती हैं।'

वैशाली, 'ओह! यह तो सरासर नाइन्साफ़ी है। क्या तुम्हारे पति अपनी माँ को नहीं समझाते?'

सुधा, 'मैडम! घर में किसी को भी सासू माँ के सामने बोलने की हिम्मत नहीं है। फिर नौकरी चले जाने और व्यापार बन्द हो जाने के बाद घर का खर्च सास-ससुर ही चलाते हैं, इसलिए अपनी माँ को समझाने की हिम्मत मेरे पति अखिलेश में बिल्कुल भी नहीं है। मैं इनकी परेशानी समझती हूँ, लेकिन उनके सामने न सही, बाद में अकेले में तो मुझसे ये कह सकते हैं न कि माँ की बात का बुरा मत मानो। परन्तु समझाना तो

दूर, उल्टे ये अपनी खीझ मुझ पर ही उतारते रहते हैं। घर में कोई भी मुझसे ढँग से बात नहीं करता।' इतना कहकर वह रोने लगी।

वैशाली की आँखें भी सुधा की वेदना को देखकर नम हो आयीं। दुपट्टे से अपने नम हो आये आँखों के कोरों को पोछते हुए वैशाली बोली, 'अरे! सुधा, रो मत। हिम्मत से काम लो। समय सब ठीक कर देगा और तुम कहो तो मैं तुम्हारे पति से बात करूँ।'

सुधा, 'धन्यवाद, मैडम! मैं उचित अवसर देखकर आपको बताऊँगी।'

हँसना और रोना दोनों मानव-मन की सूक्ष्म संवेदनाएँ हैं, परन्तु हँसने के समक्ष रोने को हमेशा कमतर समझा जाता है, किन्तु रोना सच्चाई का सूक्ष्म एवं निर्मल प्रतिरूपण है। हम किसी को दिखाने के लिए कभी चाह कर भी नहीं रो सकते। क्रन्दन आत्मा से होता है और आत्मा वही करती है, जो निष्पाप और अन्तःकरण से उदभूत होता है। अतः वह किसी भी कृत्रिम कार्य में हमारा साथ नहीं देती। यही नहीं हम किसी अजनबी के सामने हँस तो सकते हैं, परन्तु रो नहीं सकते, क्योंकि रोना अपनेपन का भाव लिए होता है। हमारी आँखों से आँसू उसी के सामने निकलते हैं, जो उन आँसुओं की क़ीमत समझता है और हमारे दिल के तार सामने वाले की भावनाओं से जुड़ जाते हैं।

वैशाली के घर में सुधा को काम करते-करते तीन-चार महीने हो चुके थे। इधर कुछ दिनों से वैशाली अनुभव कर रही थी कि सुधा बहुत चुपचाप-सी रहने लगी है। अक़्सर वह खोयी-खोयी-सी रहती है। जब कभी उसे पुकारो तो ऐसे लगता जैसे वह किसी शून्य से निकल कर बाहर आ रही हो। वैसे तो किसी के निजी जीवन में दख़ल देना वैशाली को पसन्द नहीं था, लेकिन सुधा अब उस घर की एक सदस्य हो चुकी थी। वैशाली को उसे उदास देखना अच्छा नहीं लग रहा था। उसने एक दिन प्यार से उससे पूछा, 'सुधा! कोई परेशानी है, क्या?'

सुधा, 'नहीं मैडम!'

वैशाली, 'तो आजकल इतनी बुझी-बुझी-सी क्यों रहती हो?'

पहले तो उसने नकारना चाहा, परन्तु, जब वैशाली ने उसके कन्धे पर हाथ रखकर कहा कि अपने आप में घुटते रहने से बेहतर है कि दर्द

को साझा कर लिया जाये तो उसके अन्दर के दर्द का दरिया स्नेहसिक्त पथ पाकर आँखों के ज़रिये बह निकला।

सुधा, 'मैडम, क्या बताऊँ? बोलते हुए अच्छा नहीं लग रहा है।'

वैशाली, 'क्यों, ऐसी क्या बात हो गयी?'

सुधा, 'मैडम! इधर कुछ दिनों से अखिलेश का व्यवहार कुछ अजीब-सा हो गया है। वे बात-बात पर मुझ पर शक करने लगे हैं।'

वैशाली, 'पर, ऐसा क्यों?'

सिर झुकाये-झुकाये सुधा बोली, 'मैडम! आपके ड्राइंग रूम में वो आपकी फैमिली फ़ोटो लगी है न, उसकी तस्वीर मैंने अपने मोबाइल से खींच ली थी। एक दिन मैं मोबाइल में वह फ़ोटो इन्हें दिखा रही थी। बातों-बातों में मैंने इन्हें बताया कि मैडम के साथ-साथ साहब भी मेरा बहुत ध्यान रखते हैं। वे मुझसे बहुत प्यार से बोलते हैं। यह बात उन्हें शायद अच्छी नहीं लगी। उस दिन से उनका रवैया बदल गया है। खुलकर तो कुछ नहीं कहते, पर उनके कटाक्ष का अभिप्राय मैं समझती हूँ। मैं जब भी अपनी कोई बात उन्हें बताना चाहती हूँ, तो वे यही बोलते हैं कि मुझे क्यों बता रही हो? जाओ, अपने साहब को बताओ, वही तुम्हारी बात सुनेंगे और वो भी प्रेम से।'

वैशाली, 'ओह! तो यह बात है। जिसके कारण तुम परेशान हो।'

सुधा, 'हाँ। जब से यह बात हुई है तब से मुझे इस बात को सोचकर अपने से घिन होने लगी है कि मैं एक ऐसे आदमी की पत्नी हूँ, जो देवता समान साहब के बारे में ऐसी गन्दी सोच रखता है।'

वैशाली, 'सुधा! तुम परेशान मत हो। मुझे लगता है कि अखिलेश इस समय नौकरी चले जाने और बिज़नेस ठप पड़ जाने से बहुत परेशान हैं और शायद तुम्हारे नौकरी करने से उसके अन्दर किन्चित हीनभावना घर कर गयी है। मैं मानती हूँ कि तुमने साहब वाली बात सामान्य बातचीत के क्रम से उसे उत्साह में बताया होगा, लेकिन उसके दमित पौरुष ने उसे शायद कुछ और ही समझा दिया।'

सुधा, 'मैडम! शायद आप सही कह रहीं हैं। मेरी माँ ने डूबते हुए व्यापार को सँभालने के लिए घर गिरवी रखकर इनका बिज़नेस शुरू तो

करा दिया, लेकिन जब बिज़नेस में घाटा होने लगा तो इन्होंने अपने घर को भी बैंक में गिरवी रखकर लोन ले लिया, परन्तु, दुर्भाग्य से स्थिति में तब भी कोई सुधार नहीं हो पाया। पिछले कई महीनों से क़र्ज़ की क़िस्त नहीं चुका पाने के कारण बैंक वालों ने घर की नीलामी का नोटिस भेज दिया है। यदि घर चला गया तो हम लोग बिल्कुल सड़क पर आ जायेंगे। इस बात को लेकर ये बहुत परेशान रहते हैं।'

वैशाली सोचने लगी भगवान एक ही इन्सान की झोली में इतनी ज़्यादा मुसीबतें क्यों डाल देता है कि उसकी ज़िन्दगी ज़िन्दा लाश की मानिन्द हो जाये, वो ज़िन्दा तो रहे पर कराह भी न सके।

वैशाली को ख़ामोश देखकर सुधा तेल की शीशी उठाकर चुपचाप कमरे से बाहर जाने लगी, लेकिन तभी वैशाली ने उसे रोक लिया।

वह बोली, 'क्या, मैं तुम्हारी कोई मदद कर सकती हूँ?'

सुधा, 'मैडम! आपके तो पहले से ही मुझ पर अनेक एहसान हैं। अब मैं आपको ज़्यादा परेशान नहीं करना चाहती।'

वैशाली, 'अरे! इसमें परेशानी की क्या बात है। इन्सान ही तो इन्सान के काम आता है। मैं आज ही निखिल से इस सम्बन्ध में बात करती हूँ। शायद, कोई हल निकल आये।'

शाम को जब निखिल घर आये तो वैशाली ने बताया कि सुधा और उसका परिवार इस समय परेशानियों के चक्रव्यूह में बुरी तरह उलझा हुआ है। निखिल एक बहुत ही सुलझे हुए और ज़िन्दादिल इन्सान थे। यह सुनते ही वे झट से बोले, 'अरे! तुमने पहले क्यों नहीं बताया। अभी पिछले महीने ही बैंकों में डिजिटल सिक्योरिटी सिस्टम लागू करने के लिए शहर के सभी प्रमुख बैंकों के चीफ मैनेजर के साथ मेरे ऑफिस में मीटिंग हुई थी, जिसके दौरान सभी प्रमुख बैंकों के चीफ़ मैनेजर से अच्छी-ख़ासी जान-पहचान हो गयी है। तुम सुधा को बताओ कि वह अपने पति के साथ कल मेरे ऑफिस में लोन के सारे कागज लेकर आ जाये। सुधा का लोन जिस बैंक से हुआ है। मैं उसके बैंक के चीफ़ मैनेजर से बात कर कोई न कोई रास्ता निकालता हूँ।'

वैशाली, 'लेकिन, एक बात है..?'

निखिल, 'बताओ, क्या बात है?'

वैशाली, 'लगातार विषम परिस्थितियों से जूझते रहने के कारण सुधा का पति हीनभावना से ग्रस्त हो गया है। वह सोचता है कि तुम सुधा पर कुछ ज़्यादा मेहरबान हो।'

बिना किसी अतिरिक्त ज़्यादा वर्णन के अनुभवी निखिल समझ गये कि वैशाली क्या कहना चाहती है।

कुछ क्षणों के लिए कमरे में चुप्पी छा गयी। वैशाली सोचने लगी कि पता नहीं यह बात निखिल को बताकर उसने सही किया या नहीं। कहीं विवादों से दूर रहने की गरज से वे इस पचड़े में न पड़ें। वह विचारों के भँवर में अभी डूब-उतर रही थी कि निखिल बोला, 'तुम परेशान मत हो। मैं अखिलेश का भ्रम दूर कर उसे यह यक़ीन दिला दूँगा कि सुधा हमारी बेटी के समान है और हम जो कुछ उसके लिए कर रहे हैं, वह इन्सानियत के नाते कर रहे हैं।'

वैशाली की आँखे खुशी से भीग गयीं। वह बोली, 'आई एम प्राउड ऑफ यू, निखिल! मुझे विश्वास था कि आप कोई-न-कोई रास्ता ज़रूर निकाल लेंगे।' खुशी के अतिरेक में उसने निखिल को एक जादू की झप्पी दी और फिर तुरन्त सुधा को फ़ोन मिला कर बताया कि कल वह अपने पति के साथ निखिल के ऑफिस में लोन के सारे कागज़ लेकर पहुँच जाये। वे बैंक मैनेजर से बात कर घर की नीलामी रोकने के लिए कोई-न-कोई उपाय अवश्य निकाल लेंगे।

सुधा, 'मैडम! मैं कैसे आपका शुक्रिया अदा करूँ। मुझे लेकर साहब के प्रति इनकी गन्दी सोच जानकर भी आप मेरी इतनी मदद कर रही हैं, आप इन्सान नहीं देवी है।'

वैशाली, 'अरे! बस, बस। जाओ, अखिलेश को यह बात बताओ।'

सुधा के बोल उसके गले से निकल नहीं पा रहे थे, लेकिन वैशाली के कानों में उसके शुक्राने के बोल साफ़ सुनायी दे रहे थे।

सुधा के सामने अब सबसे बड़ी समस्या यह थी कि वह अखिलेश को साहब के पास ले जाने के लिए कैसे समझाये। उसे डर लग रहा था कि अखिलेश कहीं यह बात सुनते ही भड़क न उठें। लेकिन उसके सामने

और कोई विकल्प भी तो नहीं था परन्तु कहते हैं न कि जहाँ विकल्प नहीं होता, वहाँ संकल्प होता है।

उसने सोचा जो होगा, देखा जायेगा। ज़्यादा-से-ज़्यादा क्या होगा, उसे पति से झिड़कियों और तानों की एक खेप और मिल जायेगी। वह अखिलेश से बोली, 'आज बातों-बातों में मैडम से बैंक का क़र्ज़ न चुका सकने के कारण घर की नीलामी वाली बात हुई थी। मैडम ने मुझसे कहा था कि वह साहब से हमें मदद करने के लिए कोई रास्ता निकालने के लिए बोलेंगी। अभी उनका फ़ोन आया था कि कल साहब ने मुझे और आपको ऑफिस में बुलाया है। वे घर की नीलामी रोकने के लिए बैंक के किसी बड़े अफ़सर से बात करेंगे।'

साहब का नाम सुनते ही अखिलेश की त्योरियाँ चढ़ गयीं और वह सुधा को जली-कटी सुनाने लगा, 'क्या ज़रूरत थी, अपने घर की बात मैडम और साहब को बताने की? आजकल वे लोग तुम्हारे कुछ ज़्यादा ही सगे होने लगे हैं। तुम उन्हीं के यहाँ जाकर क्यों नहीं रह जाती?' इतना कहकर वह पैर पटकते हुए घर से बाहर चला गया।

अखिलेश का ऐसा व्यवहार सुधा के लिए यद्यपि नया नहीं था, किन्तु, साहब के यहाँ जाकर रहने की बात ने उसे अन्दर से तोड़ दिया। उसकी आँखों से पीड़ा के आँसू बह निकले। बहुत देर तक वह रोती रही फिर पास में खेल रहे अपने बेटे को गोद में उठाकर उससे बोली, 'बेटा! मैं तुम्हें बड़ा आदमी भले न बना पाऊँ, लेकिन एक ऐसा इन्सान ज़रूर बनाऊँगी जो महिलाओं की अकारण बेइज़्ज़ती न करे।'

इधर घर से बाहर निकलकर अखिलेश बहुत देर तक मन ही मन सुधा पर बड़बड़ाते हुए सड़कों पर इधर-उधर घूमता रहा। फिर उसे लगा इस समय कोई और तो उसका साथ नहीं दे रहा है और यदि साहब ने मदद के लिए बुलाया है, तो चलो मिल आते हैं, पर यदि वहाँ पर सुधा और साहब के बीच उसे कोई खोट नज़र आयी तो वह उन दोनों को वहीं पर ख़रा-ख़रा सुना देगा। फिर चाहे जो होगा देखा जायेगा।

अगले दिन सुधा और अखिलेश निखिल के दफ़्तर के लिए निकले। रास्ता एक राही दो, मंज़िल एक विचार दो, एक आशा और विश्वास से

परिपूर्ण और दूसरा तिरस्कार और उपेक्षा का भाव लिए, एक टूटते हुए घर को बचाने के लिए दीपशिखा को दोनों हाथों से तेज़ हवाओं से सुरक्षित रखने का यत्न करती हुई तो दूसरा मन बहलाने के लिए जुए का एक दाँव लगाने जाते हुए। निखिल साहब के ऑफिस की विशालकाय बिल्डिंग और वहाँ गेट पर मुस्तैद खड़े सन्तरियों की फ़ौज को देखकर अखिलेश की हिम्मत जवाब दे गयी। वह सुधा से व्यंग्यपूर्ण लहज़े में बोला, 'क्या तुम्हें लगता है कि तुम्हारे साहब हमसे मिलेंगे?'

तुम्हारे साहब के सम्बोधन में व्यंग्य की भावना सुधा समझ गयी। पर वह इस समय कोई प्रतिवाद नहीं करना चाहती थी। फिर, ऑफिस की विशालता और भव्यता को देखकर उसके मन में भी अज्ञात सा एक भय उत्पन्न हो रहा था, लेकिन मैडम और साहब के निश्छल प्यार ने उसके डर को ज़्यादा देर टिकने नहीं दिया। वह बोली, 'क्यों नहीं? उन्होंने जब खुद बुलाया है तो वह ज़रूर मिलेंगे।'

रिसेप्शन रूम में दाख़िल होकर अखिलेश हिचकिचाते हुए रिसेप्शनिस्ट से बोला, 'निखिल सर से मिलना है।'

रिसेप्शनिस्ट, 'क्या आपने पहले से एपाइंटमेंट लिया है?'

अखिलेश हिचकिचाते हुए बोला, 'जी।'

रिसेप्शनिस्ट, 'अपना नाम बताइये।'

अखिलेश, 'मेरा नाम अखिलेश है और यह मेरी पत्नी सुधा है।'

रिसेप्शनिस्ट, 'अच्छा! आप ही अखिलेश और सुधा जी हैं। निखिल सर के पी.ए. ने आप दोनों का नाम हमें पहले से नोट करा रखा है। आप अन्दर जा सकते हैं। अच्छा रुकिये, आपके साथ मैं किसी को भेज देती हूँ, नहीं तो आपको वहाँ तक पहुँचने में दिक़्क़त होगी।'

रिसेप्शन पर उनके आने की पूर्व सूचना दर्ज़ होने की बात सुनकर जहाँ अखिलेश भौचक्का था, वहीं सुधा श्रद्धा से भीग चुकी थी। साथ गये व्यक्ति ने उन दोनों को बड़े आदर के साथ निखिल के पी.ए. से मिलवा दिया। उस समय निखिल के चैम्बर में मीटिंग चल रही थी। पी.ए. ने बताया कि सर ने उन लोगों के आने के बारे में उसे बता रखा है और यह भी कहा है कि मीटिंग ख़त्म होते ही वे सबसे पहले उन्हीं से मिलेंगे। तब तक वे लोग गेस्ट रूम में बैठें।

मीटिंग ख़त्म होते ही निखिल ने उन्हें फौरन अपने चैम्बर में बुला लिया। वे दोनों उसके मेज़ के पास जाकर खड़े हो गये।

निखिल, 'तुम लोग खड़े क्यों हो? बैठकर आराम से बताओ, कि मैं तुम लोगों की किस प्रकार मदद कर सकता हूँ।'

इतने बड़े अधिकारी के सामने बैठने में उन्हें झिझक हो रही थी, लेकिन जब निखिल कुर्सियों की ओर इशारा करते हुए हँसकर बोले कि ये कुर्सियाँ बैठने के लिए ही बनीं हैं, तो सकुचाते हुए वे सामने पड़ी कुर्सियों पर बैठ गये।

तब तक निखिल प्योन को उनके लिए चाय-बिस्किट लाने के लिए बोल चुके थे। सुधा की ओर मुखातिब होते हुए निखिल बोले, 'बेटा! बताओ क्या बात है?'

निखिल के मुँह से सुधा के लिए बेटा सम्बोधन सुनकर अखिलेश चौंका। वह सोचने लगा कि अरे! साहब तो इसे बेटा कहकर बुला रहे हैं। कहीं उसे सुनने में कोई ग़लतफ़हमी तो नहीं हो गयी।

सुधा धीरे से अखिलेश से बोली, 'आप बताइये।'

निखिल, 'अच्छा अखिलेश! तुम बताओ मैं तुम्हारी मदद किस प्रकार कर सकता हूँ? सुधा हमारी बेटी की तरह है। मेरे से जो बन पड़ेगा, मैं तुम लोगों के लिए अवश्य करूँगा।'

अखिलेश को कोई जवाब देते नहीं सूझ रहा था। निखिल साहब की आवाज़ की निश्छलता उसे आभास करा रही थी कि वे बिल्कुल सच्चे मन से सुधा को बेटी कहकर बुला रहे हैं, न कि उसे सामने देखकर भरमाने के लिए।

शब्द अमूर्त होते हुए भी जीवित होते हैं। उनमें भी धड़कन होती है। हमारा हृदय प्रत्येक शब्द के उच्चारण को भली प्रकार समझता है। वह उनमें अन्तर्निहित भावना को तुरन्त पढ़ लेता है। शब्द जब दिल से निकलते हैं तो दिल तक पहुँचते हैं, अन्यथा कानों से प्रवेश कर नीचे दिल में जाने की जगह आवारा बादलों की तरह ऊपर उड़ते हुए दिमाग की नसों से टकराकर हवा में विलीन हो जाते हैं।

निखिल साहब की वाणी में सुधा के लिए बिल्कुल वही प्यार झलक रहा था, जैसे एक बाप का अपनी बेटी के लिए होता है। वाणी और निगाहों की पवित्रता ने अब तक अखिलेश का काफ़ी हद तक हृदय परिवर्तन कर दिया था। उसे बहुत पश्चाताप होने लगा कि उसने अपनी पत्नी पर बेबुनियाद शक क्यों किया? वह घर के लिए दो पैसे कमाने के लिए जी-तोड़ मेहनत कर रही है और वह उसके और साहब के पवित्र रिश्ते को अकारण इतने दिन से लांछित कर रहा है। उसे पहली बार आज अपने पर बहुत लज्जा आ रही थी कि उसने एक देवता समान इन्सान और अपनी निर्दोष व मासूम पत्नी पर बेवजह शक किया।

अखिलेश को विचारों में गुम देखकर निखिल ने पूछा, 'बेटा, तुम निःसंकोच होकर पूरी बात बताओ और यह मत समझना कि मैं तुम पर कोई एहसान कर रहा हूँ। मै मानता हूँ कि मनुष्य की तरह समाज का शरीर भी विभिन्न अँगों से मिलकर ही बना हुआ है। जिस तरह शरीर का प्रत्येक अँग सिर्फ़ अपने लिए नहीं बल्कि सहयोग की भावना लिए हुए पूरे सिस्टम के लिए काम करता है, उसी तरह प्रत्येक व्यक्ति को एक-दूसरे का दिल से सहयोग करना चाहिए, तभी स्वस्थ और खुशहाल समाज का निर्माण सम्भव है।'

भरे गले से अखिलेश ने कुछ बोलना चाहा, पर भावातिरेक के कारण बोल उसके कण्ठ में ही अवरुद्ध हो गये वह अचानक कुर्सी से उठ कर निखिल साहब की ओर जाने लगा। सुधा को लगा कि कहीं अखिलेश अचानक से साहब के सामने कोई तमाशा न कर दे, लेकिन जब उसने अखिलेश को निखिल साहब के पैरों पर झुकते हुए देखा तो उसे अपनी आँखों पर सहसा विश्वास ही नहीं हुआ। वह रूँधे गले से बोल रहा था, 'सर! मुझे विश्वास ही नहीं हो रहा है कि कोई इन्सान क्या इतना अच्छा भी हो सकता है, जो अपने एक मामूली स्टाफ के लिए इतनी फ़िक्र करे।'

निखिल अपने हाथों से उसका कन्धा पकड़ कर उठाते हुए बोले, 'अरे भाई! मुझे इतना उँचा मत चढ़ाओ। मैं एक साधारण इन्सान हूँ और बस इन्सान बना रहूँ, यही मेरे लिए बहुत है और यह स्टॉफ की बात कहाँ से आ गयी। मैंने बोला न कि सुधा मेरी बेटी की तरह है।'

तब तक चाय आ चुकी थी। निखिल अखिलेश से हँसकर बोला, 'कड़क चाय पीकर अब कड़कती आवाज़ में मुझे पूरी बात बताओ।'

अखिलेश ने निखिल को सारी बात बतायी। संयोग से अखिलेश ने जिस बैंक से लोन लिया था, उसके चीफ़ मैनेजर निखिल के ऑफ़िस में पिछले दिनों हुई मीटिंग में आये थे। निखिल ने तुरन्त अपने पी.ए. को उनसे बात कराने को बोला। निखिल ने उन्हें पूरी बात बताते हुए उनसे इस केस को व्यक्तिगत रूप से ध्यान देने के लिए बोला और कहा कि वह इसके लिए उनके व्यक्तिगत तौर पर एहसानमन्द रहेंगे। बैंक के मैनेजर ने निखिल को आश्वस्त किया कि अखिलेश के घर की नीलामी नहीं होगी। वे नोटिस वापस ले लेंगे। बस वह थोड़ी-थोड़ी रकम खाते में जमा कराता रहे। निखिल ने उन्हें आश्वस्त कर दिया कि क़िस्त समय पर जमा होती रहेगी, चाहे वह किस्त उसे ही क्यों न जमा करनी पड़े।

अखिलेश अभी यह तय ही नहीं कर पा रहा था कि वह किस तरह निखिल सर का शुक्रिया अदा करे कि एक अप्रत्याशित ऑफर ने उसे भौचक्का कर दिया। बैंक मैनेजर से बात करने के बाद निखिल अखिलेश को अपना विजिटिंग कार्ड देते हुए बोले, 'तुम कल एसआईएस ग्रुप के एम.डी. से मिलकर मेरा कार्ड उन्हें दे देना, वे तुम्हें अपने यहाँ जॉब पर रख लेंगे। तुम्हारी नौकरी के लिए मैंने उनसे बात कर ली है। इससे तुम्हे बैंक की क़िस्त भरने में मदद मिलेगी।'

कहाँ तो अखिलेश निखिल साहब को परखने आया था, परन्तु, अनजाने में उसके स्वयं का आत्मपरीक्षण हो गया। उसे एहसास हो गया कि निर्मूल बातों के भँवर में फँसकर उसने अपने अन्दर के इन्सान को लहूलुहान करने के साथ-साथ अपनी निर्दोष सुधा के चरित्र पर काला ग्रहण लगाने में कोई कोर कसर नहीं छोड़ी। जबकि उसका चरित्र शरद ऋतु के रात्रिकालीन आसमान की तरह बिल्कुल निर्मल था, जिसमें चाँद-तारे झिलमिलाकर अपना प्रकाश बिखेर रहे थे बस वही उनको इतना समीप रहने पर भी नहीं देख पा रहा था।

निखिल सर के साथ हुई मुलाक़ात ने उसके मन पर छाये हुए धूल और गर्द के गुबार को हटा दिया था। वह बोला, 'इस जन्म में तो क्या मैं

अगले कई जन्मों तक आपके इस उपकार का बदला नहीं चुका सकता।' इतना कहकर वह निखिल के पैर छूने के लिए झुका, लेकिन निखिल ने यह कहते हुए उसे रोक दिया कि हमारे यहाँ दामाद पैर नही छूते। निःस्वार्थ प्रेम से उपजे दामाद शब्द के सम्बोधन ने अखिलेश की आत्मा को झँकृत कर दिया। उसकी आँखें श्रद्धा व प्रेम मिश्रित अश्रु से परिपूर्ण हो गयीं और उन्होंने उसके अन्दर बची-खुची मलिनता को भी धो दिया।

वहाँ से निकलने के बाद घर पहुँचने तक वह बिल्कुल मौन रहा। सुधा ने एकाध बार उससे बात करने की कोशिश भी की परन्तु, वह चुप ही रहा, लेकिन घर पहुँचते ही उसके अन्दर का मौन रुदन बनकर फूट पड़ा। वह बोला, 'सुधा! वैसे तो मैं माफ़ी के लायक नहीं हूँ पर हो सके तो मुझे माफ़ कर देना। तुम इस घर के लिए इतना कुछ कर रही थी और मैंने तुम्हें कितना ग़लत समझा और तुम्हारे साथ-साथ निखिल सर जैसे देवतुल्य इन्सान को भी। मैं इतना नीचे कैसे गिर गया मुझे समझ में नहीं आ रहा है।'

सुधा उसके कन्धे पर हाथ रखते हुए बोली, 'जो हुआ उसे भूल जाइये। मेरी खुशियों का घरौन्दा केवल आपके सहयोग और विश्वास की नींव पर ही टिका है।'

अखिलेश, 'हाँ, शायद सब कुछ देखते हुए भी इस बात से मैं अब तक अनजान था कि खुशियाँ मेरे इर्द-गिर्द ही हैं और मैं उसे ठोकर मार रहा था। किन्तु, आँधियों में सब कुछ उजड़ जाने के पहले भगवान बनकर आये निखिल सर और वैशाली मैडम ने मुझे बचा लिया।'

सुधा की आँखों से भी आँसू बह निकले, लेकिन ये पिछले आँसुओं की तरह खारे नहीं बल्कि प्रेम में पगे मीठे थे। बेटे को गोद में उठाते हुए अखिलेश उससे बोला, 'तुम बड़े होने पर भूल कर भी किसी के विश्वास को अपने पैरों तले कभी मत रौंदना। विश्वास की क़द्र करना, क्योंकि जो किसी पर विश्वास करता है वह अपनी कोमल भावनाओं का एक बहुत अहम् हिस्सा भगवान समझकर उसे भक्तिभाव से समर्पित कर देता है।'

अखिलेश सुधा से बोला, 'चलो मन्दिर चल कर भगवान का आशीर्वाद लेते हैं।'

घर से मन्दिर की ओर जाने वाले रास्ते की जगह वैशाली मैडम के घर की ओर जाने वाली सड़क पर अखिलेश को बाइक मोड़ते हुए देखकर सुधा बोली, 'अरे! हमें मन्दिर जाना है, ड्यूटी पर नहीं।'

अखिलेश, 'हम मन्दिर ही तो जा रहे हैं, वैशाली मैडम और निखिल सर क्या भगवान से कम हैं?'

इन बातों में कब दिन ढला और कब आसमान तारों से सजी निशा के लावण्य से चमक उठा, पता ही नहीं चला। किन्तु, सुदूर आसमान में सत्य के अटल सौन्दर्य का प्रतीक ध्रुव तारा इन्हें अपनी रोशनी से नहलाकर भावी सुखमय जीवन की शुभकामनायें देते हुए मुस्कुरा रहा था और उज्ज्वल सत्य की प्रतीति होते ही तामसी मिथ्या अपना असबाब समेट कर सिर झुकाये नज़रें चुराते हुए वहाँ से खिसक चुकी थी।

पी.टी.एम.

'पापा, आपको याद है, न। कल इस सेशन की लास्ट पी.टी.एम. है। मैम, फाइनल एग्जाम के लिए बहुत सारी बातें बतानी वाली हैं। आपको और मम्मी को विदाउट फैल समय से आना है।' क्लास फोर्थ में पढ़ने वाली लहर साधिकार पापा से लाड़ लगाते हुए बोली।

'हाँ, बेटा! ज़रूर। अपनी लविंग डॉल की बात भला मैं कैसे भूल सकता हूँ?' उसके बालों को प्यार से सहलाते हुए विभव ने जब प्रॉमिस दिया तो नन्ही लहर की खुशी का ठिकाना न रहा।

'पक्का वाला प्रॉमिस न। पिछली बार की तरह भूल तो नहीं जायेंगे, न।' लहर के मन में पिछले पी.टी.एम. में उसके न आने से एक हल्की-सी शंका अभी तैर रही थी।

'अरे, पक्का। हंड्रेड परसेंट। इस बार कोई मिस्टेक नहीं होगी।' यह लहर के पापा एडिशनल डी.सी.पी. विभव मल्होत्रा का अपनी बिटिया से कमिटमेंट है।' विभव ने एडियाँ बजाते हुए लहर को सैल्यूट ठोका।

'ये, हुई न बात।' हाई-फाई के लिए लहर के नन्हें हाथों को पापा के हाथों का साथ मिल गया।

विभव, 'अरे, बेटा एक मिनट। मम्मा को तो तुमने याद दिला दिया है, न।'

लहर, 'हाँ, मैं उन्हें आपसे पहले ही बता चुकी हूँ और उनसे पक्का वाला प्रॉमिस भी ले चुकी हूँ।' अपने होंठों को गोल करते हुए उसने विभव को शरारत में चिढ़ाया।

बाप-बिटिया की अभी बातचीत चल ही रही थी कि दरवाज़े पर स्कूल वैन का हॉर्न सुनायी पड़ा। 'अरे, चलो-चलो, स्कूल का टाइम हो गया है।' नव्या किचन से टिफिन बॉक्स लेकर निकलती हुई लहर के बैकपैक में रखते हुए बोली, 'बाकी बातें घर आकर कर लेना।'

'ठीक है, ठीक है, लेकिन कल के पी.टी.एम. का टाइम आप दोनों याद रखियेगा। इलेवन टू वन पी.एम.' मम्मी-पापा को फ्लाइंग किस देते हुए लहर वैन में बैठकर स्कूल चली गयी।

'अरे! आप अभी गेट पर ही खड़े हैं। आपकी लाड़ो तो कब की स्कूल जा चुकी है और हाँ, आपकी चाय भी ड्राइंग रूम में आपका इन्तज़ार कर रही है।' लहर की भोली-मनुहारी बातों में डूबा विभव होम मिनिस्टर की कॉल सुनकर वर्तमान में वापस लौट आया, 'अरे, हाँ। अभी आया।'

विभव, 'नव्या! इस बार लहर का पी.टी.एम. किसी भी क़ीमत पर मिस नहीं करना है।' क्रॉस फिंगर्ड विभव की बॉडी लैंग्वेज बता रही थी कि वह इस समय बहुत सीरियस है।

नव्या, 'तो इसमें परेशान होने की क्या बात है? पुलिस कमिश्नर साहब को बता कर दो घण्टे की परमिशन पहले से ले लीजिए।'

विभव, 'तुम ठीक कह रही हो, अभी सर से रिक्वेस्ट कर लेता हूँ।'

'तो ये लीजिए अपना फ़ोन। नेक काम में देरी ठीक नहीं होती।' नव्या नें हँसते हुए विभव को उसका मोबाइल जैसे ही थमाया, उसने भी बिना देरी किये कमिश्नर साहब को व्हाटसएप पर रिक्वेस्ट भेज दी। अभी चाय ख़त्म भी नहीं हो पायी थी कि मोबाइल पर कमिश्नर साहब का रिप्लाई भी फ्लैश हो गया।

नव्या, 'देखो-देखो! कमिश्नर साहब ने क्या लिखा है?' बेटी के भोले आग्रह को इस बार पूरा करने के लिए विभव के साथ-साथ नव्या की उत्सुकता भी चरम पर थी।

हल्की-सी आशंका के साथ विभव ने मैसेज को पूरा पढ़ने के लिए क्लिक किया, 'श्योर! यू आर परमिटेड एंड आल्सो गिव माई ब्लेसिंग्स टू ऑवर एंजेल।' बॉस का मैसेज पढ़कर विभव की आँखें ख़ुशी से नम हो आयीं।

दोपहर लगभग एक बजे विभव ज़रूरी फाइल निपटा रहा था, तभी मोबाईल पर नव्या के कॉल की रिंगटोन बजी। घड़ी की ओर देखकर मन ही मन वह सोचा 'अभी तो एक ही बजा है। ज़रूर कोई बात होगी।' दरअसल नव्या रोज़ लगभग दो बजे लंच टाइम पर विभव को कॉल कर पूछती है कि उसने लंच किया या नहीं, क्योंकि उसे पता है कि काम के चक्कर में वह अक्सर लंच मिस कर देता है।

विभव, 'नव्या! क्या बात है? अभी तो लंच में एक घण्टा बचा है।' उधर से नव्या की घबराई हुई आवाज़ आयी, 'पापा का फ़ोन आया था कि मम्मी की तबीयत अचानक से बिगड़ गयी है। मुझे इलाहाबाद जाना होगा, पर समझ में नहीं आ रहा है कि क्या करूँ? कल लहर का पी.टी.एम. है और मैंने कभी उसका पी.टी.एम मिस नहीं किया है।'

विभव, 'ओह! बट डोंट वरी, तुम्हारा वहाँ जाना ज़्यादा ज़रूरी है। मैं तुम्हारे लिए गाड़ी की व्यवस्था करता हूँ। तुम तैयारी करो और हाँ, मेड को बता दो कि लहर स्कूल से आये तो वो उसका ध्यान रखेगी। मैं भी आज ऑफिस से थोड़ा पहले घर आ जाऊँगा।'

नव्या, 'ठीक है, आप समय से आ जाइयेगा पर याद रखिएगा, कल उसका पी.टी.एम. है।'

विभव, 'हाँ, श्योर! तुम चिन्ता मत करो। मैं सब सँभाल लूँगा।'

शाम को विभव जैसे ही घर आया लहर उससे चिपक गयी, 'पापा! मम्मी के बिना घर कितना बुरा सा लग रहा है, लेकिन कोई बात नहीं, नानी जी की देखभाल भी तो ज़रूरी काम है, न। लहर को बड़ों जैसी बातें करते हुए सुनकर विभव सोचने लगा कि बेटियाँ कम उम्र में ही घर के प्रति कितनी ज़िम्मेदार हो जाती हैं।

पापा को सोच में डूबा हुआ देख लहर थोड़ी देर ख़ामोश रही, फिर धीरे से बोली, 'पापा, कल मेरी पी.टी.एम. है, आपको याद है न?'

प्यार से उसकी नाक हिलाते हुए विभव ने उसे आश्वस्त किया कि यह भी भला कोई भूलने वाली बात है।' चलो, थोड़ी देर शिन-चैन कार्टून देखते हैं।'

'वाउ, यह हुई न बात।' लहर ने झट से टी.वी. ऑन कर दिया।

अभी पिता-पुत्री कार्टून देखते हुए मस्ती कर रहे थे कि विभव के मोबाइल फ़ोन पर पुलिस कंट्रोल रूम की कॉल आयी।

विभव, 'बेटा, जरा वॉल्यूम म्यूट कर दो, कंट्रोल रूम से फ़ोन आ रहा है।'

मोबाइल पर बात करते-करते विभव की मुखमुद्रा गम्भीर होती चली गयी, 'ओ.के.। रेड एलर्ट कराईये। मैं पहुँच रहा हूँ।'' फ़ोन कटते ही उसने ड्राइवर को गाड़ी लगाने का ऑर्डर दिया और फिर लहर से बोला, 'बेटा शहर में कुछ जगह पर दंगा हो गया है। मुझे तुरन्त जाना होगा। आया आंटी घर में तुम्हारे साथ रहेंगी।'

दो मिनट में तैयार होकर जब विभव ड्यूटी के लिए निकलने लगा तो एक जोड़ी नन्हीं उदास आँखें सोफे पर से उसे जाते देख रहीं थीं।

विभव, 'डोंट वरी बेटा! ऑल विल बी ओ.के. वैरी सून बिफोर योअर पी.टी.एम.'

लहर, 'जी, पापा। आप निश्चिन्त होकर जाइये। ऑल द बेस्ट। मैं आपका इन्तजार करूँगी।'

गाड़ी स्टार्ट होते ही विभव जब तक नव्या को फ़ोन लगाता तब तक उसका फ़ोन खुद आ गया, 'टी.वी. पर बहुत डरावनी न्यूज आ रही है। यह सब अचानक कैसे? तुम कहाँ हो?

विभव, 'मैं घटनास्थल के लिए रवाना हूँ।'

नव्या, 'और, लहर?'

विभव, 'वो घर पर है, आया के साथ। मैं तुम्हें बाद में कॉल करता हूँ।' फ़ोन कट गया।

शहर में चारों ओर हाहाकार मचा था। एडिशनल डी.सी.पी. होने के कारण अपने एरिया की नाकेबन्दी करना, सर्च ऑपरेशन चलाकर फोर्स को मोबिलाइज करना, सीनियर्स को अपडेट करना, आदि हज़ारों काम एक साथ आन पड़े। एक हाथ में वायरलैस का माउथपीस और दूसरे में मोबाइल, आदेश-निर्देश का सिलसिला ख़त्म ही नहीं हो रहा था और इधर रात कब सुबह में तब्दील हो गयी, पता ही नहीं चला। घायलों को हस्पताल पहुँचाना, पब्लिक को सुरक्षित रखना अनवरत चालू था।

इधर पापा की राह तकती लहर सोफे पर ही सो गयी। आया ने उसे उठाकर बैडरूम में लिटा दिया। सुबह आँख खोलते ही उसने आया आंटी से पूछा, 'पापा कहाँ हैं?' आया के सिर हिलाकर ना कहते ही उसकी आँखों में जाग रही आशा की किरण सहसा बुझ गयी। थोड़ी देर तक वह बिस्तर पर यूँ ही गुमसुम बैठी रही। फिर, उसने विभव को कॉल लगाया, 'पापा, आप कैसे हो? आप कल बिना खाना खाये चले गये थे? आप भूखे होंगे न?

विभव, 'बेटा! मैं बिल्कुल ठीक हूँ। सिचुएशन भी पहले से अच्छी है। तुम समय से पी.टी.एम. के लिए तैयार हो जाना। मैं आने की कोशिश कर रहा हूँ। फिर साथ चलेंगे।'

चूँकि उस समय तक दंगे की आँच कुछ धीमी हो गयी थी, इसलिए उसे लगा कि वह थोड़ी देर के लिए समय निकालकर पी.टी.एम. में ज़रूर शामिल हो जायेगा। किन्तु, थोड़ी देर बाद ही कमिश्नर साहब का मैसेज आया, 'विपक्षी पार्टियों के नेताओं का नौ बजे दंगाग्रस्त क्षेत्र का दौरा करने की सूचना प्राप्त हुई है, लेकिन उनके आने से क़ानून व्यवस्था बिगड़ सकती है अतः उन्हें बॉर्डर पर रोकने का निर्देश है। तुम तुरन्त बॉर्डर पर पहुँच कर उन्हें रोको।' पी.टी.एम. में जाने की अभी-अभी खिली आशा की कोंपलें इस मैसेज के आते ही पल भर में मुरझा गयीं। आज पहली बार पिता होने के नाते कर्तव्य पूरा न कर पाने का दुःख उसे डियूटी पर भारी लग रहा था। यदि नव्या यहाँ होती तो वह इतना हैल्पलैस महसूस न करता, लेकिन अगले ही क्षण मन को मज़बूत कर वह अगली ड्यूटी के लिए तैयार हो गया।

घड़ी में देखा तो आठ बज रहे थे। लहर की वैन आती ही होगी। अब लहर के साथ स्कूल जाने के लिए समय से घर पहुँच पाना तो सम्भव नहीं है। उसे दुःख तो होगा, लेकिन उसे बता देना भी आवश्यक है। दिल को कड़ा कर उसने लहर को फ़ोन लगाया, 'बेटा, कुछ ज़रूरी काम आ गया है। तुम तैयार होकर वैन से स्कूल पहुँचों, मैं सीधे वहीं आने की कोशिश करता हूँ।'

लहर, 'कोशिश! सब ठीक है, न पापा?' आशा और हताशा दोनों उसकी आवाज़ में डूब-उतर रहे थे।

विभव, 'सब ठीक है, बेटा। कुछ ज़रूरी काम है। तुम स्कूल पहुँचो, मैं सीधे वहीं आता हूँ, और हाँ यदि मेरे पहुँचने तक तुम्हारा नम्बर आ जाये तो क्लास टीचर नीना मैम से बोल देना कि पापा थोड़ी देर में आ रहे हैं, मेरा टर्न बाद में ले लीजिए।

लहर, 'ओके पापा, बाय! मैं आपका इन्तज़ार करूँगी।' उसके पास इस समय कहने के लिए कोई और शब्द नहीं बचा था।

बॉर्डर पर पहुँचने के ठीक पहले कमिश्नर साहब की कॉल फिर से आयी, 'विभव! तुमसे अच्छा सॉफ्ट एंड निगोशिएशन स्किल किसी अन्य ऑफ़िसर में नहीं है। इसलिए तुम्हें भेजा है। जो कर सकते हो, करो। बॉर्डर पर सिंचाई विभाग का डाक बंगला है, उन्हें किसी तरह वहाँ ले जाओ और वहीं इंगेज रखो।'

विभव, 'जी, सर। श्योर।' अभी बात समाप्त होती कि कमिश्नर साहब की आवाज़ फिर से गूँजी, 'विभव, आई एम सॉरी, तुम्हें आज बिटिया के पी.टी.एम. में जाना था, किन्तु सब गड़बड़ हो गया, न। आई एम रियली सॉरी।' उनकी आवाज़ में भी दुःख साफ़-साफ़ झलक रहा था।

विभव, 'कोई बात नही, सर। पुलिस की जॉब इसलिए तो एक मिशन कही जाती है। आपको यह बात याद रही, यही मेरे लिए बहुत है।'

कमिश्नर साहब, 'ओ.के. थैंक्स एंड गुडलक।'

नेता विपक्ष के आने के पहले ही बॉर्डर की नाकेबन्दी कर वह उनका इन्तज़ार करने लगा। इस समय उसे रह-रहकर लहर की बहुत याद आ रही थी। कभी वैन में अकेले बैठी लहर का उदास चेहरा तो कभी दूसरे बच्चों के मम्मी-पापा की भीड़ में अपने पापा को ढूँढ़ती उसकी मासूम निगाहें। कल्पना में उभर रहे ये चित्र उसे विह्वल कर रहे थे। पुलिस अफ़सर के अन्दर पिता का दिल उसे रह-रहकर विचलित कर रहा था।

लगभग आधे घण्टे विलम्ब से विपक्षी दलों के नेताओं का प्रतिनिधिमण्डल प्रमुख विपक्षी दल के नेता रामखेलावन जी की अगुवाई में वहाँ आ पहुँचा। शुरुआत में तो उन्होंने खूब तेवर दिखाये।

विभव भी कभी नरम तो कभी सख़्त रुख़ अपनाते हुए दंगाग्रस्त क्षेत्र में न जाने के तर्क देकर उन्हें समझाने की कोशिश कर रहा था। तभी उसके फ़ोन पर लहर की क्लास-टीचर नीना मैम की कॉल आयी।

विभव नेता विपक्ष से बोला, 'सर, एक्सक्यूज मी।'

रामखेलावन जी, 'हाँ-हाँ,अवश्य।'

विभव के 'हैलो' बोलते ही उधर से नीना मैम की आवाज़ आयी, 'सर, आप आ रहे हैं न, पी.टी.एम. में?' अभी वह कुछ बोलता कि वे फिर से बोली, 'लीजिए, लहर बात करेगी।'

विपक्ष में होने के कारण यूँ तो रामखेलावन जी काफ़ी आक्रमक थे, परन्तु, इन्सान के तौर पर वे काफ़ी मैच्योर एवं सुलझे हुए थे। विभव जब लहर को फ़ोन पर यह समझा रहा था कि बेटा वह एक बहुत महत्त्वपूर्ण 'लॉ एंड ऑर्डर' ड्यूटी में व्यस्त है तो वे उसकी बात बहुत ध्यान से सुन रहे थे। बात समाप्त हो जाने पर उन्होंने विभव से पूछा, 'क्या बात है, ऑफ़िसर, कोई परेशानी?

विभवन, 'नहीं सर, वो बिटिया का स्कूल से फ़ोन था।'

रामखेलावन जी, 'अरे! भाई हम भी फैमिली वाले हैं। बताओ क्या परेशानी है? राजनीति से अलग हटकर पूछ रहा हूँ।'

विभव, 'सर, वो आज उसका पी.टी.एम. है और उसकी नानी की तबीयत अचानक ख़राब हो जाने के कारण उसकी माँ इलाहाबाद चली गयी है। इसलिए, वो पी.टी.एम. में मेरा इन्तज़ार कर रही है।'

रामखेलावन जी ने एक मिनट सोचा फिर भीड़ को पीछे हटाकर अकेले में विभव के कान में धीमे से बोले, 'मुझे डिटेन करने के लिए कोई जगह तो ज़रूर चुनी होगी आप लोगों ने।

विभव, 'जी सर, पास में ही सिंचाई विभाग का डाक बँगला है।'

रामखेलावन जी, 'तो मुझे और मेरे समर्थकों को तुरन्त वहाँ ले चलो।' उनकी आँखें कुछ इशारा कर रहीं थीं। विभव को एक बारगी विश्वास ही नहीं हुआ। उसे किंकर्तव्यविमूढ़ देख रामखेलावन जी ने कहा, 'देर मत करो। पार्टी वालों का कोई ठिकाना नहीं है। कब मामला बिगड़ जाये।'

विभव उन्हें और उनके समर्थकों को योजनानुसार डाक बँगले में ले आया।

वहाँ पहुँचते ही रामखेलावन जी बोले, 'अब आप निश्चिन्त हो कर जा सकते हो, अब हम कहीं नहीं जा रहें। हम यहीं विरोध कर लेंगे।'

विभव, 'पर, सर।'

रामखेलावन जी, 'मुझ पर विश्वास रखो, लेकिन शायद तुम्हारे सीनियर्स को विश्वास न हो। इसलिए मैं तुम्हारे कमिश्नर साहब को खुद फ़ोन कर आश्वस्त कर देता हूँ।' कमिश्नर साहब के लाइन पर आते ही, 'कमिश्नर साहब, आपके ऑफ़िसर की एक्सीलेन्ट बिहेवियर की वजह से मैं आपका ऑफर स्वीकार कर गेस्ट हाउस में आ गया हूँ। अब मेरा आगे का कोई प्रोग्राम नहीं है। अब कृपा कर इन्हें अपनी बेटी के पी.टी.एम. में जाने की अनुमति दे दीजिए।'

कमिश्नर साहब, 'ओह, शुक्रिया सर, व्हाई नॉट। विभव को बता दीजिए की वह पी.टी.एम. में निश्चिन्त होकर जा सकता है।'

कॉल समाप्त होते ही रामखेलावन जी विभव से बोलें, 'अब आप तुरन्त स्कूल पहुँचों, बिटिया आपका इन्तज़ार कर रही होगी।'

विभव, 'थैंक्यू सर। मेरे पास आपको शुक्रिया अदा करने के लिए कोई शब्द नहीं हैं।'

रामखेलावन जी, 'थैंक्यू, लेकिन अभी अपना समय बर्बाद मत करो। तुरन्त स्कूल पहुँचो।'

पी.टी.एम. समाप्त होने में अब मात्र आधा घण्टा ही बचा था और इस जगह से लहर का स्कूल क़रीब पच्चीस कि.मी. दूर था। विभव ड्राइवर से बोला, 'जगदीश! जितना तेज़ हो सकता है, गाड़ी चलाओ। पी.टी.एम. ख़त्म होने में मात्र आधा घण्टा बचा है।'

जगदीश, 'जी, सर। मुझे भी बिटिया की याद आ रही है।'

पी.टी.एम.ख़त्म होने के ठीक पाँच मिनट पहले जब विभव ने लहर के क्लासरूम में प्रवेश किया तो क्लासरूम में वह अकेली स्टूडेंट बची थी। पापा को देखते ही उसकी खुशी का ठिकाना न रहा, 'मैम! देखिये, मेरे पापा भी आ गये' उसकी आवाज़ की खनक से पूरा क्लासरूम झूम उठा।

नीना मैम, 'अरे! आइये, सर। हमलोग आपका ही इन्तज़ार कर रहे थे और लहर की निगाहें तो लगातार घड़ी और दरवाज़े पर ही टिकी थीं।

विभव, 'मैम, पुलिस जॉब में कुछ चीज़ें इतनी अचानक और महत्त्वपूर्ण हो जाती हैं कि बाक़ी सब कुछ पीछे रह जाता है।'

नीना मैम 'यू आर राईट सर। जीवन में कुछ क्षण ऐसे होते हैं, जहाँ हमारी सबसे ज़्यादा ज़रूरत होती है, परन्तु हम वहाँ नहीं रह पातें और आई नो आपकी जॉब में तो ऐसे पल अक्सर आते रहते हैं।'

विभव 'धन्यवाद, मैम और यदि आपकी इजाज़त हो तो इसकी मम्मी से आपकी वीडियो कॉल पर बात करा दूँ। वह भी इसमें आने के लिए बहुत उत्सुक थी।'

नीना मैम 'ऑफ कोर्स, प्लीज़।'

वीडियो कॉलिंग के ज़रिये लहर की पी.टी.एम. में शामिल होकर नव्या की खुशी का भी पारावार न रहा।

पी.टी.एम. से निकलने के बाद लहर विभव के गले में हाथ डालकर झूला झूलती हुई बोली, 'पापा, एक बात बताऊँ, जब सबके पैरेंट्स एक-एक कर आ-जा रहे थे, और अन्त में जब मैं क्लास में अकेली रह गयी, तो मुझे अन्दर से बहुत रूलाई आ रही थी, लेकिन मुझे भगवान जी पर यक़ीन था कि वो एक मिनट पहले ही सही किन्तु, मेरे पापा को ज़रूर यहाँ भेज देंगे। थैंक्यू भगवान जी एन्ड थैंक्यू पापा।'

विभव, 'लव यू बेटा। चलो, अब कैंटीन चलते हैं। पी.टी.एम. के बाद कुछ एंजॉयमेंट तो बनता है, न? और वैसे भी मुझे ज़ोरों की भूख लग रही है।' लहर का बैकपैक अपने कन्धे पर टाँग विभव बिटिया का हाथ थामे कैंटीन की ओर खुशी-खुशी चल पड़ा।

वॉलेट

'पापा, पापा, देखिये कितना भरा हुआ वॉलेट है!' नन्ही हर्षिता दादी के कमरे से निकलकर दौड़ती हुई बरामदे में बैठे अपने पापा रघु के पास आकर उसके गले में झूल गयी।

'अरे! किसी का वॉलेट नहीं लेते। यह गन्दी बात है। मैंने आपको बताया है, न।' रघु के पास बैठी उष्मिता ने अपनी सात-आठ वर्ष की बिटिया को समझाया।

'हाँ, लेकिन इसमें आपकी फ़ोटो रखी थी, तो मैंने सोचा कि यह आपकी ही होगी, इसलिए ले आयी। 'हर्षिता थोड़ी रुआँसी हो उठी।

पापा के क्रियाकर्म के बाद लगभग सभी रिश्तेदार वापस जा चुके थे। बस बड़ी बुआ रह गयीं थीं, जो बरामदे में बैठे रघु के साथ अपने स्वर्गवासी हो चुके भाई के बचपन की यादों को उससे साझा कर रहीं थीं।

माँ-बेटी के वार्तालाप को सुन रघु ने ज्यों ही उनकी ओर सिर घुमाया, हर्षिता के नन्हें हाथों में पकड़े हुए उस वॉलेट को देखकर वह चौंक पड़ा, 'अरे! यह तो सचमुच मेरा ही वॉलेट है।' इतने वर्षों के बाद भी उस वॉलेट को वह भला कैसे भूल सकता था? जो उसकी ज़िन्दगी का पहला वॉलेट था। विस्मित रघु ने हर्षिता को नज़दीक बुलाकर उससे प्यार से पूछा, 'बेटा, यह आपको कहाँ से मिला?'

'दादू के कमरे से। दादी उनकी आलमारी मुझे दिखा रहीं थीं, उसी में रखा हुआ था।' हर्षिता ने भोलेपन से जवाब दिया।

'क्या यह सच में तुम्हारी ही वॉलेट है?' रघु की बात सुन उष्मिता भी अब उत्सुक हो चली थी।

'हाँ, पर...' वह शायद कुछ और कहना चाह रहा था, परन्तु उस वॉलेट को इतने वर्षों के बाद देखकर आश्चर्यचकित रघु को अपने भावों को प्रकट करने के लिए शब्द नहीं मिल पा रहे थे।

उष्मिता ने वॉलेट को खोलकर देखा। करीने से रखे गये नोटों से वॉलेट भरा हुआ था। 'रघु, हर्षिता सच बोल रही थी। इसमें तो सच्ची में तुम्हारी फ़ोटो लगी है।' पर्स के आगे वाले छोटे खाने में प्लास्टिक की पन्नी से रघु की किशोरावस्था की फ़ोटो झाँक रही थी। 'अरे, इसमें आपकी फ़ोटो के साथ-साथ आपके ग्रेजुएशन फर्स्ट ईयर का आईकार्ड भी रखा है। चलिये माँ जी के पास चलते हैं, जिन्होंने आपकी इतनी पुरानी चीज़ को अब तक इतने अच्छे ढँग से सँभालकर रखा है।' उष्मिता वॉलेट को लेकर उठ खड़ी हुई। उसके पीछे-पीछे रघु भी चल पड़ा, लेकिन उसके क़दम कमरे की ओर आगे नहीं बल्कि टाइम मशीन पर पीछे की ओर दौड़ने लगे थे।

बी.ए. फर्स्ट ईयर की क्लासेज शुरू हुए अभी एक-दो महीने हुए थे। उस दिन वह अन्दर से ख़ूब भरा हुआ कॉलेज से घर आया था और पैर पटकता हुआ सीधा अपने कमरे में जाकर पीछे से भड़ाक से दरवाज़े को लात मारकर बन्द कर दिया था।

'क्या हुआ,रघु? कोई बात हो गयी क्या?' दरवाज़े के ज़ोर से बन्द होने की आवाज़ सुनकर उसकी माँ दौड़ी-दौड़ी पीछे आयीं। किवाड़ बन्द तो था, परन्तु अन्दर से चटखनी बन्द नहीं थी। देखा तो रघु औंधे मुँह बिस्तर पर पड़ा था और उसका कॉलेज बैग एक ओर फेंका हुआ था।

'क्या हो गया, बेटा? किसी से झगड़ा हो गया क्या?' बस्ते को मेज़ पर रख वह प्यार से उसके बालों में उँगलिया फिराने लगीं।

'नहीं, जब मेरी किसी को परवाह नहीं है तो मुझे भी किसी से बात नहीं करनी।' वह तकिये में मुँह घुसाये-घुसाये गुस्से से बोला।

'अच्छा रुक, मैं तेरे लिए गुड़ वाली चाय बनाकर लाती हूँ, तब बात करेंगे।' थोड़ी देर में वो रघु की पसन्दीदा काली मिर्च और गुड़ वाली चाय बनाकर ले आयीं। गुस्से के बावजूद वह अपनी पसन्दीदा चाय पीने से अपने आपको रोक नहीं सका था। चाय की हर घूँट के साथ उसका मौन

संकल्प भी कमज़ोर पड़ता गया। आख़िर माँ ही तो पूरी दुनिया में वह शख़्स है, जो जानती है कि अपने रूठे हुए बच्चे को कैसे मनाया जाता है?'

'अब तो बोल दो, क्या हुआ?' माँ ने प्यार से उसका चेहरा अपनी तरफ़ घुमाया।

'माँ, क्या आप लोग इतने ग़रीब हैं कि मुझे थोड़ी-सी भी पॉकेट मनी नहीं दे सकते।'

'ओह! तो तू इस वजह से नाराज़ है। अरे! बेटा...'

'अब मुझे कोई तर्क़-वर्क़ नहीं सुनना। सारे लड़कों को पॉकेट मनी मिलती है। वे शान से अपने पर्स से पैसा निकाल ऐश करते हैं। एक मैं ही हूँ फटीचर, भिखारी की औलाद।'

'रघु, जुबान को लगाम दो। तुम्हारे पिता जी बैंक में चपरासी हैं, कोई कलक्टर नहीं। वो घर का खर्च कैसे चलाते हैं, तुम्हें क्या पता और तुम्हें यह भी ध्यान रखना चाहिए कि तुम्हारी बड़ी बहन का ब्याह भी होना है और उसमें कितना खर्च आयेगा, तुम्हें इसका कोई अन्दाज़ा भी है?'

''हाँ, हाँ। यह मेरी ही ग़लती है, जो मैं ऐसे घर में पैदा हुआ जहाँ कुछ भी अपने मन का नहीं मिल सकता।' वह जान रहा था कि उसके शब्दों से उसकी माँ दुखी हो रही होंगी, परन्तु कॉलेज में सहपाठियों के सामने नीचा दिखने की अपमान की पीड़ा के सामने उसे माँ के दुःख की टीस कमतर ही लगी। वह पैर पटकता हुआ छत पर चला गया।

शाम को जब पापा घर आये तो घर के स्याह माहौल को देख उन्हें समझते देर नहीं लगी कि आज ज़रूर यहाँ कुछ अप्रिय हुआ है। 'क्या बात है? घर में इतनी ख़ामोशी क्यों है और रघु कहाँ है?'

दो कमरे के छोटे से घर में धीमी-सी आवाज़ भी भला कहाँ पर्दे में रहती है? माँ की फुसफुसाहट छत पर भी साफ़ सुनायी दे रही थी, 'अरे! कोई ख़ास बात नहीं, कॉलेज के लड़कों ने थोड़ा उसे चिढ़ा दिया है। अच्छा क्या हम रघु को थोड़ी-सी पॉकेट मनी नहीं दे सकते?' पति की मज़बूरी और जवान हो रहे बेटे की पीड़ा में सन्तुलन बिठाते हुए उन्होंने धीरे-धीरे आज का पूरा घटनाक्रम उन्हें बता दिया।

कुछ देर तक ख़ामोशी छायी रही फिर पिता जी की आवाज़ उसके कानों में पडी, 'मुझे एक ज़रूरी काम से बाहर जाना है। फिर दरवाज़े के चर्र से खुलने और फिर बन्द होने की आवाज़ आयी।

'ये देखिये, कितने संवेदनहीन हैं। माँ ने बताया फिर भी इनके ऊपर कोई फर्क नहीं पड़ा। ज़रूरी काम का बहाना बनाकर निकल गये।' वह मन ही मन बड़बड़ाने लगा।

लगभग आधे घण्टे बाद दरवाज़े के फिर से खुलने की आवाज़ आयी। पहले कमरे में जाने और फिर सीढ़ियों पर चढ़ने की आवाज़ आयी। पापा के पदचाप को तो वह पहचानता ही था। उनके पीछे-पीछे माँ के पैरों की आहट भी सुनायी पड़ी।

'हूँह! आ गये, अब फिर से अपनी वही राम कहानी सुनायेंगे। लेकिन इस बार मुझे कुछ नहीं सुनना।' गोया वह खुद से ही प्रतिज्ञा ले रहा हो। उसने जान-बूझकर मुँह थोड़ा और फेर लिया।

'रघु, कैसे हो बेटा?' पापा की मिश्री-सी आवाज़ उसके कानों में पड़ी, लेकिन वह उन्हें अनसुना कर बैठा रहा।

'अरे! बोलोगे नहीं। देखो, तुम्हारे लिए क्या लाया हूँ?' इस बार उनकी आवाज़ सुनकर वह पीछे मुड़कर देखे बिना नहीं रह सका। 'यह लो, तुम्हें ज़रूर पसन्द आयेगा।' पापा के हाथ में भूरे रंग का लेदर का नया पर्स था। उन्होंने उसके हाथ में वह पर्स पकड़ा दिया। कहानी में अचानक से आये इस मीठे यू-टर्न से वह भौचक्का हो उस पर्स को पकड़े-पकड़े वह पापा को देखता रह गया।

'अरे! पापा को ही देखते रहोगे या इसको खोलकर भी देखोगे।' माँ ने चुटकी ली।

'अरे हाँ! अन्दर खोलकर देखा तो सौ-सौ के चार नोट पड़े थे।' पापा की संवेदनशीलता पर प्रश्नचिन्ह उठा रही उसकी वाणी अब स्वंय अपने ऊपर पछताने लगी, 'सॉरी पापा! थैंक यू।' पापा हल्के से मुस्कुरा दिये। 'चलो, अब खाना खा लो, मुझे बहुत ज़ोरों की भूख लगी है।' चाहे कुछ भी हो जाये पापा को रात का खाना पूरे परिवार के साथ ही खाना पसन्द था।

रात को खाने के बाद पापा के कमरे से माँ की धीमी-धीमी आवाज़ आ रही थी, 'आपने इकट्ठा चार सौ रुपये दे दिये, घर का ख़र्च कैसे चलेगा?'

'चिन्ता मत करो। सब ठीक हो जायेगा। मैंने सोच लिया है कि अब एक लीटर की जगह आधा लीटर दूध लेंगे। इस तरह थोड़े पैसे बच जायेंगे और वैसे भी अब दूध मुझे कहाँ पचता है। मुझे दूध पीने से गैस हो जाती है।' पापा जैसे माँ के इस प्रश्न के लिए पहले से उत्तर तैयार कर बैठे थे। वह समझ रहा था कि पापा झूठ बोल रहे हैं। पापा के बारे में अपनी सोच पर उसे थोड़ा दुःख भी हुआ, लेकिन फिर उसने यह कहकर अपने को समझा लिया कि हर माँ-बाप पने बच्चे के लिए बहुत कुछ त्याग कर देते हैं। पापा ने उसके मन का अवश्य किया है। किन्तु, यह कोई अनूठा काम नहीं है। यह तो दुनिया का दस्तूर है।

पॉकेट मनी का सिलसिला अब चल पड़ा था। समय के साथ-साथ इसमें महँगाई भत्ते की तरह समय-समय पर थोड़ी-बहुत बढ़ोत्तरी भी हो रही थी। बी.ए. करने के बाद उसे एम.बी.ए. में दाख़िला मिल गया और एम.बी.ए. पूरा करने के साथ ही पुणे की एक बड़ी मल्टीनेशनल कम्पनी में उसे नौकरी भी मिल गयी। माँ-पापा के क़दम ख़ुशी के मारे ज़मीन पर पड़ नहीं रहे थे। बड़े चाव से उन लोगों ने नौकरी पर उसके नये शहर में जाने की तैयारियाँ प्रारम्भ कर दीं थीं। एक-एक चीज़ ऐसे ध्यान से बक्से में रखी जा रही थी, मानो वह अन्तरिक्ष यात्रा पर जा रहा हो और आख़िर वह दिन भी आ ही गया, जब उसके जाने की तारीख़ सचमुच में आ गयी। ऑटो रिक्शा पर समान रखकर वह घर से लगभग निकल ही पड़ा था कि पापा पीछे से लगभग भागते हुए आये, 'रघु! बेटा तुम्हारा पर्स तो कमरे में ही रह गया।' पर्स को थामे-थामे दौड़कर आने से उनकी साँस तेज़ी से फूल रही था।

'पापा, इसे रहने दीजिए। अब यह बहुत पुराना हो गया है। वहाँ सबके सामने अच्छा नहीं लगेगा। मैंने नया पर्स ले लिया है।' पॉकेट से नया पर्स निकालकर उन्हें दिखाते हुए हुआ बोला और फिर झटपट उनके पैर छूकर वह ऑटो रिक्शा में बैठ गया था। उस बूढ़े हो चुके पर्स को उसने पिता के बूढ़े हाथों में वहीं दफ़न कर दिया।

बाद में दीदी बता रहीं थीं कि पर्स थामे हुए पापा के क़दम वहीं बर्फ़ से जम कर रह गये थे। इस चुभन से उनका ध्यान हटाने के लिए माँ उनसे बोली, 'अरे, क्या सोचने लगे? आपका बेटा बड़ा आदमी बनने गया है, चलिये भगवान से प्रार्थना कीजिए कि सब अच्छा-अच्छा रहे।'

आँखो में उमड़ आये आँसुओं को कुर्ते की आस्तीन से पोंछते हुए वे बोले, 'हाँ-हाँ, अरे, बस ऐसे ही।'

पहले महीने में जब उसे सैलरी मिली, तो उसे एकबारगी विश्वास ही नहीं हुआ। उसे इतनी सैलरी मिली थी जितनी उसके पापा को पूरे एक वर्ष में भी न मिलती हो। लेकिन माँ-पापा ने कभी उसके आगे हाथ नहीं फैलाया। शुरुआत में उसने थोड़े-बहुत रुपये भेजे, लेकिन फ्लैट और गाड़ी के लोन के ईएमआई का चक्कर एक बार क्या शुरू हुआ कि इतनी बड़ी सैलरी अब इतनी बड़ी नहीं रही कि माँ-पापा को पैसे भेजे जा सके। फिर जब उन्होंने ख़ुद कभी नहीं माँगा तो उसे लगता कि उन्हें वास्तव में पैसों की ज़रूरत नहीं होगी, अन्यथा वे ज़रूर माँगते।

समय पँख लगाकर उड़ता रहा। कभी बादलों के ऊपर, तो कभी उसकी पीठ पर सवार होकर और कभी-कभी बादलों से फिसलकर नीचे भी गिर जाता था। पापा का रिटायरमेंट हो चुका था और माँ-पापा दोनों बूढ़े हो चले थे। दीदी की शादी हो गयी थी। उसकी शादी का अधिकतर खर्च उन्होंने रिटायरमेंट फंड से पूरा किया था। इधर उष्मिता अब उसकी जीवन-संगिनी बन चुकी थी और कुछ समय बाद हर्षिता के रूप में एक प्यारी-सी कली उसके जीवन की बगिया में सुगन्ध बिखेरने आ गयी थी।

पिछले दो-तीन वर्षों से पापा को टी.बी. ने घेर लिया था। बैंक के द्वारा अपने कर्मचारियों के लिए कराए गये हैल्थ इंश्योरेंस से उनका ईलाज चल रहा था। एकाध बार उसने ऊपरी मन से पापा से ज़रूर पूछा कि पैसे भेज दूँ, लेकिन जैसे ही उन्होंने कहा कि अभी बीमा के पैसों से काम चल जा रहा है तो उसने भी अपने मन को जल्दी से समझा लिया कि जब काम चल ही रहा है तो पैसे की बरबादी क्यों की जाये? उसने इसके आगे थोड़ा भी ज़ोर नहीं डाला। जबकि उसे अच्छी तरह पता था कि बीमा के बावजूद बहुत सारा पैसा इस प्रकार की बीमारियों में अलग से खर्च हो जाता है।

उष्मिता ने भी एक-दो बार उसे टोका कि आप उनके एकांउट में कुछ फंड ट्रांसफर कर दीजिए, पर नयी एसयूवी ख़रीदने के लिए जो लोन उसने लिया था उसकी ईएमआई की बड़ी-सी क़िश्त के आगे पापा की बीमारी आख़िरकार फिर से छोटी पड़ गयी।

परसों रात को माँ का घबराये हुए आवाज़ में फ़ोन आया, 'पापा की तबियत अचानक से ज़्यादा बिगड़ गयी है, पड़ोस वाले रमेश भैया की मदद से उन्हें हॉस्पिटल में भर्ती कराया है। अभी उन्हें वेंटिलेटर पर रखा गया है।' जब तक वह पुणे से गोरखपुर नहीं पहुँचा तब तक दिल न होने के बावजूद मशीन कहे जाने वाले वेंटिलेटर ने हर सम्भव प्रयास कर किसी तरह उनकी साँस को उखड़ने नहीं दिया। उसने बाप को बेटे से मिलाकर अपना फ़र्ज़ पूरा कर दिया। पर डॉक्टर ने उसे मिलते ही साफ़-साफ़ बता दिया था कि अब किसी भी समय कुछ भी हो सकता है और सच में अगले ही घण्टे में पापा दुनिया से कूच कर गये मानो अपने बेटे को देखने के लिए ही उनकी साँस रुकी हुईं थीं। हस्पताल से डिस्चार्ज के समय पता चला कि सारा भुगतान बीमा के पैसों से हो गया है। उन्होंने जीते-जी अपने प्यारे बेटे पर कोई आर्थिक बोझ नहीं डाला।

सारे घटनाक्रम एक के बाद एक चलचित्र की तरह उसकी आँखों के सामने तेज़ी से से गुजर रहे थे।

'माँ जी, आपने रघु का वॉलेट इतनी अच्छी तरह से अब तक रखा हुआ है। अद्‌भुत है आप।' माँ की प्रशंसा में बोलते हुए उष्मिता के गहरे तक भीगे हुए स्वर से चौंककर वह फिर से वर्तमान में वापस आ गया। माँ वॉलेट के माने तो नहीं समझ रहीं थीं, लेकिन उष्मिता के हाथ में पर्स देखकर उन्होंने अनुमान लग लिया था कि बात रघु के पर्स की हो रही है।

'बेटा, इस प्रशंसा का असली हक़दार तो रघु है। रघु उनकी आँखों का तारा था।' यह बोलते हुए पापा को याद कर वे फिर से रोने लगीं। उष्मिता उन्हें चुप कराने लगी।

'माँ, लेकिन इस पर्स में इतने रुपये कहाँ से आये? मुझे तो याद नहीं कि मैंने इसमें इतने रुपये छोड़े थे।' रघु अभी भी वॉलेट में रखे हुए रुपयों में ही खोया हुआ था।

'बेटा, तुम्हारे जाने के बाद यह पर्स तुम्हारे पापा के लिए तुम्हारी निशानी बन गया था। वे हर महीने नियम से इसमें तुम्हारी पॉकेट मनी रख देते थे। कभी बहुत ज़रूरत पड़ी और मैंने इसमें से पैसा निकालना चाहा तो वे साफ़ मना कर देते, 'नहीं यह रघु की पॉकेट मनी है, उसे मत छूना।' रघु को बताते हुए माँ के एक-एक शब्द में उसे आज अपने लिए पापा का प्यार पहाड़ी झरने की भाँति स्वच्छ, निर्मल और अविरल बहता हुआ साफ़-साफ़ दिख रहा था। उसे पहली बार अपने ऊपर सचमुच ग्लानि हो रही थी कि उसने कभी भी पापा के प्यार और संवेदना को समझने की कोशिश नहीं किया, जबकि तमाम मुश्किलों के बावजूद वे मरते दम तक अपने प्यारे बेटे के लिए पूरे जतन से ख़ुशी-ख़ुशी अपना फ़र्ज़ पूरा करते रहे।

उष्मिता से वॉलेट को लेकर उसे अपने सीने से लगा वह फूट-फूटकर रोने लगा। बरसों से जमे हुए स्वार्थ और नासमझी का मैल अब जाकर निकल सका था। रोते-रोते बस यही शब्द उसकी जुबान से निकल रहे थे, 'पापा मुझे माफ कर दीजिएगा। मैं बहुत बुरा हूँ। मैं आपको कभी समझ नहीं पाया।'

रोते हुए रघु को उसकी माँ समझा रही थी कि तुम मत रोओ नहीं तो तुम्हारे पिता को दुख होगा, क्योंकि वे कहा करते थे, 'रघु हमारी शान है, मैं कभी उसको दुःखी नहीं देख सकता।'

वॉलेट पकड़े-पकड़े वह पापा की सूनी पड़ चुकी चारपाई पर औंधे मुँह गिर पड़ा।

शाइस्तगी

ईसाई लड़की से नीलांश की शादी करने की बात सुनते ही राधिका जी फट पड़ीं, 'क्या इसलिए तुझे पाल-पोसकर इतना बड़ा किया था कि तू कुल की नाक कटा दे।'

'माँ वो बहुत अच्छी और संस्कारी लड़की है।'

'तू मुझे उसके गुण न गिना मैं जानती हूँ कि उसने काला जादू कर मेरे बेटे को फँसा लिया है।'

'अरे, नहीं माँ, वो बहुत टैलेंटेड है और अपनी क़ाबिलियत के कारण आज शॉपर्स स्टॉप जैसे बड़े स्टोर की 'स्टोर मैनेजर' है।'

'वो चाहे कुछ भी हो, किन्तु भारद्वाज कुल की प्रतिष्ठा को गर्त में मिलाने की अनुमति मैं तुझे कभी नहीं दूँगी।'

वैसे नीलांश के पिता जी श्याम बाबू और उसकी छोटी बहन लतिका को नीलांश के इस निर्णय पर कोई आपत्ति नहीं थी, परन्तु राधिका जी का फैसला अपनी जगह अटल था। कई दिनों तक मान-मनौव्वल चलता रहा, लेकिन वे अपने फैसले पर अड़ी रहीं। उनका विश्वास था कि नीलांश उनके निर्णय के विरुद्ध क़तई नहीं जा सकता, लेकिन नयी पीढ़ी को जाति, धर्म और परम्परा के नाम पर दबाना अब पहले की तरह आसान नहीं था। माँ के पुरज़ोर विरोध के बावजूद नीलांश कोर्ट मैरिज कर इलियाना को दुल्हन बनाकर घर ले आया।

अभी तक माँ की हर बात आँख मूँदकर मानने वाले बेटे की बग़ावत का दोष हमेशा की तरह नयी बहू के ऊपर ही आना था, सो वह बहुत आसानी से उस पर मढ़ दिया गया और इसके साथ ही राधिका जी ने

घर के सभी सदस्यों को इलियाना से अलग रहने का फरमान भी जारी कर दिया। चूँकि उनका घर में जबरदस्त दबदबा था और सभी उनके जिद्दी स्वभाव से अच्छी तरह वाक़िफ़ थे इसलिए शुरुआत में तो सब उनके मन मुताबिक ही चलता रहा, लेकिन इलियाना की शराफत और शाईस्तगी ने धीरे-धीरे घर के सभी सदस्यों का मन जीत लिया। श्याम बाबू उससे मन ही मन सहानुभूति रखने लगे थे और लतिका, वो कहाँ मानने वाली थी। माँ की धमकी के बावजूद देखते ही देखते उसकी अपनी हमउम्र भाभी से खूब गहरी दोस्ती हो गयी। माँ का भाभी के साथ किया जा रहा व्यवहार उसे बिल्कुल अच्छा नहीं लगता था। उसने उन्हें कई बार समझाया। वह कोई भी मौका पाते ही उनके सामने भाभी की दिल खोलकर तारीफ करती थी ताकि उनका दिल कुछ पिघल सके, लेकिन राधिका जी की सख़्त चट्टानी हुकूमत में यह सब नक्कारखाने में तूती के बराबर था।

उल्टे बेटे के बाद पति और बेटी पर अनचाही बहू के बढ़ते प्रभाव से वो और अधिक तिलमिला उठीं। उनके कटाक्ष पहले से भी कहीं अधिक सख़्त हो गये थे। वे इलियाना को किसी भी बात पर नीचा दिखाने का मौका नहीं चूकती थीं। इलियाना के प्रति माँ के व्यवहार से नीलांश को बहुत पीड़ा होती थी, क्योंकि उसे लगता था कि उसके साथ शादी करने की वजह से सर्वगुणसम्पन्न होते हुए भी इलियाना को अकारण जिल्लत उठानी पड़ रही है। उसने कई बार माँ को प्यार से समझाया, पर उनको तो किसी की सुननी ही कहाँ थी। वह उनके इस क्रूर रवैये से कभी-कभी बुरी तरह झल्ला उठता था। एक बार तो उसने गुस्से में घर छोड़कर अलग रहने का मूड तक बना लिया, जब माँ ने बगैर किसी दोष के इलियाना के साथ ऐसा बर्ताव किया जो कोई राह चलते जानवर के साथ भी नहीं करता है, लेकिन इलियाना ने हर बार की तरह इस बार भी उसे प्यार से समझा लिया, 'इतनी जल्दी हिम्मत नहीं हारते, नीलांश। वो माँ हैं और हर माँ की तरह उनकी तुमसे कुछ उम्मीदें रहीं होंगी, जो मेरी वजह से पूरी नहीं हुई, इसलिए वो नाराज़ हैं। हमें सब्र रखना चाहिए।'

अछूत और अलगाव का दंश झेलने के बावजूद वह अपनी सास का दिल जीतने की हर सम्भव कोशिश करती रही, लेकिन उन्हें नहीं मानना था, इसलिए उसकी लाख कोशिशों के बाद भी वे नहीं मानीं।

थोड़े दिन बाद लतिका की सगाई तय हो गयी और शादी की तैयारियाँ ज़ोर-शोर से चलने लगीं लेकिन राधिका जी के आदेशानुसार विधर्मी बहू को किसी भी चीज़ में शरीक़ नहीं किया गया। एक ही घर में और ऊपर से घर की इकलौती बहू होने के बावजूद उससे अछूतों सा व्यवहार किया जा रहा था। किन्तु, इससे अविचलित इलियाना लतिका से शादी की तैयारियों के बारे में उससे ख़ूब सारी बातें करती और उसका पूरा सहयोग कर रही थी। चूँकि उसकी शादी तो यूँ ही सादे ढँग से हो गयी थी इसलिए वह अपनी शादी के अरमान अपनी प्यारी ननद की शादी में पूरा करना चाहती थी।

पर एक दिन इलियाना को लतिका बहुत उदास और गुमसुम दिखी। 'क्या हुआ, दुल्हन बनने जा रही लड़की के चेहरे पर उदासी बिल्कुल भी अच्छी नहीं लगती।' उसने उसका मन टटोला।

'भाभी, महँगाई इतनी बढ़ गयी है कि शादी का बजट गड़बड़ा गया है। कई चीज़ों में यहाँ तक कि ब्राइडल आइटम्स में भी कटौती करनी पड़ रही है।'

'लतिका, तुम बिल्कुल भी परेशान मत हो। मैं जहाँ काम करती हूँ, वहाँ से हर आइटम पर मुझे ट्वेंटी परसेंट का फ्लैट एम्प्लॉय डिस्काउंट मिलता है, और वहाँ सारी चीज़ों की बहुत वाइड रेंज है, तुम सारा सामान वहाँ से ले सकती हो।'

'भाभी, आप सच में बहुत दिलवाली हैं। उसके स्वर ख़ुशी से भीगने लगे थे।'

'किन्तु रुको, एक शर्त है।'

'क्या?' ख़ुशी की अभी-अभी खिली धूप पर शंका के काले बादल घिरने लगे।

'अरे! ज़्यादा परेशान होने की ज़रूरत नहीं है, मेरी प्यारी ननद रानी। तुम्हारे सारे ब्राइडल आइटम्स मेरी ओर से तुम्हें गिफ्ट रहेंगे।

मेरा भी तो इस घर के लिए कुछ फ़र्ज़ बनता है और यह सब मैंने पहले से ही सोच रखा था। अयाचित खुशी से भावविभोर लतिका इलियाना के गले से लिपट गयी। फिर दौड़ कर राधिका जी के पास पहुँची, 'माँ! भाभी बहुत अच्छी हैं।'

बेटी के मुँह से बहू की तारीफ सुनकर राधिका जी फिर से जल-भुन गयीं, 'तू उनकी ज़्यादा पूँछ मत बन।'

'अरे! सुनो तो माँ, वो बता रही हैं कि वे अपने स्टोर से सारा ब्राइडल आइटम्स बीस परसेंट डिस्काउंट पर दिला देंगी।' शादी की लम्बी लिस्ट और सुरसा की तरह बढ़ती महंगाई से परेशान राधिका जी की नज़रें आश्चर्य से थोड़ा फैल उठीं।

'और माँ, यही नहीं वे यह सारा सामान अपनी खुशी से मुझे गिफ्ट कर रहीं हैं।'

बेटी की बात सुनकर राधिका जी के मन में भी इलियाना के प्रति एक क्षण के लिए प्रेम जाग उठा, लेकिन परम्पराओं में जकड़े उनके मन-मस्तिष्क ने तुरन्त उसे वहीं दफन कर दिया। इधर लतिका अपनी रौ में बोले जा रही थी, 'माँ, मैं वहीं से शादी में भाभी के पहनने के लिए एक अच्छा-सा लहँगा ले लूँगी।'

'इसकी कोई ज़रूरत नहीं है।' राधिका जी का कड़क स्वर गूँजा।

'क्यों?' लतिका को अचानक से बड़ा आश्चर्य हुआ।

'वो शादी में यहाँ रहेगी ही नहीं।'

'क्यों नहीं रहेंगी, क्या उन्होंने ऐसा बोला है?'

'नहीं।' यह मेरा फैसला है।

'माँ, आपने ऐसा बेकार फैसला क्यों लिया?'

'तेरी भलाई के लिए लिया। शादी के समय दुनिया भर के मेहमान यहाँ आयेंगे और घर में क्रिस्तानी बहू को देखकर पता नहीं कैसी-कैसी बात बनायेंगे, कहीं इस चक्कर में तुम्हारी शादी में कोई विघ्न न पड़ जाये इसलिए मैंने सोच-समझकर यह निर्णय किया है कि उसे शादी के समय मायके भेज दूँगी और सबसे बता दूँगी कि वह टूर पर चली गयी है।'

माँ के इतने कठोर निर्णय से लतिका कुछ पल के लिए सन्न रह गयी। फिर झटके से खड़े होते हुए बोली, 'ठीक है। यदि आपको मेहमानों के व्यंग्य बाणों की इतनी ही चिन्ता है तो किसी भी मेहमान को शादी में बुलाने की ज़रूरत क्या है? ख़ैर आप जो भी करें, लेकिन मैं साफ़ बता देना चाहती हूँ कि मैं शादी तभी करूँगी, जब भाभी को सम्मान के साथ इस शादी में शामिल होने दिया जायेगा।'

लतिका के बगावती तेवर ने राधिका जी को बुरी तरह हिला दिया, लेकिन वे इतनी आसानी से हार मानने वालों में से नहीं थीं।

माँ-बेटी की बातचीत इलियाना के कानों में भी पड़ गयी। अपनी सास की बात को सुनकर वह दुःखी तो ज़रूर हुई, लेकिन लतिका की शादी में कोई ख़लल न पड़े, इसलिए नीलांश के लाख मना करने के बावजूद वह मायके चली गयी पर जाते-जाते उसने लतिका से यह वचन ज़रूर ले लिया कि वह उसकी खुशी की ख़ातिर शादी ज़रूर करेगी। भार्गव परिवार में शादी की तैयारी चल तो रही थी, लेकिन इलियाना के चले जाने से घर का माहौल खिंचा-खिंचा-सा हो गया था।

शादी के ठीक एक सप्ताह पहले सीढ़ियों से उतरते समय राधिका जी का पाँव फिसल गया और सिर में गम्भीर चोट आ गयी। डॉक्टर ने बताया कि अर्जेंट सर्जरी करनी होगी और कम से कम तीन से चार लाख का खर्च आयेगा। शादी की तैयारियों के बीच इतनी बड़ी रकम का जुगाड़ करना और खुद राधिका जी के हस्पताल भर्ती हो जाने से शादी की पूरी व्यवस्था ही चरमरा गयी। नीलांश ने जैसे ही इलियाना को माँ की दुर्घटना और हस्पताल के लम्बे-चौड़े खर्चों के बाबत बताया, तो वह राधिका जी के लिए चिन्तित हो उठी। सबसे पहले उसने चर्च में जाकर उनके जल्द ठीक होने के लिए प्रार्थना की और फिर बिना समय गँवाये उसने चार लाख रुपया अपने सैलरी अकाउंट से निकाल कर सर्जरी के लिए नीलांश के एकाउंट में ऑनलाइन ट्रांसफर कर दिया क्योंकि वह भली-भाँति जानती थी कि बाबू जी और नीलांश का अधिकांश पैसा पहले ही लतिका की शादी की तैयारी के लिए निकल चुका है।

पैसों की व्यवस्था हो जाने से समय रहते उनकी सर्जरी हो गयी और ऑपरेशन भी सफल रहा। होश आने पर जब उन्हें पता चला कि इलियाना ने स्वेच्छा से उसके लिए इतना कुछ किया है, तो वे रो पड़ी। उन्हें अपने ऊपर ग्लानि होने लगी कि मात्र दूसरे धर्म की होने के कारण उन्होंने अपना घर-बार सब कुछ छोड़ कर आयी हुई इस लड़की को इतना दुःख दिया और उसके बदले में उसने उनकी जान बचाने में कोई कोर-कसर नहीं छोड़ी। उन्होंने नीलांश को बुलाकर कहा कि वह अभी उनकी बहू को लेकर यहाँ आये। उसके आते ही उन्होंने पूरे परिवार के सामने प्यार से अपने पास बुलाकर कहा, 'बेटा, इस हालत में लतिका का कन्यादान मैं तो अब नहीं कर पाऊँगी। शायद भगवान ने मुझे तुम्हारे साथ बुरे बर्ताव करने की यही सजा दिया है कि मुझे ऐन मौके पर कन्यादान के सुख से वंचित कर दिया। मेरा तुमसे हाथ जोड़कर अनुरोध है कि लतिका का कन्यादान तुम और नीलांश करो।'

'माँ, आप हाथ मत जोड़िये। आपकी इच्छा ही मेरे लिए बहुत मायने रखती है।' राधिका जी की आँखों में छलछला आये सच्चे मोतियों को देख इलियाना भी भावुक हो उठी, 'आप अपना ध्यान रखा कीजिए। आपको कुछ हो जाता तो..।'

'जिसके बच्चे इतने अच्छे हों, उसे कैसे कुछ हो सकता है।'

राधिका जी को भी अब तक अच्छी तरह समझ में आ गया था कि नयी पीढ़ी हमेशा बेपरवाह और गैर-ज़िम्मेदार नहीं होती। नये पँखों को पाकर आसमाँ में ऊँचे-से ऊँचा उड़ने का हौसला होता है तो साथ-साथ उन्हें अपनी जिम्मेदारियों का भी बख़ूबी एहसास रहता है।

इलियाना की शाइस्तगी और लतिका की सही को सही और ग़लत को ग़लत बोलने की हिम्मत ने बरसों से राधिका जी के बन्द पड़े हृदय के कपाट खोल दिये। हस्पताल के उस छोटे से कमरे में एक साथ कई जोड़ी आँखों से गंगा-जमुना की निर्मल धारा फूट पड़ी।

हैप्पी दिवाली

धनतेरस वाले दिन पूरे बाज़ार में ज़बरदस्त भीड़ थी और बर्तनों की सबसे पुरानी दुकान होने के कारण सेठ गोविन्द दास की दुकान पर तो ऐसा लग रहा था जैसे कि पूरा शहर वहीं उमड़ आया हो। मुदित और वर्षा भी वहाँ शगुन के बर्तन ख़रीद रहे थे। अचानक दुकान के दूसरे कोने से दुकानदार और किसी ग्राहक की ज़ोर-ज़ोर से बहस करने की आवाज़ आने लगी।

'अरे! यह तो अपना नलिन है। यह फिर से...?' मुदित वर्षा से बोला।

वर्षा, 'चलिये, चल कर देखते हैं।' बीच-बचाव करते हुए नलिन को शान्त कर वे उसे दुकान से बाहर ले आये।

'अरे! क्या बात है, नलिन? तुम्हारा मूड इतना उखड़ा हुआ क्यों है?' उसके कन्धे पर हाथ रखते हुए मुदित ने उससे प्यार से पूछा।

'अरे! कुछ नहीं, यार। ये सारे दुकानदार लूट मचाये रहते हैं। इनका वश चले तो ये ग्राहकों की जेब पर सीधे-सीधे डाका डाल दें।' नलिन अभी भी गुस्से से लाल-पीला हो रहा था।

'अरे! दुकानदार की बात पर इतना क्या गुस्सा करना?' उसे आश्चर्य हो रहा था कि सदा खुशमिजाज रहने वाला नलिन आजकल इतना चिड़चिड़ा क्यों रहने लगा है? आजकल ऑफिस में भी वह छोटी-छोटी बात पर अजीब-सा रिएक्ट करने लगा है।

एक फैमिली-फ्रैंड होने के नाते मुदित नलिन के व्यवहार में आये इस परिवर्तन के कारण को जानने के लिए पिछले काफ़ी दिनों से कोशिश कर रहा था, लेकिन नलिन हर बार कोई न कोई बहाना बनाकर उसे टाल देता था, लेकिन आज उसने ठान लिया था कि वह इसका पता ज़रूर लगाकर रहेगा।

मुदित और नलिन तो वैसे अच्छे दोस्त थे ही, उनकी पत्नियाँ वर्षा और तुहिना भी एक ही कॉलेज से पासआउट होने के कारण पहले से ही एक-दूसरे से ख़ूब अच्छी तरह परिचित थीं। फिर मुदित व नलिन की दोस्ती के कारण यह क़रीबी और बढ़ गयी थी।

वर्षा, 'भैया! तुहिना कहाँ है? उसे साथ लेकर क्यों नहीं आये? दिवाली की मार्केटिंग कोई अकेले करता है क्या? वह होती तो आप कभी इतना परेशान नहीं होतें।' नलिन का मूड हल्का करने के लिए वर्षा ने उसे छेड़ने की कोशिश की।

नलिन, 'भाभी, वो घर पर है और देखिये न, आधी-अधूरी लिस्ट बना कर उसने मुझे थमा दी और अब हर दस मिनट पर फ़ोन कर एक नया सामान लाने का हुक्म दे रही है। अब इतने भीड़ भरे बाज़ार में मैं कहाँ लिस्ट अपडेट करता फिरूँ।' उसकी आवाज़ में मौजूद झल्लाहट से साफ़ पता चल रहा था कि वह इस समय बहुत परेशान है।

वर्षा, 'इसमें तुहिना की क्या ग़लती है? वह अभी नयी है और यह तो उसकी पहली दिवाली है। घर में जब माँ-बाबू जी हैं तो आपको ये सब चीज़ें उनसे पूछना चाहिए था। वे अनुभवी हैं, आपको तुरन्त सारी चीज़ें बता देतें।'

इस बात पर नलिन ने कोई उत्तर न देकर अपना मुँह दूसरी तरफ़ घुमा लिया। उसकी भाव-भंगिमा से मुदित और वर्षा समझ गये कि उसके मूड ख़राब होने का कारण दुकान के अन्दर नहीं वरन् परिवार के कहीं अन्दर मौजूद है।

'नलिन, सच बता, बात क्या है? तुम पहले तो ऐसे खिंचे-खिंचे से नहीं रहते थे।' मुदित ने बड़े भाई की तरह उससे अधिकार से पूछा।

वर्षा, 'हाँ, भैया! यदि आप हमें अपना समझते हैं तो बताइये न, मैंने भी गौर किया है कि मेरी वो पहले वाली तुहिना कहीं खो गयी है जो हर वक़्त तितली की तरह चहकती रहती थी।'

नलिन, 'अरे! क्या बताऊँ, भाभी? घर में रोज़ खिच-खिच मची रहती है। माँ-पापा प्रत्येक छोटी-छोटी बात में मीन-मेख निकालते रहते हैं। हर वक़्त उनका मुँह फुला हुआ रहता है। दिवाली जैसे त्योहार के समय

भी वे बिल्कुल अजनबियों की तरह घर के एक कोने में अपनी अलग दुनिया बसाये पड़े हैं। उन्हें तो लगता है कि हम पति-पत्नी अव्वल दर्ज़े के मनमाने और फिजूलख़र्च हैं। ऐसे में घर में किस-किस सामान की ज़रूरत है, के बारे में उनसे पूछने की माने तो उनकी चार बात ऊपर से और सुनो। मैं तो इन सब चीज़ों से इतना तँग आ गया हूँ कि जी में आता है कि कुछ कर ही डालूँ।' उसकी आवाज़ में निराशा एवं हताशा के भाव साफ़-साफ़ झलक रहे थे।

नलिन की बात से मुदित और वर्षा को उसकी परेशानी का कारण साफ़-साफ़ समझ में आ गया। दोनों ने आँखों-ही-आँखों में आपस में तय किया कि जब उन्हें नलिन की समस्या का कारण पता चल ही गया है तो इसका हल ढूँढ़ने में उन्हें देरी नहीं करना चाहिए।

मुदित 'अरे! बस इतनी-सी बात! यह भी कोई परेशान होने की बात है। चल, पास में ही शर्मा जी की चाय की दुकान है। बहुत दिनों से वहाँ की मशहूर मलाई वाली चाय नहीं पी है, वहीं चाय पीते हैं और इसका गारंटीड सॉल्यूशन तुम्हें बताते हैं।'

नलिन, 'तुम कहीं मज़ाक तो नहीं कर रहे हो!'

मुदित, 'अरे! नहीं मेरे भाई! बिल्कुल नहीं। यह कोई रॉकेट साइंस थोड़े ही है, जिसके लिए कोई स्पेशल कोर्स करना पड़े। यह तो घर-घर की कहानी है जिसे बहुत आसानी से हल किया जा सकता है।' नलिन को बिल्कुल भी विश्वास नहीं हो रहा था कि जिस समस्या से वह इतनी बुरी तरह से जूझ रहा है उसका हल मुदित और वर्षा कैसे इतनी आसानी से निकाल सकते हैं। वह अभी भी संशय में डूब-उतर रहा था।

वर्षा, 'भैया! अब चलिए भी न। दो मिनट आराम से बैठकर चाय पीते हैं और वहीं बातें भी करते हैं। वैसे भी मलाई वाली चाय का नाम सुनकर मेरे मुँह में तो पानी आ रहा है।' वर्षा ने इतने भोलेपन से कहा कि नलिन उसे मना नहीं कर पाया।

चाय की चुस्की लेते हुए मुदित ने नलिन से पूछा, 'घर-गृहस्थी की पूरी ज़िम्मेदारी इस समय तो तुम दोनों पति-पत्नी ही सँभाल रहे होगे?'

नलिन, 'हाँ पूरी तरह। हमने माँ-पापा के ऊपर कोई भार नहीं छोड़ा है। उनकी ज़रूरत की सारी चीज़ें भी हम ही लाते हैं। फिर भी वे पता नहीं क्यों सदा असन्तुष्ट रहते हैं?'

मुदित, 'अच्छा, यह बताओ, जब तुम्हारी सर्विस नहीं लगी थी और शादी भी नहीं हुई थी, तो घर कौन सँभालता था?'

नलिन, 'और कौन सँभालता! स्वभाविक-सी बात है। माँ-पापा ही पूरा घर सँभालते थे।'

मुदित, 'तो क्या उस समय भी वे इसी तरह खिंचे-खिंचे और अजनबी की तरह रहते थे?'

नलिन, 'बिल्कुल नहीं। उस समय उन पर ढेर सारी ज़िम्मेदारी थीं, तो भी वे कभी परेशान नहीं होते थे। हमारी छोटी-छोटी फरमाईश पूरी करने के लिए हर वक़्त तैयार रहते थे।'

यह बोलते हुए उसकी आँखों में बाल सुलभ चमक उभर आयी, लेकिन अगले ही क्षण वह चमक बुझ गयी

'पर आज ज़रा-ज़रा-सी बात पर उनका मुँह जब देखो तब फूला रहता है। जबकि आज वे हर प्रकार की ज़िम्मेदारी से मुक्त हैं। बस उन्हें खाना और भजन करना है।'

वर्षा, 'बस यही तो समस्या की जड़ है भैया।'

नलिन, 'इसमें समस्या वाली कौन-सी बात है, भाभी? आप भी न। मुझे पता है कि समस्या क्या है? दरअसल वे मेरे घर को अपना घर समझते ही नहीं हैं।'

मुदित, 'तुम ग़लत समझ रहे हो। तुम्हारी बड़ी-सी परेशानी का छोटा किन्तु सटीक हल तुम्हारी बात में ही है, लेकिन इसके लिए पहले तुम्हें समस्या को पहचानना होगा।'

उसे यूँ तो मुदित और वर्षा की पहेलियों वाली बात से झुँझलाहट तो हो रही थी, लेकिन चूँकि घर की रोज़-रोज़ की झिक-झिक से वह बुरी तरह आजिज आ चुका था, इसलिए और कोई उपाय न देखकर वह बड़ी-बड़ी आँखों से मुदित की आँखों में झाँकता हुआ बोला, 'तो बताओ मेरी समस्या क्या है?'

मुदित, 'अच्छा, पहले तुम इस बात का उत्तर दो कि यदि तुम्हें ऑफिस में कोई काम न दिया जाये। बस तुमसे यह कहा जाये कि तुम चुपचाप मूकद्रष्टा की तरह सबको काम करते हुए देखो कि क्या अच्छा हो रहा है या क्या बुरा, इस पर तुम्हें अपनी आँखें मूँदें रहना है और महीने के अन्त में सैलरी लेकर चुपचाप रख लेना है तो क्या तुम्हें यह अच्छा लगेगा?'

नलिन, 'यह कोई अच्छी लगने वाली बात है क्या? बिना काम के तो मैं पाग़ल हो जाऊँगा, लेकिन इसका मेरी समस्या से क्या सम्बन्ध है?' उसकी आँखें फिर से चौड़ी हो आयीं।

मुदित, 'है मेरे दोस्त। मैं बताता हूँ। दिवाली ही क्यों सामान्य दिनों में भी घर में इतनी सारी चीज़ें ख़रीदी जाती हैं या छोटे-बड़े अनेक फैसले लिए जाते हैं । यदि ये चीज़ें घर के सभी सदस्यों की आपसी सलाह-मशविरा से ख़रीदी जायें या घर के फैसले में सभी की राय ली जाये तो सभी को अच्छा लगेगा या बुरा?'

नलिन, 'इसमें भला पूछने वाली कौन-सी बात है? जब सबकी राय ली जायेगी, तो भला किसी को बुरा क्यों लगेगा।'

वर्षा, 'यही बात तो हम आपको समझाना चाह रहे हैं भैया, कि आज से पहले जो माँ-बाप अपने बूते पर पूरी घर-गृहस्थी हँसी-खुशी चला रहे थे। उन्हें अचानक से हाशिये पर एक मूक दर्शक की तरह बैठा दिया जाये तो उनके अन्दर हमेशा एक कसक बनी रहेगी। भैया! इस उम्र में सिवाय इसके कि घर में उनसे भी महत्त्वपूर्ण मसलों पर राय-मशविरा कर लिया जाये, उन्हें और किसी चीज़ की तमन्ना नहीं होती है।

नलिन, 'तो क्या आपलोग...?'

वर्षा, 'हाँ, महीने के राशन में क्या आना है, से लेकर किसे क्या लेना-देना है, यह सारी ज़िम्मेदारी हम लोगों ने उन्हें इस एहसास के साथ सौंप दी है कि आपके बिना यह काम ठीक से पूरा हो ही नहीं सकता। इससे उनका न केवल घर के साथ जुड़ाव बना रहता है बल्कि वे इंगेज भी रहते हैं।'

मुदित, 'हाँ, दोस्त! उन्हें यह लगना चाहिए कि वे अब कबाड़ की वस्तु नहीं हैं, बल्कि अपने घर का एक जिन्दा हिस्सा हैं। तुम बस उनसे पूछ भर लो, फिर देखो वे कैसे गदगद हो जाते हैं? इन छोटी-छोटी चीज़ों से तुम्हारा घर अपने आप उनका हो जायेगा और तुम सबके बीच की बॉन्डिग दिन-प्रतिदिन स्ट्रांग होती जायेगी।

नलिन दम साधे मुदित और वर्षा की बातें सुनता रहा। उसकी समझ में आ गया था कि ग़लती कहाँ पर है? वह धीरे से उठा फिर मुदित के कन्धे पर हाथ रखता हुआ दोनों से नम आँखों से विदा लेते हुए बोला, 'तुम दोनों का दिल से शुक्रिया। पता नहीं यह छोटी-सी बात मुझे अब तक क्यों नहीं सूझी?'

वर्षा, 'कोई बात नहीं भैया! अभी कोई देरी नहीं हुई है। दिवाली के मौके पर आज ही उन्हें उनके अपने घर के एहसास का उपहार दे दीजिए।'

नलिन, 'ओके, बाय। मैं घर जा रहा हूँ। लिस्ट में अभी बहुत सारी चीज़ें रह गयी हैं। उनके बारे में माँ-पापा से डिस्कस भी तो करना है।' बहुत देर के बाद उसके चेहरे पर हँसी और चमक वापस लौट आयी थी।

'ऑल द बेस्ट।' वर्षा और मुदित ने उसे हँसकर विदा किया।

घर पहुँचते ही तुहिना ने उससे पूछा, 'अरे! ख़ाली झोला लोकर क्यों आये? समान कहाँ है?

नलिन, 'तुम मेरे साथ अन्दर कमरे में आओ। वहीं बताता हूँ।' प्यार से उसका हाथ पकड़कर तेज़ी से उसे वह अन्दर कमरे में ले आया।

तुहिना, 'अरे! क्या बात है? और तुम इतना एक्साइटेड क्यों हो? कोई जैकपॉट हाथ लग गया है, क्या?' वैसे हमेशा चिड़चिड़े रहने वाले नलिन को बच्चों की तरह हरकत करते देखकर उसे आश्चर्य के साथ ख़ुशी भी हो रही थी।

नलिन, 'हाँ, बहुत बड़ा जैकपॉट हाथ लगा है।' फिर उसने एक साँस में बर्तनों की दुकान पर हुए वाकये और उसके बाद मुदित और वर्षा के साथ हुई बातचीत का ब्यौरा कह सुनाया।

तुहिना भी दम साधे नलिन की बातें सुनती रही। उसे भी अपने घर में यह खिंचा-खिंचा माहौल बिल्कुल अच्छा नहीं लगता था,

लेकिन उसे समझ में नहीं आ रहा था कि किस प्रकार इसे ठीक किया जाये, लेकिन मुदित और वर्षा की सलाह सुनकर उसे भी आशा की किरण दिखने लगी। उसने उत्सुकता से पूछा, 'तो अब क्या प्लान है?'

नलिन, 'माँ-पापा के पास चलते हैं और उनसे पूछकर दिवाली का प्रबन्ध करते हैं।'

जैसे ही नलिन और तुहिना उनके कमरे में पहुँचें, तो दोनों झूठ-मूठ का व्यस्त होने का उपक्रम करने लगे। नलिन और तुहिना यह सब समझ रहे थे। बच्चों की तरह माँ-पापा को अभिनय करते देख उन्हें हँसी भी आ रही थी, लेकिन वे गम्भीर होने का नाटक करते रहे।

चुप्पी को तोड़ने का बीड़ा तुहिना ने उठाया, 'माँ जी, दिवाली का इतना बड़ा त्योहार सिर पर है और मैंने बहुत सारे लोगों को इस अवसर पर घर पर बुलाया है और बहुतों के यहाँ हमें भी जाना है, लेकिन हमारी कोई तैयारी नहीं है। क्या ख़रीदूँ, क्या नहीं। कुछ समझ नहीं आ रहा। ऊपर से इन्हें बाज़ार भेजा तो ये ख़ाली हाथ लौट आये। कुछ समझ में नहीं आ रहा है कि हमें क्या करना चाहिए? आप ही कुछ बताइये, न।'

पहले तो नलिन की माँ को यह यक़ीन ही नहीं हुआ कि उनकी बहू उनसे कोई सलाह माँग रही है। इधर अब तक शान्त भाव से तुहिना की बात सुन रहे पिता जी बोलें, 'तो इसमें उसका क्या दोष है? वह तो अभी बच्चा है। वह क्या जाने बाज़ार और गृहस्थी के रंग-ढँग?

तुहिना ने चुटकी लेते हुए उन्हें छेड़ा, 'अच्छा, तो ये बच्चे हैं?'

'और नहीं तो क्या? अभी इसकी उम्र ही क्या है और अब-तक सारी ज़िन्दगी हमने ही घर-बाहर सब कुछ सँभाला है। इसे क्या पता कि घर कैसे चलाया जाता है?' फिर दिखावे के लिए वे अख़बार पढ़ने लगें।

तुहिना, 'तो बाबू जी, आप ही बताइये न हमें क्या करना चाहिए?'

बहू की बात सुनकर सासू माँ को गज़ब का जोश आ गया। वे बोलीं,'हाँ-हाँ ,बताते क्यों नहीं? बेचारे ये दो नन्हीं सी जान परेशान हो रहीं हैं और आप अख़बार में ऐसे मुँह घुसाये पड़े हैं जैसे आप ही को सारा देश चलाना है।'

बाबू जी, 'तो तुम चुपचाप क्यों बैठी हो? तुम भी तो कुछ बताओ। इतने दिनों तक तुमने घर-गृहस्थी चलायी है। तुम्हें भी तो इस लड़की पर ज़रा-सी भी दया नहीं आयी कि किस प्रकार यह अकेली बच्ची इतना सारा काम सँभालेगी?'

माँ-बाबू जी की नोक-झोंक में आज बहू-बेटे को पहली बार मजा आ रहा था।

तुहिना, 'बाबू जी, मैं सबके लिए चाय बनाकर लाती हूँ, तब तक आप और माँ जी कुछ प्लान कीजिए।' फिर उसने इशारे से नलिन को भी वहाँ से उठकर निकल आने का संकेत किया।

इधर उनके जाते ही नलिन के पिता अशोक बाबू झट से अलमारी से अपनी पुरानी डायरी निकाल लाये और कलम लेकर नलिन की माँ उमा के साथ लिस्ट बनाने में जुट गये। एक-एक आईटम ऐसे ढूँढ़-ढूँढ़कर लिखा जा रहा था, जैसे परीक्षा में एक भी प्रश्न छूट न जाये। जब पूरी लिस्ट फाइनल हो गयी, तो अशोक बाबू नलिन की माँ से बोले, 'वैसे तो सब आइटम लिस्ट में आ गया है, फिर भी दुबारा चेक कर लिया जाये, कि कहीं कोई ज़रूरी समान रह तो नहीं गया।'

'अरे, आप भी न! आपकी याददाश्त बिल्कुल कमज़ोर हो गयी है। गोंद-बादाम तो रह ही गये आपको जरा भी याद नहीं, कि गोंद-बादाम के लड्डू नलिन को कितना पसन्द है।' लिस्ट को चेक करते हुए उन्होंने अपने पति को हल्की-सी डाँट लगायी।

'हाँ, हाँ। तुम बिल्कुल सही कह रही हो। अरे, क्या करूँ, बुढ़ापे का दिमाग़ है, लेकिन तुम भी कुछ कम भुलक्कड़ नहीं हो।' अशोक बाबू भी कहाँ पीछे रहने वाले थे।

उमा जी ने घूरकर अशोक बाबू को देखा।

अशोक बाबू, 'अब अपनी ग़लती छिपाने के लिए मुझे घूरो मत। तुम्हें याद नहीं कि तुहिना बिटिया को तुम्हारे हाथ का बना हुआ पोस्ते दाने का हलवा कितना पसन्द है, लेकिन तुमने लिस्ट में पोस्ता दाना लाने के लिए लिखा ही नहीं।'

नलिन की माँ, 'अरे, हाँ। आपने सही याद दिलाया। पता नहीं, मैं यह बात कैसे भूल गयी? मैं भी कैसी सास हूँ जिसे अपनी इकलौती बहू की पसन्द भी याद नहीं रही? लगता है कि अब मैं भी बूढ़ी हो चली हूँ।' मुँह झुकाकर वे गहरा अफ़सोस प्रकट करने लगी।

'चलो! कोई बात नहीं, बच्चों के आने के पहले फटाफट लिस्ट में दोनों चीज़ें जोड़ लेते हैं।' अशोक बाबू उन्हें इस तरह दिलासा दे रहे थे जैसे उमा जी स्कूल जाने वाली एक छोटी-सी बच्ची हों।

पापा और माँ की इस निश्छल नोक-झोंक और उसके भीतर अपने लिए बह रहे प्रेम के दरिया को देखकर नलिन और तुहिना भी अपने आप को रोक नहीं सके। नम आँखों के बीच होंठों पर मुस्कान लिए जब वे कमरे में दाख़िल हुए तो पहले तो दोनों सीनियर सिटीजन ने अपने आपको गम्भीर दिखाने का प्रयास किया पर जब नलिन और तुहिना ने प्यार से उनके हाथों को अपने हाथों में लिया तो इस प्यार की गर्माहट और एक-दूसरे के भुलक्कड़पन पर अपने बहू-बेटे के साथ उनके चेहरे पर भी बड़ी वाली हँसी खिल आयी। इसके साथ ही सबके होंठों से हँसी और मीठी बातों की रंग-बिरंगी फुलझड़ियाँ ऐसे झड़ने लगीं, जैसे अनार-फुलझड़ी के रंग-बिरंगे तारे अमावस के अँधेरे को पूरी ताक़त से दूर भगाने के लिए कमर कस चुके हों। वर्षा और मुदित जैसे सच्चे दोस्तों के प्रयास से तुहिना और नलिन के घर में भी दिवाली की सच्ची वाली रौनक खिल आयी थी।

सॉफ्ट लैंडिंग

निर्मल के सिर से पिता का साया बचपन में ही उठ गया था। पिता के असमय गुज़र जाने के बाद उसकी परवरिश की पूरी ज़िम्मेदारी उसकी माँ निरूपा जी के कन्धों पर आ गयी। दुःख के इस भँवर में अचानक घिर आयी उनकी जीवन-नौका बुरी तरह क्षत-विक्षत हो गयी थी, परन्तु निर्मल के उज्जवल भविष्य को देखते हुए अपनी इस टूटी हुई नौका को फिर से जोड़ने में वे पूरे प्राणपन से लग गयीं।

वे खुद तो ज़्यादा पढ़ी-लिखी नहीं थी, लेकिन उन्हें शिक्षा का महत्त्व बखूबी पता था। निर्मल की प्राइमरी शिक्षा तो गाँव की सरकारी पाठशाला में पूरी हो गयी, लेकिन उसकी आगे की पढ़ाई एक गम्भीर चुनौती बनकर खड़ी हो गयी, क्योंकि उच्च शिक्षा के लिए उनके गाँव में क्या आस-पास के गाँव में भी कोई अच्छा स्कूल नहीं था। किन्तु, बेटे को अच्छी शिक्षा दिलाना उनका सपना था।

लेकिन सपना देखना एक बात है और उसे ज़मीन पर उतारना उससे बिल्कुल अलग। एक तो गाँव का रूढ़िवादी माहौल ऊपर से विधवा बहू की सामाजिक हैसियत एक तिनके से ज़्यादा कहाँ कुछ होती है? फिर भी एक दिन हिम्मत करके वे अपने ससुर से बोली, 'पिता जी मैं निर्मल को पढ़ाने के लिए शहर जाना चाहती हूँ।'

ससुर के साथ-साथ घर के सभी सदस्य इस बात पर चौंक पड़े, 'क्या?'

एक तो विधवा दूसरी जवान। क्या यह ख़तरों से खेलने के समान नहीं था? वे घर के सदस्यों की मनोभावना समझ गयी।

सबको आश्वस्त करते हुए वे बोली, 'आप लोग निश्चिन्त रहिये इस घर की इज़्ज़त पर मैं कभी आँच नहीं आने दूँगी।'

यह बोलते हुए उनकी वाणी इतनी तेज़ोमय एवं आत्मविश्वास से परिपूर्ण थी कि घर के किसी सदस्य का साहस उन्हें रोक पाने का नहीं हुआ। उनके एक परिचित पास के शहर में एक प्रतिष्ठित स्कूल में वाचमैन थे। उन्होंने निरूपा जी को उसी स्कूल में आया की नौकरी दिलवा दी। शहर तो वे आ गयी थी और ज़िन्दगी की गाड़ी खींचने के लिए एक नौकरी का जुगाड़ कर अपने सपने को पूरा करने की दिशा में एक बड़ा क़दम बढ़ा लिया था। अब उनका अगला लक्ष्य किसी तरह उस स्कूल में निर्मल का दाख़िला कराना था। अपने सद्व्यवहार के कारण कुछ ही दिनों में वे सभी की प्रिय पात्र बन गयीं। एक दिन साहस कर उन्होंने प्रिंसिपल साहब से निवेदन किया, 'सर, मेरे बच्चे को भी इस स्कूल में पढ़ने की अनुमति दे दीजिए। मैं आपकी हमेशा ऋणी रहूँगी।'

प्रिंसिपल साहब पहले तो कुछ हिचकिचाये, फिर बोले, 'निरूपा! यह स्कूल बहुत महँगा होने के साथ-साथ बहुत ऊँचे स्तर का है, यहाँ बड़े-बड़े घरों के बच्चे पढ़ने आते हैं। मुझे डर है कि कहीं तुम्हारा बेटा हीन भावना का शिकार न हो जाये।'

निरूपा 'सर, आप निश्चिन्त रहिये। उसमें कभी भी हीन भावना न आये इसके लिए मुझसे जो भी बन पड़ेगा वह मैं करूँगी।'

प्रिंसिपल साहब, 'ठीक है यदि तुम्हारा बेटा प्रवेश परीक्षा में पास हो जाता है, तो मैं ज़रूर उसके लिए कुछ-न-कुछ करूँगा।'

निर्मल बचपन से मेधावी तो था ही, उसने प्रवेश परीक्षा पास कर लिया और प्रिंसिपल साहब ने भी वादे के अनुसार स्कूल प्रबन्धन से कहकर उसे स्कॉलरशिप दिलवा दी।

इधर निरूपा जी निर्मल की पढ़ाई और परवरिश के लिए रात-दिन एक कर रही थी। वह दिन के समय स्कूल में आया की नौकरी करती और रात में पड़ोस की दर्ज़ी की दुकान से कपड़े लाकर उसे सिलने का काम करती ताकि कभी भी पैसों की कमी निर्मल की पढ़ाई के आड़े न आने पाये। निर्मल पढ़ाई में होशियार होने के साथ-साथ बहुत समझदार भी था।

वह माँ द्वारा उसके भविष्य के लिए किये जा रहे त्याग और तपस्या के मूल्य को भली-भाँति समझता था। उसने ख़ूब मन लगाकर पढ़ाई किया और प्रथम प्रयास में ही आई.आई.टी. में प्रवेश प्राप्त कर लिया। इंजीनियरिंग की पढ़ाई पूरी करने के बाद उसे गुड़गाँव की एक बहुत बड़ी मल्टीनेशनल कम्पनी में साफ्टवेयर डेवलपर की नौकरी मिल गयी। कम्पनी की तरफ़ से उसे एक पॉश सोसायटी में फ्लैट भी मिल गया।

नौकरी पाने के बाद सबसे पहले वह अपनी माँ के पास गया। वे अभी तक उसी स्कूल में आया की नौकरी कर रही थी। वह उनसे बोला, 'माँ, तुमने अपना धर्म निभा लिया, अब मेरी बारी है। तुम मेरे साथ गुड़गाँव चलो।'

उसकी माँ ने उसे बहुत समझाया, 'बेटा, कहाँ यह छोटा सा शहर और कहाँ गुड़गाँव जैसा इतना बड़ा और आधुनिक शहर। मैं इतने बड़े शहर में कैसे रह पाऊँगी? मुझे तो बड़े लोगों के एक भी तौर-तरीक़े नहीं आते।'

निर्मल, 'बड़े लोग अपने घर के लिए बड़े होंगे। मुझे उनसे क्या लेना देना? तुम मेरी माँ हो, मेरे लिए इतना काफ़ी है।'

'लेकिन बेटा बड़े लोगों की सोसायटी में मेरी वजह से तुम्हें असुविधा होगी। मैं यहीं ठीक हूँ' निरूपा जी बोलीं।

लेकिन निर्मल भी कहाँ हार मानने वाला था। यदि निरूपा जी दृढ़निश्चयी थीं तो वह भी तो उन्हीं का बेटा था। उसने उनके सारे तर्क़ काट डाले। जब उन्होंने ज़्यादा ज़िद की, तो वह बच्चों की तरह मुँह फुलाकर बोला, 'ठीक है, तो मैं भी वहाँ नहीं जाऊँगा। जहाँ तू रहेगी, मैं भी वहीं रहूँगा।'

बेटे की ज़िद के आगे वे हार मानकर उसके साथ गुड़गाँव चली आयी। उस छोटे से शहर की एक कमरे की कोठरी से वे महानगर की इस पॉश सोसायटी के इतने बड़े फ़्लैट में आ तो गयी थीं, पर निर्मल के ऑफिस चले जाने के बाद वे बिल्कुल अकेली रह जाती थीं। उनके लिए इस अकेलेपन को दूर करने का एक ही इलाज था, घर में बेटे के लिए बहू ले आना।

हर माँ का सपना होता है कि जब उसका बेटा अपने पैरों पर खड़ा हो जाये तो उसके लिए एक अच्छी बहू ले आये। निरूपा जी की आँखों में भी अब बस यही सपना हर समय उमड़ता-घुमड़ता रहता था कि उनके घर में किस प्रकार जल्दी से बहू आ जाये। जिसकी पायल की रुनझुन से घर में खुशियों की लहरियाँ बज उठें। उन्होंने निर्मल से कई बार इस सम्बन्ध में चर्चा की, लेकिन वह हमेशा यह कहकर टाल जाता कि अभी वह नौकरी में थोड़ा और व्यवस्थित हो जाये तो इस बारे में सोचेगा।

एक दिन सोसायटी में रहने वाले बक्शी साहब और उनकी पत्नी ने अपनी शादी के पच्चीस वर्ष पूरे होने पर सोसायटी के लॉन में सिल्वर जुबली पार्टी का भव्य आयोजन किया था। निर्मल भी इस पार्टी में आमन्त्रित था। वह माँ को भी उस कार्यक्रम में ले गया। शुभकामनाएँ देने के दौरान बक्शी साहब की पत्नी ने उन लोगों का परिचय अपनी बेटी निकिता से कराया। निकिता को देखकर रात-दिन बहू लाने का सपना देख रही निरूपा जी के दिल में बेटे के लिए बहू ले आने का अरमान फिर से जाग उठा। इस बार उन्होंने तय कर लिया कि वह बेटे की बातों में नहीं आयेंगी।

पार्टी से घर लौटते ही वे निर्मल से बोलीं, 'बेटा, मुझे तो निकिता अपनी बहू के रूप में पसन्द आ गयी है। यदि तुझे कोई आपत्ति न हो, तो मैं उससे तेरे रिश्ते की बात चलाऊँ।'

निर्मल जानता था कि बक्शी साहब काफ़ी पैसे वाले हैं और निकिता उनकी इकलौती बेटी है। उसके मन में यह प्रश्न उठ रहा था कि आधुनिक माहौल में पली-बढ़ी अमीर घर की लड़की निकिता परिवार और रिश्तों को समझ पायेगी या नहीं। उसे सोच में डूबा हुआ देख निरूपा जी बोलीं, 'क्या हुआ? फिर कोई बहाना?'

निर्मल, 'नहीं माँ, ऐसी कोई बात नहीं। बस थोड़ी-सी यह चिन्ता है कि निकिता अमीर और मॉर्डन सोसायटी में पली-बढ़ी है, परिवार और रिश्तों के प्रति उसके विचार कैसे हैं, मुझे नहीं पता। फिर भी तुम्हारा हर निर्णय मुझे मंजूर होगा।'

निरूपा जी बोली, 'तुम इसकी चिन्ता मत करो, समय और आपसी सामंजस्य विपरीत परिस्थितियों को भी आसान बना देता है।'

बहू लाने की खुशी में ईश्वर पर अटूट आस्था रखने वाली निरूपा जी ने ज़्यादा पूछताछ करना उचित नहीं समझा और एक दिन मौका देखकर बक्शी साहब और उनकी पत्नी के सामने उन्होंने निकिता और निर्मल के रिश्ते की बात रख दिया। वे लोग भी सहर्ष तैयार हो गये, क्योंकि इतनी अच्छी नौकरी करने वाले लड़के का प्रस्ताव उनके घर खुद चलकर जो आया था।

निकिता बहू बनकर उनके घर में आ गयी। शुरूआत में तो सब कुछ ठीक-ठाक चलता रहा। परन्तु, निर्मल को जिस बात का डर था, वही हुआ। निकिता मॉर्डन सोसायटी की आज़ाद ख़यालों वाली लड़की थी। उसे निरूपा जी का घर में रहना यूँ लगता जैसे कोई दिन-रात उसकी पहरेदारी कर रहा हो। जबकि निरूपा जी ने ऐसा कुछ भी कभी नहीं किया जिससे उसकी स्वतन्त्रता बाधित हो। वे एक बहुत ही समझदार महिला थी और जानती थीं कि समय बदल रहा है और बदलते समय के साथ अपने को ढाल लेना ही ज़िन्दगी में सुख और शान्ति की पहली शर्त होती है। इसलिए चाहे वह ड्रेस की बात हो या किटी पार्टी की या कोई और, उन्होंने निकिता को कभी भी किसी चीज़ के लिए नहीं टोका, लेकिन निकिता को उनकी घर में उपस्थिति ही जब बेड़ी के समान लगती थी तो अच्छी चीज़ भी भला उसे क्यों ठीक लगती? कहते हैं न कि जैसी हमारी सोच होती है, वैसा ही हमें अपने चारों ओर दिखायी भी पड़ता है। निकिता को भी छोटी-छोटी बात में अपनी इच्छा एवं स्वाधीनता पर हर वक़्त कैंची चलती दिखायी देती।

विवाह के कुछ महीनों के बाद ही उसने निर्मल के सामने उसकी माँ के साथ न रहने की अपनी इच्छा प्रकट कर दी। जब निर्मल ने उससे कहा, 'तुम तो यह बात शादी तय होने से पहले से जानती थीं कि मेरी माँ मेरे साथ ही रहती हैं, तो तुमने विवाह के लिए हामी क्यों भरी?'

इस पर निकिता ने जवाब दिया, 'अव्वल तो तुम्हारी माँ मेरे घर रिश्ता लेकर आयी थीं, हमलोग तुम्हारे घर नहीं गये थे रिश्ता माँगने और मुझे यह नहीं पता था कि वे सदा तुम्हारे साथ रहेंगी।'

निर्मल इस उत्तर से अवाक् रह गया परन्तु वह बहुत सुलझा हुआ इन्सान था। उसने सोचा कि लड़ाई-झगड़े से बेहतर है, इस मसले को प्यार से सुलझा लिया जाये। वह बोला, 'मैं अपने माँ-बाप की इकलौती सन्तान हूँ। मेरे पिता के गुज़र जाने के बाद मेरी माँ ने बहुत मेहनत और संघर्ष कर मेरी परवरिश की है। आज सफलता के जिस मुकाम पर मैं हूँ वह उनके त्याग और तपस्या का ही परिणाम है।'

निरूपा जी के साथ रहने को लेकर निर्मल और निकिता के बीच उपज रहे तनाव की बात निर्मल के न चाहते हुए भी निकिता के द्वारा बक्शी साहब तक पहुँच ही गयी। यद्यपि वे लोग अमीर और मॉडर्न थे तथापि उन्होंने निकिता को समझाने का हर सम्भव प्रयास किया कि निरूपा जी का उन दोनों के सिवा इस दुनिया में अब कौन है? वे अकेली कहाँ रहेंगी?

लेकिन निकिता पर तो न्यूक्लियर फैमिली का भूत सवार था, जिसमें सास जैसी जीव का कोई स्थान था ही नहीं। जब वह सोसायटी में अपनी अन्य सहेलियों को बिन्दास ज़िन्दगी जीते देखती तो उसकी स्वतन्त्र रहने की भावना पुनः उफान लेने लगती। इधर कुछ दिनों से वह बात-बात पर वह निर्मल के सामने माँ की कमियों का रोना लेकर बैठ जाती कि तुम्हारी माँ अजीब हैं, इतनी देर तक पूजा करती हैं जैसे भगवान को आज धरती पर लाकर ही छोड़ेंगी, उनके लिए अलग से बिना मसाला वाला खाना बनाना पड़ता है, उन्हें सोसायटी के तौर-तरीक़े नहीं पता हैं, उनसे अच्छा ड्रेसिंग सेंस तो हमारी कामवाली का है, उन्हें हमारे स्टेट्स की कोई फ़िक्र ही नहीं है आदि, आदि।

इधर निर्मल भी महसूस कर रहा था कि निकिता जान-बूझकर गाहे-बगाहे माँ को अपमानित करने की हर सम्भव कोशिश कर रही है। उसने निकिता को कई बार प्यार से समझाने की कोशिश की कि माँ-बाप बच्चों के लिए छतरी के समान होते हैं, जो धूप और बारिश खुद झेलकर अपने बच्चों को सुरक्षित रखते हैं, लेकिन जब निकिता ने अपने दिल और दिमाग के सारे दरवाज़े और खिड़कियाँ इस ओर से बन्द कर लिए थे तो उसे समझाने का कोई लाभ ही नहीं था।

एक दिन निकिता की सहेलियाँ दोपहर में उसके घर पर किटी पार्टी के लिए इकट्ठा थीं। घर में तेज़ आवाज़ में वेस्टर्न म्युजिक चल रहा था। निरूपा जी उस समय दोपहर में भगवान को भोग लगाकर पूजा कर रही थीं। उन्होंने पूजा के दौरान जैसे ही शँख बजाया, तो शँख की आवाज़ सुनकर उसकी एक सहेली बोली, 'निकिता, म्युजिक बन्द कर दो। तुम्हारी सास पूजा कर रही हैं, उन्हें डिस्टर्ब होगा और तू पहले बताती कि इस समय तेरे घर में पूजा होती है तो हम कहीं और इकठ्ठे हो जाते।'

उस सहेली ने यह बात वैसे तो सामान्य ढँग से कही थी, परन्तु यह बात निकिता को चुभ गयी। उसने बुझे मन से म्युजिक बन्द कर दिया। पार्टी भी थोड़ी देर में समाप्त हो गयी।

सहेलियों के जाते ही निकिता निरूपा जी पर बिफर पड़ी। वह बोली, 'आप तो चाहती ही हैं कि मेरी कोई फ्रैंड घर पर न आये। जैसे ही वे आयीं, आप पूजा का कार्यक्रम लेकर बैठ गयीं। आपके पूजा-पाठ में कोई व्यवधान न पड़े, इस चक्कर में मुझे उनका उपदेश सुनना पड़ गया। सारी पार्टी का मजा ख़राब हो गया।'

अवाक् निरूपा जी निर्वाक् सब कुछ चुपचाप सुनती रहीं। निकिता पैर पटकते हुए वहाँ से चली गयी।

उस दिन जब निर्मल ऑफिस से घर आया तो निकिता चादर से मुँह ढँके बिस्तर पर औंधे लेटी थी। वह समझ गया कि आज घर में कोई न कोई अप्रिय घटना अवश्य घटी है फिर भी उसने बड़े प्यार से उससे पूछा, 'निकिता क्या हुआ?'

निकिता ने छूटते ही जवाब दिया, 'निर्मल, तुम्हें आज माँ और मुझ में से किसी एक को चुनना ही होगा। अब मैं तुम्हारी माँ के साथ नहीं रह सकती। मेरी अपनी भी कोई ज़िन्दगी है या नहीं? तुम्हारी देहाती माँ के कारण मेरी फ्रैंड्स मेरा मज़ाक उड़ाती हैं।'

निर्मल निर्वाक् सब कुछ चुपचाप सुनता रहा। उस दिन उसने खाना भी नहीं खाया। उसकी माँ सब कुछ देख समझ रही थी। बेटे-बहू को भूखा सोते देखकर उनसे रहा नहीं गया वे उनके कमरे में गयीं। निकिता ने उनको देखते ही से अपना मुँह दूसरी ओर कर लिया।

निरूपा जी निर्मल से बोलीं, 'बेटा, तुम लोग खाना खा लो। मुझे पता है कि मेरी वजह से तुम लोगों को कठिनाई हो रही है। तुम मुझे मेरे पुराने शहर पहुँचा दो। मुझे विश्वास है कि उस स्कूल में मुझे दुबारा नौकरी ज़रूर मिल जायेगी। इस तरह मेरा समय भी कट जायेगा और तुम लोगों को भी मेरी वजह से दिक्क़त नहीं होगी और मैं यह बात गुस्से या दुःख में नहीं बोल रही हूँ, क्योंकि तुम लोगों की ख़ुशी में ही मेरी ख़ुशी है।'

निर्मल उस रात एक पल के लिए भी सो नहीं पाया। उसे लगा कि अब पानी सिर से ऊपर निकल गया है। निकिता अब किसी भी सूरत में माँ के साथ नहीं रहने वाली है। रोज़-रोज़ की चिक-चिक और उसके हाथों हो रहे माँ के अपमान से अच्छा है कि माँ के लिए एक अलग व्यवस्था कर दी जाये। अगले दिन ऑफिस जाते हुए वह बिल्कुल निष्प्राण-सी आवाज़ में निकिता से बोला, 'माँ के रहने के लिए कोई अलग व्यवस्था ढूँढ़ता हूँ।' ऐसा बोलते हुए उसके होंठ यद्यपि सूख रहे थे, पर फिर भी उसके मन के एक छोटे से कोने में यह आशा थी कि बेमन से ही सही पर निकिता कल की बातों को भुलाकर उसे ऐसा न करने के लिए एक बार ज़रूर कहेगी, लेकिन वह कुछ नहीं बोली। निर्मल की रही-सही आशा भी चली गयी।

ऑफिस पहुँचकर उसने सबसे पहले इंटरनेट पर अपने शहर के तमाम वृद्धाश्रमों की वेबसाइट खँगाल डालीं। शहर के अनेकों वृद्धाश्रम में से उसने सबसे ज़्यादा स्टार रेटिंग वाले वृद्धाश्रम में माँ के लिए एक प्रीमियम कमरे का ऑनलाइन रजिस्ट्रेशन तत्काल कर दिया। माँ के लिए वृद्धाश्रम बुक कर वह अपने आपको बहुत हल्का महसूस कर रहा था। उसे इस बात की ख़ुशी हो रही थी कि घर में न सही, लेकिन उसकी माँ इसी शहर में तो रहेंगी। वह जब चाहे उनसे मिल सकेगा और इस तरह निकिता की आये दिन की शिकायतों से उसे मुक्ति भी मिल जायेगी।

उस दिन 22 जुलाई की तारीख थी और पूरा देश इसरो द्वारा चन्द्रयान-2 की लॉन्चिंग के लिए साँस थामे बेकरार था। उसके ऑफिस के भी सभी लोग हॉल में एकत्रित होकर टी.वी. पर लाइव लॉन्चिंग देख रहे थे। टीवी एंकर बता रही थी कि चन्द्रयान-2 अपने साथ लैंडर 'विक्रम'

एवं रोवर 'प्रज्ञान' को लेकर चन्द्रमा पर जा रहा है और इस मिशन की सफलता पूरी तरह इस बात पर निर्भर करेगी कि लैंडर 'विक्रम' किस प्रकार चाँद पर रोवर 'प्रज्ञान' को लेकर सॉफ्ट लैंडिंग करेगा। वह बता रही थी कि सॉफ्ट लैंडिंग एक बहुत ही चुनौतीपूर्ण कार्य है और इस दौरान लैंडर 'विक्रम' एक माँ की तरह रोवर 'प्रज्ञान' को अपने सीने से चिपकाये बहुत सावधानी से धीरे-धीरे चाँद की पथरीली सतह पर उतरेगा। लैंडिंग के कुछ घण्टे बाद रोवर 'प्रज्ञान' लैंडर के शरीर से निकलकर चाँद की सतह पर उतरेगा, तब तक वह एक शिशु की भाँति लैंडर 'विक्रम' की गोद में सुरक्षित समाया रहेगा। यदि सॉफ्ट लैंडिंग की इस प्रक्रिया में ज़रा-सी भी चूक हुई तो रोवर 'प्रज्ञान' अपना मिशन पूरा नहीं कर पायेगा।

एंकर की सॉफ्ट लैंडिंग की बात सुनकर निर्मल के अन्तस में सहसा जैसे एक बिजली-सी कौंध गयी। वह अन्दर से हिल गया। उसे लगा कि हर बच्चा जब इस संसार में आता है तो उसके माता-पिता अपना सब कुछ उसकी जिन्दगी को बनाने में उस पर न्यौछावर कर देते हैं। ज़िन्दगी की उबड़-खाबड़ सतह पर उसके क़दम ज़माने में उसकी सहायता करते हैं। अपनी पूरी ऊर्जा उसकी ज़िन्दगी को सजाने-सँवारने में लगा देते हैं ताकि संसार की भावी चुनौतियों का सामना करते हुए विपरीत परिस्थितियों की दुःसह लहरों से टकराकर वे काँच की तरह टूट कर बिखर न जायें। यह सॉफ्ट लैंडिंग नहीं तो और क्या है?

उसकी स्मृतियों में सहसा बचपन की वह फ़ोटो तैर गयी जिसमें उसकी माँ उसके नन्हें-नन्हें पैरों को अपने पैरों पर रखकर उसका हाथ पकड़े हुए उसे चलना सीखा रही थीं। वह फ़ोटो उसे इतनी अच्छी लगती थी कि वह सदा उसे अपनी पर्सनल फाइल में सुरक्षित रखता था। उसे लगा यही तो वह सॉफ्ट लैंडिंग है जो चन्द्रयान-2 का लैंडर विक्रम अपने अन्तस में समाये हुए रोवर प्रज्ञान के लिए करने जा रहा है और यही कार्य तो उसकी माँ ने भी उसके लिए किया था। उसे बचपन की एक-एक चीज़ याद आने लगी कि किस प्रकार छोटी-सी आमदनी में उसकी माँ ने अकेले दम पर बेशुमार कठिनाइयों के बीच चेहरे पर बिना कोई शिकन लाये उसकी परवरिश की थी। उसकी छोटी से छोटी ज़रूरत को पूरा करने

के लिए उन्होंने अपनी बड़ी से बड़ी ज़रूरत की थोड़ी-सी भी परवाह कभी नहीं की। यदि ऐसा न हुआ होता तो क्या वह आज सफलता के इस मुक़ाम पर होता? उसे याद आया कि उसे बचपन में चेचक हो गया था, जिसके जलते हुए फोड़ों से उसे बहुत बेचैनी होती थी। घर में बिजली वाला पंखा नहीं था। उसकी माँ रात-रात भर जग कर उसे हाथ से पंखा झलती और गीले कपड़े से उसका बदन पोंछती थी और आज उस परवरिश के बदले वह उन्हें वृद्धाश्रम का एक प्रीमियम कमरा देकर अपनी पीठ थपथपा रहा है। क्या इसी दिन के लिए उसकी माँ ने उसे बड़ा आदमी बनाने का सपना देखा था?

चन्द्रयान-2 की सफल लॉन्चिंग सम्पन्न हो चुकी थी। सभी लोग तालियाँ बजाकर देश की इस सुनहरी उपलब्धि के लिए एक-दूसरे को बधाई दे रहे थे। तालियों की गड़गड़ाहट ने निर्मल को जैसे नींद से जगा दिया। उसे अच्छी तरह समझ में आ गया था कि अब उसे क्या करना है? उसने तत्काल कम्प्यूटर ऑन कर उस वृद्धाश्रम की वेबसाइट को दुबारा खोला और अभी कुछ देर पहले माँ के लिए किए गये रजिस्ट्रेशन को कैंसिल कर दिया। पता नहीं कितने दिनों के ऊहापोह के बाद उसने अपने दिल की बात सुनकर एक निर्णय लिया था, जिस पर उसे खुद गर्व हो रहा था। उसे बहुत हल्का अनुभव हो रहा था।

ऑफिस का बचा हुआ काम तेज़ी से समेट कर वह घर के लिए निकल पड़ा। उसे समय से पहले घर आया देखकर निकिता बहुत खुश हुई, क्योंकि उसे विश्वास था कि आज निर्मल उसे वह समाचार अवश्य देगा जिसकी उसे पिछले काफ़ी समय से प्रतीक्षा थी। इस बात से मन-ही-मन खुश होते हुए दरवाज़ा खोलते हुए उससे बोली, 'आओ निर्मल, आज मैं आपके लिए आपकी मनपसन्द मसाले वाली चाय और पनीर के पकौड़े बनाती हूँ।'

निर्मल, 'बहुत अच्छा निकिता, पर चाय तीन कप बनाना।'

निकिता, 'तीन कप! पर चाय पीने वाले तो हम दो लोग ही हैं। क्या कोई और भी आने वाला है?'

'नहीं, और कोई आने वाला तो नहीं है। परन्तु इस घर में मुझे, तुम्हें और माँ को मिलाकर तो तीन लोग हैं न। इसलिए तीन लोगों के लिए तीन कप चाय बनाओ। आज से हम तीनों शाम की चाय साथ-साथ पीयेंगे।' निर्मल शान्त परन्तु दृढ़ स्वर में ऐसे बोला जैसे कुछ हुआ ही न हो।

निकिता, 'आज से साथ-साथ चाय पियेंगे! तुम्हारे कहने का क्या मतलब है, निर्मल?'

निर्मल, 'मेरे कहने का मतलब वही है जो तुम समझ रही हो, फिर भी मैं बता देता हूँ। आज से इस घर में यहाँ से किसी के जाने की बात नहीं होगी। इस घर में मैं, माँ और तुम साथ-साथ रहेंगे।'

'यह तुम क्या बोल रहे हो निर्मल!' निकिता।

निर्मल, 'जो तुम सुन रही हो, मैं वही बोल रहा हूँ। न माँ अब कहीं जायेंगी और न तुम। यह घर जितना तुम्हारा है उतना ही माँ का भी है। सब इसी घर में साथ-साथ रहेंगे।'

निर्मल के व्यवहार में आये इस अकस्मात परन्तु दृढ़ परिवर्तन ने निकिता की हठ को उसी तरह उड़ा दिया, जैसे सूर्य की किरणें अपनी उष्मा से गड्ढों में जमे बारिश के गन्दे पानी को भाप की भाँति उड़ा देती है। निकिता ने भी दीवार पर अभी-अभी निर्मल द्वारा लिखी गयी इबारत को न केवल समय गँवाये पढ़ लिया बल्कि उसमें अन्तर्निहित भावना को समझ भी लिया।

वह चाय बनाकर ड्राइंग रूम में ले आयी। पहली बार इस घर के तीनों सदस्य साथ-साथ चाय पी रहे थे, किन्तु ख़ामोशी की चादर अभी भी फैली थी।

बेटे के मन में अपने लिए इतना आदर और प्रेम देखकर खुशी से अन्दर तक भीगी हुई निरूपा जी की आँखें खुशी से भर आयीं परन्तु उन्हें घर में पसरा हुआ अनचाहा मौन नश्तर की तरह चुभ रहा था। उन्होंने निकिता की ओर देखा वह चाय का प्याला पकड़े हुए सिर झुका कर बैठी थीं। वे उठकर उसके पास गयीं और उसे सीने से चिपकाते हुए बोलीं, 'बेटा, घर की लक्ष्मी कभी भी उदास अच्छी नहीं लगती।'

उनका ममता भरा स्पर्श पाकर निकिता उनसे चिपक कर फूट-फूट कर रो पड़ी। वह बोली, 'माँ! मुझे माफ़ कर दीजिए, मैंने आपका इतना अनादर किया, लेकिन आपने कभी भी कोई शिकायत नहीं की और आज इतना कुछ होने के बावजूद भी आप मुझे गले लगा रहीं हैं।'

निरूपा जी, 'अरे! माँ भी भला कभी बेटी से नाराज़ होती है। इतना कहते हुए निरूपा जी की आँखों में लम्बे समय से अपनी बहू के लिए संचित प्रेम अश्रु बनकर निकल पड़ा। निर्मल आँसुओं ने दिल-से-दिल तक भावनाओं का एक मज़बूत पुल बना दिया था।

निर्मल के इस छोटे परन्तु दृढ़ निर्णय से बिना किसी लड़ाई-झगड़े के तीनों की ज़िन्दगी की सॉफ्ट लैंडिंग रिश्तों की सरज़मीं पर बहुत ख़ूबसूरत ढँग से हो गयी थी।

शिनाख़्त

कासिमपुर थाने में आज गहमागहमी का माहौल है। कई समाजसेवी संगठनों के लोग भी 'बेटी बचाओ' की तख़्तियाँ लेकर थाने के बाहर एकत्र हैं। दरअसल कल इसी थाने के मोहनगंज गाँव में एक नाबालिग लड़की के साथ दिन-दहाड़े बलात्कार की घटना घटित हो गयी थी। आज उसी सिलसिले में थाने में संदिग्ध आरोपियों की शिनाख़्त परेड की कार्यवाही हो रही है। थाना प्रभारी राम सिंह के कमरे में चार-पाँच लड़के सिर झुकाये खड़े हैं। उन सभी के चेहरे भय से पीले पड़े हुए हैं।

थानेदार राम सिंह ने महिला कांस्टेबल को हुक्म दिया, 'पीड़िता का चेहरा ढँककर उसे यहाँ ले आओ।'

आदेश मिलते ही महिला कांस्टेबल फौरन एक लड़की को लेकर कमरे में दाख़िल हुई। वह पन्द्रह-सोलह वर्ष की एक भरे-पूरे बदन की किशोरी थी। लज्जा और अपमान के बोझ से आहत धीरे-धीरे कमरे में प्रवेश करती हुई उस लड़की के ढँके हुए चेहरे से झाँकती हुई एक जोड़ी पथराई आँखें यह साफ़ बयाँ कर रहीं थीं कि कल अचानक से आयी उस काली आँधी ने उसके झिलमिलाते हुए सपनों को बुरी तरह रौंद दिया था। उसके पीछे-पीछे दो और लोगों ने कमरे में प्रवेश किया। जिनमें से एक लड़की का पिता था, जिसके चेहरे पर सब कुछ गँवा देने का दर्द साफ़ झलक रहा था और दूसरा व्यक्ति था, कुर्ता-पायजामा पहने देशी नेता की वेशभूषा और वैसी ही अकड़ लिए उस लड़की का चाचा मनोहर, जिसके चेहरे की बेपरवाही साफ़ बता रही थी कि अपनी सगी भतीजी के साथ हुए हादसे का उसे ज़रा-सा भी गम नहीं है।

थानेदार राम सिंह, 'बेटा! ये जो सामने लड़के खड़े हैं, उनमें से पहचानने की कोशिश करो कि कल किसने तुम्हारे साथ ग़लत काम किया था?' लड़की से मुख़ातिब होते हुए उन्होंने शिनाख़्त के लिए लाये गये उन लड़कों की ओर इशारा किया।

उस ख़ौफ़नाक हादसे से बुरी तरह टूट चुकी उस लड़की ने बारी-बारी सभी संदिग्धों की ओर देखा और फिर नकारते हुए अपना सिर हिला दिया। लड़की के ऐसा करते ही वहाँ मौजूद बाक़ी लोग समेत खुद राम सिंह भी हैरत में पड़ गये।

थानेदार राम सिंह 'बेटा! डरो मत। मैं तुम्हारे साथ हूँ। दुबारा पहचानने की कोशिश करो।'

परन्तु, इस बार उन लड़कों की ओर बिना देखे ही उसने उसी तरह 'ना' की मुद्रा में सिर हिलाकर उन लड़कों में से किसी के भी घटना में शामिल नहीं होने की बात को दोहरा दिया।

हतप्रभ राम सिंह ने लड़की को अलग कमरे में भेजकर उसके चाचा को कोने में बुलाया 'मनोहर! तुम तो बड़े दावे के साथ बता रहे थे कि तुम्हारे पटीदार का लड़का तुम्हारी भतीजी पर बुरी नज़र रखता था और घटना के समय तुमने उसे मुँह पर गमछा बाँधे अपने एक साथी के साथ अपनी भतीजी के पीछे-पीछे खेत की ओर जाते हुए देखा भी था।'

मनोहर, 'जी साहब!'

राम सिंह, 'तो फिर उसे देखकर यह पहचान क्यों नहीं रही है?'

मनोहर 'हुज़ूर! पता नहीं, क्यों नहीं बता रही है? लेकिन मैं सच बोल रहा हूँ। इसी अमीरज़ादे ने मेरी लड़की का जीवन बर्बाद किया है।' संदिग्धों में से भयातुर मेमने के समान सिर झुकाये हुए एक लड़के की ओर उसने संकेत किया।

राम सिंह, 'तो यह चुप क्यों है?'

मनोहर, 'सर! बच्ची है न, डर गयी होगी। आप मुझे एक मौक़ा दीजिए। मैं उससे बात करता हूँ।' थानेदार की घुड़की खाने के बाद कुछ क्षण पहले तक उसके चेहरे पर छाये आत्मविश्वास की जगह अब वहाँ हवाइयाँ उड़ने लगीं थीं।

परन्तु, बलात्कार जैसे सनसनीखेज केस खोलने का दबाव किसी थानेदार पर कितना होता है, यह राम सिंह के चेहरे पर इस समय पूरी तरह दिख रहा था। उनके पास इस समय मनोहर की बात मानने के सिवा और कोई चारा नहीं था। उनके मौन ने मनोहर में पुनः दुःसाहस भर दिया। अपनी भतीजी के पास पहुँचकर उसके कान में फुसफुसाते हुए वह बोला, 'ज़्यादा नाटक मत करो। चुपचाप उस लड़के को पहचान कर काम ख़त्म करो।'

परन्तु, जैसे उस लड़की ने कुछ सुना ही ना हो, वह बिल्कुल बुत की तरह शून्य में ताकती खड़ी रही। उसकी ख़ामोशी को अपनी जीत मान मनोहर ने उसके जवाब की प्रतीक्षा करना भी गवारा नहीं किया। अहँ और विजय का नाद उसके जुबान पर गूँज रहा था, 'हुजूर! बच्ची है, इन जालिमों के सामने डर गयी थी, लेकिन, अब मैंने उसे अच्छी तरह समझा दिया है कि आपके होते हुए उसे बिल्कुल भी डरने की आवश्यकता नहीं है। साहब! इस बार कोई गड़बड़ी नहीं होगी। आप एक बार दुबारा शिनाख्त करा लीजिए।'

थानेदार राम सिंह 'यदि इस बार कोई गड़बड़ी हुई, तो मैं तुम्हें छोड़ूँगा नहीं।'

मनोहर ढिठाई से हँसते हुए बोला, 'जी, ज़रूर सरकार।'

थानेदार राम सिंह को लगा कि शायद मनोहर ठीक बोल रहा है। अभी लड़की कम उम्र की है और वैसे भी किसी अभियुक्त की आमने-सामने पहचान करना अच्छे-अच्छों के लिए आसान काम नहीं होता। फिर इस लड़की की उम्र ही क्या है? यह निश्चित तौर पर डर रही है। यह विचार कर वे गठरी की तरह सिकुड़ी उस लड़की के पास जाकर उसे दिलासा देते हुए बोले 'बेटा! तुम विश्वास रखो। जिसने भी तुम्हारे साथ ग़लत काम किया है, वह बिल्कुल भी बख़्शा नहीं जायेगा। हाँ, मैं जानता हूँ कि आमने-सामने पहचान करना मुश्किल होता है। इसलिए इस बार तुम दरवाज़े की ओट में रहकर ध्यानपूर्वक उस बदमाश को पहचानने की कोशिश करो।' फिर एक महिला पुलिसकर्मी को संकेत कर उस लड़की की मदद करने का आदेश दिया।

पर, सर्द हवाओं में जकड़े हिम का कल-कल जलधारा के रूप में बहने का समय अब आ गया था। पहली बार लड़की का मौन टूटा 'सर! इसकी कोई ज़रूरत नहीं है। मैं आपको बता सकती हूँ कि किसने कल मेरे साथ ऐसा काम किया था।' पीड़ा की ज़मीन पर दृढ़ता की उठती हुई दीवार की मज़बूती उसकी आवाज़ में अचानक से साफ़-साफ़ दिखने लगी थी।

थानेदार राम सिंह आश्चर्यचकित रह गये 'अरे! तुम्हें पता है तो तुमने अभी तक बताया क्यों नहीं? बताओ इनमें से कौन है वह? मैं अभी उसे जेल भेजता हूँ।' केस खुल जाने की ख़ुशी उनकी आवाज़ में गूँजने लगी थी।

लड़की, 'लेकिन वह इनमें से नहीं है।'

परन्तु, लड़की की इस बात को सुनकर थानेदार राम सिंह के माथे पर बल पड़ गये 'इनमें से नहीं है! क्या मतलब? तो फिर वह कौन है?'

लड़की, 'वह इनमें से नहीं है, लेकिन यहीं पर मौजूद है।' उसके शब्दों की दृढ़ता यह बता रही थी कि बलात्कार के सामाजिक दंश को अपनी इच्छाशक्ति से कुचलकर वह सत्य रूपी सूरज को बादलों की ओट से निकालने के लिए कमर कस चुकी है।

लड़की की बात सुनकर उसके चाचा मनोहर के होश उड़ गये, लेकिन कुदरती तौर पर ढीठ और कुटिल शख़्स स्वांग रचने में माहिर हो ही जाता है। सरकारी दफ़्तरों में छोटी-मोटी दलाली करते हुए मनोहर भी परिस्थितियों के मुताबिक यू-टर्न लेने में माहिर हो गया था। अपने आपको झटपट सँभालते और झूठी चिन्ता जताते हुए वह अपनी भतीजी के पास जाकर बोला 'बिटिया! यह तुम क्या बोल रही हो? जिन्होंने तुम्हारे साथ ग़लत काम किया है, वे सब यहीं खड़े हैं तो फिर थानेदार साहब को पहेलियाँ क्यों बुझा रही हो? फटाफट उन बदमाशों की शिनाख़्त करो और साहब को भी फुर्सत करो, उन्हें और भी बहुत सारे काम निपटाने हैं।' वाक्य का अन्तिम सिरा आते-आते गुस्से और झुँझलाहट में उसके दाँत पिसने लगे थे।

फिर, इस आशा के साथ कि थानेदार को मक्खन ठीक से लग गया या नहीं, उसने राम सिंह की ओर अनुतोष प्राप्त करने की अभिलाषा से देखा। किन्तु, अब तक थानेदार राम सिंह की अनुभवी आँखें भाँप गयीं थीं कि माजरा कुछ और है। उन्होंने लड़की के बाप की ओर देखा। वो बेचारा तब से कोने में असहाय-सा खड़ा अपने भाई मनोहर को टुकूर-टुकूर सुने जा रहा था। लुट-पिट जाने की बेचारगी उसके चेहरे पर पूरी तरह व्याप्त थी।

थानेदार राम सिंह 'तुम लड़की के बाप हो न! तुम कुछ बताना चाहते हो?'

इसके पहले कि वह कुछ बोलता, मनोहर आँखों के इशारे से उसे चुप कराते हुए बोला, 'साहब! यह क्या बतायेगा? यह तो बरसों बाद गाँव आया है। यह तो यहाँ किसी को पहचानता भी नहीं और इसे क्या पता कि समय के साथ अब अपने बिरादरी और पटीदार के ही लोग कितने नीच हो गये हैं, जो अपनी ही घर-बिरादरी को भी नहीं छोड़ते हैं।'

शून्य से धीरे-धीरे बाहर निकल कर आती हुई उस लड़की का दामिनी स्वरूप रंगे सियार की तरह प्रलाप कर रहे चाचा की बात से क्षुब्ध होकर अब सारे बन्धन तोड़कर बाहर आ चुका था, 'सर! यह बिल्कुल सही कह रहे हैं।'

इधर लड़की के मुँह से यह वाक्य सुनते ही मनोहर की बाँछें खिल आयीं। वह ढिठाई से हँसता हुआ थानेदार से बोला, 'देखिये, साहब! मैं कह रहा था ना कि सदमे और डर के कारण यह बता नहीं पा रही है। पर, अब तो सब साफ़ हो गया है न, साहब! अब जल्द-से-जल्द इन बदमाशों को जेल भेज दीजिए।'

मनोहर की ढिठाई और लड़की के बयान में अप्रत्याशित बदलाव देख शिनाख्त हेतु लाए गये उन लड़कों के पहले से डर के मारे पीले पड़ चुके चेहरों में से जैसे खून की अन्तिम बूँद भी निचुड़ गयी। वे कातर निगाहों से उस लड़की और थानेदार को देखते हुए उनसे अपने प्राणों की इस प्रकार मौन गुहार लगाने लगे जैसे बलि के लिए ले जाते समय बकरा अपने गले में पड़ी रस्सी खींचने वाले से रहम की मूक याचना करता है।

लड़की, 'सर!'

थानेदार राम सिंह, 'हाँ, बताओ! कुछ और कहना है, क्या?'

लड़की 'जी सर! मेरी बात अभी ख़त्म नहीं हुई है। यह बात बिल्कुल सही है कि इतने सालों के बाद गाँव लौटे मेरे पिता जी को बिल्कुल भी यह पता नहीं था कि इस बीच अपने ही लोग कितने नीच हो गये हैं।'

लड़की के बदलते हुए भाव-भंगिमा को देखकर मनोहर ने उसे फ़ौरन रोकना चाहा पर थानेदार राम सिंह ने उसे डपटते हुए चुप रहने का संकेत किया।

लड़की, 'यह जो मेरे सगे चाचा हैं न, वे बिल्कुल धृतराष्ट्र हैं।'

थानेदार राम सिंह चौंक पड़े 'तुम्हारे कहने का क्या मतलब है, बेटा? बिना डरे साफ़-साफ़ बताओ।'

लड़की 'सर! मेरे साथ जबरदस्ती किसी और ने नहीं बल्कि मेरे चाचा के बेटे अर्थात् मेरे चचेरे भाई मोनू ने की है और इनको यह सब पता है, लेकिन इन्होंने मेरे मजबूर माँ-बाप को डरा-धमकाकर इस बात के लिए राज़ी कर लिया कि हम सबको यह बता दें कि यह घिनौना काम इनके बेटे ने नहीं बल्कि पटीदार चाचा सन्तोष के बेटे रवि ने किया है।' पिता तुल्य पदवी रखने वाले चाचा के दोगले चरित्र को उसने एक झटके में सबके सामने खोलकर रख दिया।

भतीजी की बात सुनकर मनोहर के होश फ़ाख़्ता हो गये वह खिसकने की कोशिश करने लगा। परन्तु, थानेदार राम सिंह ने तुरन्त उसे सिपाहियों से पकड़वा लिया, फिर उस लड़की से बोले 'बेटा! तुम पूरी बात तफ़सील से बताओ।'

लड़की, 'सर! मेरे माँ-बाप सालों पहले मज़दूरी करने मुम्बई चले गये थे। वहीं मेरा जन्म हुआ। हम लोगों का जीवन यापन किसी तरह वहाँ ठीक-ठाक ही चल रहा था, लेकिन कोरोना बिमारी के कारण हुए लॉकडाऊन की वजह से जब पापा का काम बन्द हो गया तो बाकी लोगों की तरह हमें भी मज्बूरी में अपने गाँव लौटना पड़ा। हम लोग इसी आशा के साथ दो हफ़्ते पहले गाँव वापस आये थे कि कुछ और न सही,

इस मुसीबत में अपनों का साथ मिल जायेगा और दो रोटी का इन्तज़ाम भी अपने गाँव-देश में हो ही जायेगा, लेकिन मेरे चाचा को हम लोगों का यहाँ आना तनिक भी अच्छा नहीं लगा। उन्हें लगा कि ये भिखमंगे ज़मीन में हिस्सा लेने आये हैं। उन्होंने हमें आते-आते धमका दिया था कि खेत की ओर ताकना भी नहीं, लेकिन हम मजबूर थे और कहीं सिर छुपाने की जगह भी नहीं थी, जहाँ हम लोग जा सकते थें? लेकिन इससे भी बड़ी परेशानी यह थी कि इनका बेटा मोनू मुझ पर शुरु से ही गन्दी नज़र रखता था। मैंने एक-दो बार माँ-बाबू जी को इस बारे मे बताया, लेकिन कुछ तो मजबूरी और कुछ चाचा के खौफ़ के कारण वे हालात ठीक होने तक मुझे उससे बचकर रहने की सलाह देते रहे। समय की नज़ाकत समझते हुए मैं भी चुप थी।'

'सर! मुम्बई में मुझे कभी खेत देखने का मौका नहीं मिला था। बस टी.वी. में ही हमने हरे-भरे खेत देखे थं, इसलिए मुझे खेत देखने का बहुत मन हो रहा था, लेकिन चाचा के डर से माँ-बाबू जी रोज़ टाल दे रहे थे। कल दोपहर में जब सभी लोग सो रहे थे तो अचानक मेरे मन में ख़याल आया कि यही अच्छा समय है, चुपचाप खेत देख आती हूँ। परन्तु गाँव से पूरी तरह अपरिचित होने के कारण मुझे यहाँ के रास्तों की जानकारी नहीं थी इसलिए मैं रास्ता भटक गयी। भटकते-भटकते मैं काफ़ी दूर पहुँच गयी। वहाँ बिल्कुल सुनसान था। अभी मैं यह सोच ही रही थी कि किस तरह घर वापस जाऊँ? उसी समय मेरा चचेरा भाई मोनू पता नहीं कहाँ से वहाँ आ गया। शायद वह घर से ही मेरा पीछा कर रहा था। उसे देखकर पहले तो मुझे अच्छा नहीं लगा फिर यह सोचकर कि चलो इसके साथ बिना और ज़्यादा भटके मैं घर तो पहुँच ही जाऊँगी। पर जब तक मैं उससे कुछ कहती, उसने मुझे ज़मीन पर पटककर मेरे साथ ज़बरदस्ती करना शुरू कर दिया। मैं रिश्तों का वास्ता देकर उससे विनती करती रही पर वह बिल्कुल भी नहीं पसीजा।' बोलते-बोलते वह हाँफने लगी।

थानेदार राम सिंह, 'बेटा! तुम पानी पियो और कुर्सी पर बैठकर आराम से बताओ।' उन्होंने पानी से भरा ग्लास उसकी ओर बढ़ा दिया।

इस बार पानी ने भी अपना चरित्र बदल दिया था। गले के अन्दर उतरती हुई ठण्डे पानी की हर घूँट उस लड़की के अन्दर उठ रही क्षोभ और अमर्ष की ज्वाला को उसी तरह धधका रही थी जैसे यज्ञ वेदी में घी की आहुति अग्नि को पुनः प्रज्जवलित कर देती है।

उसने आगे बताना शुरू किया, 'सर! अपनी हवस मिटाने के बाद जैसे ही वह उठा, मैं दूर हटकर अपने अस्त-व्यस्त कपड़े ठीक करने लगी, लेकिन उसे यह डर था कि मैं घर जाकर ज़रूर अपने माँ-बाप को इस बारे में बताऊँगी। अतः इस भय से कि कहीं उसका भेद न खुल जाये इसीलिए उसने अपने अँगोछे से मेरा गला पीछे से कस दिया। मैं बहुत छटपटायी, हाथ-पैर जोड़े, लेकिन वह बिल्कुल भी नहीं पिघला और पता नही, मैं कब बेहोश हो गयी। हड़बड़ी में उसने मुझे मरा हुआ समझकर उसी अवस्था में पास के पोखरे में फेंक दिया, लेकिन शायद मेरा समय अभी पूरा नहीं हुआ था। पापा बता रहे थे कि शाम को जब गाँव के कुछ लड़के वहाँ नहाने आये तो उन्होंने मुझे मरा हुआ समझकर शोर मचाया, तब गाँव के लोगों ने मुझे बाहर निकाला। उस समय मैं बेहोश थी। जब मुझे होश आया तो देखा घर के लोगों के साथ चाचा खुसर-पुसर कर रहे हैं। वो मेरे पिता जी से कह रहे थे कि लड़के से ग़लती हो गयी है। किन्तु, घर की बात बाहर नहीं जानी चाहिए। जब मेरे पिता जी ने चाचा से कहा कि तुम्हारे बेटे ने जो पाप किया है, उसकी कुछ तो सजा उसे मिलनी ही चाहिए तो उन्होंने पापा को धमकाते हुए कहा, 'यदि तुम या तुम्हारी बेटी ने मोनू के ख़िलाफ़ ज़रा-सा भी मुँह खोला तो तुम्हें ज़मीन में हिस्सा मिलने की बात तो दूर रही, मैं तुम्हें गाँव में टिकने भी नहीं दूँगा। तुम्हें यहाँ जानता ही कौन है? याद रखना, मेरी पहुँच बहुत दूर तक है।'

गाँव की छोटी-मोटी राजनीति करने और सरकारी दफ्तरों में आते-जाते रहने से मनोहर चाचा का उठना-बैठना कुछ प्रभावशाली लोगों के साथ हो गया था। नौकरी छूट जाने के बाद चार बच्चों के पालन-पोषण की ज़िम्मेदारी ने पहले से ही बुरी तरह टूट चुके पापा ने चाचा की दबंगई और परिस्थितियों के आगे घुटने टेक दिया। किन्तु, फिर भी वे हिम्मत कर बोले, 'इसको इस अवस्था में गाँव के कई लोगों ने देखा है। सब पूछेंगे, तो हम क्या जवाब देंगें?'

लड़की की बात में अपनों से बुरी तरह छले जाने के दर्द ने राम सिंह को भी व्यथित कर दिया। वे गुस्से में बोले, 'तो इस मनोहर के बच्चे ने तुम्हारे पिता को क्या जवाब दिया?'

लड़की, 'चाचा इतने नीच होंगे, मैंने सोचा भी नहीं था। उन्होंने पता नहीं कब इसी बीच इस घटना का लाभ उठाने की पूरी योजना तैयार कर ली थी। वे बोले, 'यह बहुत अच्छा मौका है, मैं सबको बता दूँगा कि यह घटना अपने पटीदार सन्तोष के लड़के रवि की करतूत है। वैसे भी जब से उसके लड़के की सरकारी नौकरी लगी है, तब से वो और उसका परिवार बहुत उड़ता फिर रहा है। अब उन सबकी अक्ल ठिकाने आ जायेगी।'

किन्तु, मेरी माँ इसका पुरज़ोर विरोध करते हुए बोलीं, 'यह तो बिल्कुल ही ग़लत बात है। उस निर्दोष बच्चे का इस मामले से क्या लेना-देना?'

इस पर चाचा खीसें निपोरते हुए बोले, 'जब यह घटना जगजाहिर हो चुकी है और पुलिस पूछताछ करने आयेगी तो किसी न किसी को तो आरोपी बनाना ही पड़ेगा।'

दरअसल, मेरे चाचा की पड़ोसी पटीदार चाचा से किसी बात को लेकर काफ़ी दिन से नहीं बनती है और वे इस मौके का फ़ायदा उठाकर अपने बेटे का पाप उनके बेटे के सिर पर मढ़ देना चाहते हैं।' उसने हिकारत भरी नज़रों से अपने चाचा की ओर देखा।

अपने बनाये जाल में खुद को फँसता हुआ देखकर थूक गटकते हुए मनोहर बोला, 'सर! यह सरासर झूठ बोल रही है। इसका मेरे पड़ोसी पटीदार के बेटे से बहुत दोस्ताना है। यह घण्टों उसके साथ खुसर-पुसर करती रहती है। उसे बचाने के लिए यह कहानी गढ़ रही है।' अब तक बच्ची होने की दुहाई देने वाला मनोहर मानों अब अपनी सगी भतीजी को खा जाने के लिए फुफकारने लगा था।

थानेदार राम सिंह ने लड़की से पूछा, 'क्या यह सच है कि तुम्हारी उसके साथ दोस्ती है?'

लड़की, 'सर! दरअसल सन्तोष चाचा के बेटे रवि की मुम्बई में रेलवे में नौकरी लगी है। मैं चूँकि वहीं से आयी हूँ, इसलिए वह वहाँ के

बारे में मुझसे पूछते रहते हैं और इनकी उन लोगों से लड़ाई है, इसलिए यह उसे फँसाना चाह रहे हैं।'

थानेदार राम सिंह, 'लेकिन इस बात का क्या सबूत है कि तुम्हारे चाचा के बेटे ने ही तुम्हारे साथ ग़लत काम किया है?'

वह चुप हो गयी। सबूत पेश करने की मज़बूरी ने उसकी सत्य और साहस की यात्रा पर सहसा एक ब्रेक लगा दिया। थोड़ी-सी लाचारी उसके चेहरे पर हावी होने लगी।

मुक़दमे को सही साबित करने के लिए ज़रूरी थानेदार के इस एक प्रश्न से लड़की की वाक्-यात्रा पर लगे विराम ने जैसे दुष्ट मनोहर को एक बार फिर अपने जहरीले नाख़ूनों और पंजों को नुकीला बनाने का अवसर दे दिया, 'हाँ, हाँ ! बताओ ! मोनू के ख़िलाफ़ तुम्हारे पास क्या सबूत हैं। झूठी कहीं की।' वह खुश होता हुआ बोला।

पर इस छोटी-सी उम्र में उसने ग़ज़ब के साहस का परिचय दिया। वह चाचा की घुड़की से तनिक भी विचलित हुए बिना उसने अपनी समग्र चेतना को केन्द्रित कर वह मौन रहकर कमरे की खुली हुई खिड़की से बादलों से घिरे हुए आसमान की ओर देखकर कुछ याद करने की कोशिश करने लगी थी। उसके चेहरे पर एक भी शिकन नहीं थी। जैसे, उसे विश्वास था कि युग चाहे द्वापर की द्रौपदी का हो या कलियुग की निर्भया का, भगवान श्रीकृष्ण उसे कदापि असहाय नहीं छोड़ेंगे।

इधर थानेदार राम सिंह, लड़की के बाप समेत सभी उत्सुक थे कि लड़की अब आगे क्या बताती है?

अचानक शीतल हवाओं का एक झोंका आया जिसने सूरज के सामने ज़बरन डेरा डाले बादलों को दूर उड़ा दिया और इसके साथ ही खिड़की से छनकर धूप की एक सुनहरी किरण लड़की के चेहरे पर आकर टकरायी। सूरज की उस किरण जैसे ही उसे अपने रश्मि-पुँज से नहलाया उसे याद आया कि जब मोनू उसके साथ ज़बरदस्ती कर रहा था तो उसने उसकी एक कलाई में अपने दाँतों से बहुत ज़ोर से काट लिया था, जिससे उसे ख़ून भी बहने लगा था। वह ज़ोर से चिल्लाई, 'सर! सबूत है।'

उसकी हुँकार सुनकर पूरा थाना चौंककर मानो दम साधे खड़ा हो गया।

थानेदार राम सिंह, 'हाँ! हाँ! बताओ बेटा! क्या बताना चाहती हो?'

लड़की, 'सर! कल जब मोनू मेरे साथ ज़बरदस्ती कर रहा था तो मैंनें उसके चँगुल से छुटकारा पाने के लिए उसकी बायीं कलाई को अपने दाँतो से ज़ोर से काट लिया था, जिससे उसे खून भी निकल आया था। आप एक बार चेक करा लीजिए। उसका घाव अभी भी उसके हाथ पर होगा।' किशोर दिये की लौ में फिर से जान आ गयी थी।

थानेदार राम सिंह, 'मनोहर! कहाँ है तुम्हारा बेटा?'

अपनी भतीजी को घूरते हुए मनोहर बोला, 'सर! आप इसकी बातों का क्यों यक़ीन कर रहे हैं? यह बिल्कुल झूठ बोल रही है और मैं आपका पुराना मिलने वाला हूँ।'

थानेदार राम सिंह, 'तुम चुप रहो। जितना कहा गया है, बस उतना करो। तुम अपने बेटे को बुलाओ। अभी दूध का दूध और पानी का पानी हो जायेगा।'

थानेदार राम सिंह के बदले हुए रुख को देखकर मनोहर सन्न रह गया। उसके मुँह से अब एक भी शब्द नहीं निकल पा रहा था।

लड़की, 'सर! ये क्या बतायेंगे? मैं बताती हूँ कि वह कहाँ होगा? किसी को कोई शक न हो इसलिए मोनू घर से थाने तक हम लोगों के साथ ही आया है। वह यहीं कहीं बाहर होगा।'

सिपाहियों को भेजकर राम सिंह ने उसे ढूँढ़वाकर बुलवा लिया। सचमुच उसके बायें हाथ की कलाई पर पट्टी बँधी हुई थी। थानेदार राम सिंह को लड़की की बात पर अब रत्ती भर भी शक–सुबहा नहीं था। फिर भी उन्होंने क़ानून के लिहाज से मोनू से पूछा, 'तुम्हें यह चोट कैसे लगी?'

मोनू, 'सर! वो कल कुँए के पास पानी भरने गया था, वहाँ काई जमी हुई थी। उसी पर पैर फिसल गया था, जिससे यह चोट आ गयी।' किन्तु, इस अप्रत्याशित प्रश्न के लिए पहले से तैयार न रहने के कारण वह उत्तर देते हुए बुरी तरह हकला रहा था।

नीच बाप ने अपने पापी बेटे के उत्तर को सुनकर एक गहरी साँस ली। परन्तु, थानेदार राम सिंह ने जैसे ही पुलिसिया अन्दाज में मोनू से थोड़ी सख़्ती के साथ पूछताछ की, उसने पूरा सच उगल दिया।

दोनों बाप-बेटे को जुर्म करने व छिपाने के आरोप में हवालात मे बन्द करने का हुक्म देकर थानेदर राम सिंह उस लड़की के सिर पर हाथ फिराते हुए बोले, 'निर्भया, बेटा! तुम्हारे साहस के कारण आज बहुत दिनों बाद एक सही शिनाख़्त हुई है। यदि तुम लोक-लाज और अपने चाचा के भय से सच नहीं बताती तो पता नहीं आज कितना बड़ा अनर्थ हो जाता। मैं तुम्हारा एहसानमन्द हूँ।'

निर्भया, 'सर! आपने मेरी बात सुनी, यही कम है क्या? नहीं तो यहाँ अपने ही लोग दुश्मन से भी ज़्यादा पराये हो गये हैं।' उसकी आवाज़ मे अपने सगे चाचा व चचेरे भाई के ख़िलाफ़ नफरत की ज्वाला साफ़-साफ़ दिख रही थी।

राम सिंह, 'निर्भया! मैं जानता हूँ कि अपने घर-परिवार के ख़िलाफ़ जाना कितना मुश्किल काम होता है, लेकिन तुमने जो साहस दिखाया है, उसे मैं बेकार नहीं जाने दूँगा। मैं वादा करता हूँ कि मैं कहीं भी रहूँ, इन दोनों को सजा दिलाने तक मैं चुप नहीं बैठूँगा।'

निर्भया के एक फ़ैसले से आसमान पर जमी डरावनी और कुरूप धुन्ध पूरी तरह छँट गयी थी, जिसने एक ओर जहाँ कई बेबस और निस्तेज़ पड़ चुके चेहरों पर सन्तोष और न्याय के सूरज को जगमगा दिया था, वहीं कुछ लोगों के बदनुमा चेहरों को पूरी तरह बेनक़ाब भी कर दिया था।

कमज़ोर माने जाने वाले मिट्टी के एक दिये ने मनबढ़ और घमण्डी हवाओं को अपने संघर्षशील वजूद का एहसास बख़ूबी करा दिया था। शिनाख़्त की कार्यवाही पूरी हो चुकी थी।

तूणीर

ऋत्विक के साथ अनु धड़कते दिल से डॉक्टर चन्द्रा की आईवीएफ क्लिनिक में दाख़िल हुई। आज डॉक्टर चन्द्रा ने उन्हें फाइनल असेसमेंट के लिए बुलाया था। अनु की रिपोर्ट को दुबारा गौर से चेक करते हुए वह थोड़ी गम्भीर हो आयी।

अनु का मन सशंकित हो आया, 'क्या हुआ मैडम? सब ठीक तो है न?'

डॉक्टर चन्द्रा, 'अनु, आई एम सॉरी! किन्तु, तुम्हें कंसीव करा पाना सम्भव नहीं है। अब अपने बच्चे को संसार में लाने के लिए बस एक ही रास्ता बचा है।'

अनु, 'वो क्या, मैम?'

डॉक्टर चन्द्रा, 'सरोगेसी।'

टी.वी.और सिनेमा में तो इसके बारे में उसने ख़ूब सुन रखा था, लेकिन अब अपने साथ...। ओह! अपना बच्चा और दूसरे के शरीर में पले-बढ़े और नौ महीने बाद कोख का किराया देकर उसे अपने घर ले आना तो उसी तरह है जैसे पैसा देकर दुकान से कोई सामान ले आना। ऐसा नहीं था कि अनु को बच्चे की कोई चाह न हो, लेकिन मध्यवर्गीय संस्कारों में पली-बढ़ी अनु के लिए यह बिल्कुल अजीब-सी चीज़ थी। जिस शरीर में बच्चा आकार ले, उसका उससे कोई लेना-देना नहीं और जिस माँ का लाड़ला बनकर धरती पर आ रहा हो, वह उसके दिन-प्रतिदिन विकसित हो रहे स्वरूप से पूरी तरह अनजान रहे। ओह! यह कैसी दुविधा है? यह सब सोच-सोचकर अनु का सिर फटने लगा रहा था।

अनु की दुविधा डॉक्टर चन्द्रा से छुपी न रह सकी। वह उसे प्यार से समझाते हुए बोलीं, 'अनु, मैं तुम्हारी उलझन समझ रही हूँ, लेकिन आजकल यह बहुत सेफ़ और पॉपुलर तरीक़ा है।' उसे अभी भी असमंजस में पड़ा देख उसका हाथ सहलाते हुए वे बोलीं, 'तुम लोग सोच-विचार कर आराम से निर्णय लो, फिर बताना।'

अनु, 'जी मैम, थैंक यू!' वह धीरे-धीरे चलकर गाड़ी में आकर बैठ गयी।

ऋत्विक, 'अनु, इतना टेंशन मत लो। जो डॉक्टर ने कहा है, उसके सिवा और कोई चारा नहीं है। फिर, देखो बड़े-बड़े सेलिब्रेटीज भी आज इस मैथड को अपना रहे हैं।'

अनु, 'वो सब तो ठीक है, लेकिन...।'

'अब यह लेकिन-वेकिन छोड़ो, वी मस्ट बी फारवर्ड लुकिंग और फिर वैसे भी अंश तो वो हमारा ही होगा न।' बरसों से ढेरों डॉक्टर और आई.वी.एफ. क्लिनिक का चक्कर लगाते-लगाते वह अब बिल्कुल झल्ला गया था।

अनु के पास भी अब ऋत्विक की बात मानने के सिवा और कोई चारा नहीं था।

अनु, 'ठीक है, परन्तु सरोगेसी के लिए हैल्दी मदर कहाँ से ढूँढ़ी जाये? क्या इसके लिए किसी वेबसाइट पर सर्च करना ठीक रहेगा?' बहुत देर तक उधेड़बुन में फँसी रहने के बाद वह धीमे से बोली।

ऋत्विक, 'अरे! नहीं। इसकी कोई ज़रूरत नहीं। रीमा है, न। मैं उसे इसके लिए तैयार कर लूँगा।'

अनु का चौंकना स्वाभाविक था, 'रीमा! कौन? वही, जो आपके बचपन की फ्रैंड है और जिसके पति अर्चित की पिछले साल हार्टअटैक से डैथ हो गयी थी।'

'हाँ, हाँ, वही। वह मॉर्डन विचारों वाली लड़की है। मुझे विश्वास है कि उसे कोई ऑब्जेक्शन नहीं होगा। ऋत्विक ऐसे बोल रहा था जैसे अर्चित के जाने बाद रीमा उसकी प्रापर्टी हो गयी हो।

'मैं आज ही उससे बात करूँगा। उसकी बेटी किंशुक थैलीसीमिया बीमारी से ग्रसित है। अर्चित की मौत के बाद उस घर में और कोई कमाने वाला नहीं है तथा इस समय अपनी बेटी के ईलाज के लिए उसे पैसों की बहुत सख़्त ज़रूरत है। सरोगेसी के एवज में हम उसे बीस-पच्चीस लाख की एक मोटी रकम दे देंगे। उसका भी काम हो जायेगा और अपना भी।' इस जटिल समस्या का सुझाव बताकर ऋत्विक गर्व से ऐसे फूला जा रहा था जैसे अब सब कुछ उसकी मुट्ठी में हो।

अनु, 'क्या! उसकी बेटी के ईलाज कराने के एवज में उससे यह फेवर लेना कैसे उचित हो सकता है? और फिर अपनों के साथ यह सब कतई ठीक नहीं।'

ऋत्विक, 'अनु, यहाँ अपना-पराया और उचित-अनुचित जैसी कोई बात नहीं है। यह सब एक डील है।'

डील शब्द सुनते ही अनु को जैसे करंट लगा, 'क्या? डील! व्हाट डू यू मीन, ऋत्विक?'

ऋत्विक ने बात को रफू करने की कोशिश किया, 'मेरा मतलब सरोगेट मदर का बच्चे के जन्म के बाद उससे कोई सम्बन्ध नहीं रहता। जिस तरह तूणीर अर्थात् तरकश का काम बस तीरों को रखना है और वहाँ से निकल कर धनुष की प्रत्यंचा पर आने के बाद उसका तूणीर से उसका कोई सम्बन्ध नहीं रहा जाता, उसी तरह सरोगेट मदर का गर्भाशय होता है। बच्चे के जन्म के बाद उसकी पहचान उससे पूरी तरह जुदा हो जाती है।'

अनु के जी में आया कि निर्जीव तूणीर और जीवन का आरम्भ करने वाले पालने रूपी गर्भाशय में क्या अन्तर है, का करारा जवाब ऋत्विक को दे। लेकिन वह जानती थी कि जो औरत को बच्चा पैदा करने की मात्र एक मशीन मानता हो और जिसके ऊपर इस समय अपना वंश चलाने तथा पुश्तैनी व्यापार सँभालने के लिए बच्चा पैदा कराने का भूत सवार हो, वह कुछ नहीं सुनेगा।

उतावला ऋत्विक उसी दिन शाम को अनु को लेकर रीमा के यहाँ पहुँच गया। थोड़ी देर औपचारिक बातें करने के बाद ऋत्विक सीधे मुद्दे की बात पर आ गया, 'देखो रीमा, थैलीसीमिया का ईलाज बहुत महँगा

और निरन्तर चलने वाला है। हम तुम्हारी मदद करने के लिए तैयार हैं, लेकिन तुम्हें भी हमारा एक सहयोग करना होगा।

रीमा, 'भला, मैं आप लोगों के लिए क्या कर सकती हूँ?' मेरे पास तो कुछ भी नहीं है।

ऋत्विक, 'है। तुम्हारे पास वह चीज़ है, जो अनु के पास नहीं है।'

ऋत्विक के इस पथरीले और विचित्र उत्तर ने अनु के साथ-साथ रीमा को भी असहज कर दिया।

रीमा, 'तुम्हारे कहने का क्या मतलब है?'

ऋत्विक, 'रीमा, मुझे ग़लत मत समझना। दरअसल, अनु कंसीव करने में इनकेपेबल है, इसलिए हम तुम्हारे पास आये हैं। यदि हमारे बच्चे को जन्म देने के लिए तुम सरोगेट मदर बनना स्वीकार कर लो, तो हमारी प्राब्लम सॉल्व हो जायेगी और हाँ, इसके एवज़ में किंशुक के इलाज का पूरा ख़र्च मैं उठाऊँगा।' उसकी आवाज़ में स्वार्थ और ढिठाई साफ़ दिख रही थी।

इस अप्रत्याशित प्रस्ताव को सुनकर रीमा अवाक् रह गयी। थोड़ी देर बाद दूसरे कमरे से किंशुक के अचानक से रोने की आवाज़ से उसका मौन टूटा, 'एक्सक्यूज मी, इस समय किंशुक को मेरी ज़रूरत है।'

ऋत्विक, 'हाँ-हाँ, श्योर। किन्तु, हमें तुम्हारे उत्तर का इन्तज़ार रहेगा।'

वहाँ से निकलते समय अनु एक क्षण के लिए दरवाज़े पर रुकी और फिर रीमा का हाथ अपने हाथ में लेते हुए बोली, 'रीमा! यह कोई डील नहीं है। तुम्हारी इच्छा हो तो बताना, अन्यथा कोई दबाव नहीं और मुझसे किंशुक के इलाज के लिए जो बन पड़ेगा, वह इसके बिना भी मैं ख़ुशी-ख़ुशी करूँगी। तुम मेरा नम्बर रख लो, कभी भी मुझे सीधे कॉल कर सकती हो।' उसकी बात सुनकर ऋत्विक अन्दर ही अन्दर कुढ़कर रह गया वहीं रीमा बस उसे फटी-फटी निगाहों से देखती रह गयी।

तीन-चार दिन गुज़र गये। रीमा का कोई फ़ोन नहीं आया। इधर ऋत्विक रोज़ अनु को उलाहना देता, 'क्या ज़रूरत थी, देवी बनकर यह कहने कि कोई दबाव नहीं है और हम तुम्हारी वैसे भी मदद करेंगे।'

अनु, 'हम नहीं मैं।

ऋत्विक, 'हाँ-हाँ, तुम। बट रिमैम्बर, बी रियलिस्टिक एण्ड प्रैक्टिकल।'

अनु, 'ऋत्विक, यह कोई ख़रीद-फ़रोख़्त नहीं है। बच्चे को नौ महीने अपने गर्भ में पालन कर उससे हमेशा के लिए अलग हो जाने और दूसरे के गर्भ में नौ महीने पलने वाले बच्चे को पूरी ज़िन्दगी के लिए अपनाने वाली माँ, दोनों के लिए यह कितना मुश्किल काम है, यह तुम नहीं समझ सकते।'

ऋत्विक, 'मैं समझना भी नहीं चाहता।' झल्ला कर बोलना जैसे उसका शगल बन गया था।

लगभग पूरा सप्ताह बीत चला था। अनु को भी अब लगने लगा था कि रीमा की तरफ़ से इस सम्बन्ध में पूरी तरह ना है, नहीं तो अब तक उसकी कोई ना कोई कॉल ज़रूर आ जाती। ज़रूर उसे ऋत्विक की डील वाली बात गहरे तक चुभ गयीं होंगी। अभी वह यह सोच ही रही थी कि रीमा की कॉल आ गयी, 'हैलो, अनु कैसी हो?'

अनु, 'मै ठीक हूँ। मैं तुम्हें ही याद कर रही थी।'

'स्पीक ऑफ द डेविल हेयर शी इज! 'वह हँसते हुए बोली।' अच्छा यह बताओ कि मुझे डॉक्टर के पास कब ले चल रही हो?'

अनु, 'क्या?'

रीमा, 'अरे! अपने बच्चे को मेरे पेट में लाने के लिए मुझे डॉक्टर के पास नहीं ले चलोगी।'

अनु, 'रीमा, आर यू सीरियस?' उसे अभी भी यह सब स्वप्न लग रहा था।

रीमा, 'सच कहूँ अनु तो, ऋत्विक का प्रस्ताव तो मुझे उसी क्षण नामंजूर था, परन्तु माँ बनने की चाहत रखते हुए भी तुम्हारे इम्पेथैटिक विहेबियर ने मुझे अन्दर से मोल्ड कर दिया।'

अनु के लिए यह सब इतना अविश्वनीय था कि उसके बोल गले में ही रूँध कर रह गये।

रीमा, 'हाँ, एक बात और, मैं इसके लिए कोई पैसा नहीं लूँगी, क्योंकि किंशुक के ईलाज पर आने वाले खर्च का पूरा जिम्मा यूनीसेफ

ने उठा लिया है। बस एक रिक्वेस्ट है, मेरे हॉस्पिटल में रहने के दौरान किंशुक का ध्यान रखना।'

अनु रो रही थी, लेकिन फ़ोन के दूसरे छोर पर सुन रही रीमा को साफ़-साफ़ सुनायी दे रहा था कि अनु क्या कहना चाह रही है? थोड़ी देर यूँ ही ख़ामोशी बनी रही, फिर रीमा बोली, 'तो कल मिलें, शुभ काम में देरी ठीक नहीं।'

अनु, 'थैंक्स रीमा, लेकिन मुझे समझ में नहीं आ रहा है कि मैं किस प्रकार तुम्हारा शुक्रिया अदा करूँ?'

रीमा, 'कुछ नहीं बस एक बड़ी वाली हँसी। बच्चा भले ही मेरे गर्भ में पलेगा, लेकिन माँ तो तुम ही हो और बच्चे के जन्म में सब कुछ खुशी-खुशी होना चाहिए।'

यह सुनते ही अनु के होंठों पर सच में बड़ी वाली मुस्कान खिल आयी।

इधर कान लगाकर उन दोनों की बात सुनने की चेष्टा कर रहे ऋत्विक के सब्र का बाँध कॉल समाप्त होते ही टूट गया, 'बताओ, क्या कहा रीमा ने?'

अनु, 'वो हमारे बच्चे की सरोगेट मदर बनने के लिए तैयार है।' ऋत्विक के व्यवहार से आहत उसका स्वर उसे इतनी बड़ी बात बताते हुए भी बिल्कुल ठण्डा था।

ऋत्विक, 'वाह! मैं जानता था कि वह ज़रूर तैयार हो जायेगी। चलो, इसके पहले कि उसका निर्णय कहीं बदल न जाये, हम कल ही उसे एडवांस चेक दे देते हैं।'

अनु, 'लेकिन वह हमें यह सरोगेसी किराये की नहीं बल्कि गिफ्ट में दे रही है।'

'क्या?' ऋत्विक उसे आँखें फाड़कर देखता रह गया।

'हाँ, तुम्हारे तथाकथित तूणीर के लिए, उसे हमसे एक भी पैसा नहीं चाहिए।' यह बताते हुए उसकी आवाज़ में ऋत्विक के प्रति हिकारत साफ़-साफ़ झलक रही थी।

इधर अनु की बात सुनकर ऋत्विक जैसे सन्नाटे में आ गया, उसे बिल्कुल भी समझ में नहीं आ रहा था कि ऐसा कैसे सम्भव है? कोई इतनी बड़ी रकम कैसे ठुकरा सकता है?

अनु, 'ऋत्विक, औरत की कोख किसी का प्राण लेने वाले तीर को रखने के लिए लोहे का ठण्डा और बेजान तूणीर नहीं है, यह अपने रक्त से सींचकर एक नये जीवन को आकार देने वाली सृष्टि है, जो भावनाओं से ऊर्जा पाती है और हाँ, यह हमेशा बिकाऊ भी नहीं होती।'

ऋत्विक, 'आई एम एक्सट्रीमली सॉरी टू बोथ ऑफ यू।'

उसकी नज़रें अपने सामने खड़ी अनु और दूर अपने घर में बैठी रीमा की अदृश्य नज़रों का सामना करने से कतरा रहीं थीं।

नयी माँ

झारखण्ड में तैनाती के दौरान अवधेश जी का दिल वहीं की एक ग्रामीण आदिवासी लड़की निम्मो पर आ गया। वैसे दोनों की उम्र में अच्छा-ख़ासा अन्तर था। जहाँ अवधेश बाबू पचपन के ऊपर थे, वहीं निम्मो मात्र बाईस-तेईस की थी। सन्थाल समुदाय की होने के बावजूद निम्मो के नैन-नक्श भी अच्छे-ख़ासे तोखे थे हाँ, आदिवासी क्षेत्र की होने के कारण उसका रंग थोड़ा गहरा ज़रूर था। वहीं अवधेश बाबू गोरे-चिट्टे और इस उम्र में भी चालीस-बयालीस से ज़्यादा के नहीं लगते थे भू-गर्भ-जल सर्वे के दौरान इंजीनियर अवधेश बाबू का निम्मो के गाँव में कई बार जाना क्या हुआ, दोनों के बीच छोटी-छोटी मुलाक़ातों ने पता नहीं कब और किस मोड़ पर एक-दूसरे के मन को भिगोना शुरू कर दिया। शायद वर्षों पहले हुई पत्नी सरला की मृत्यु के बाद अवधेश बाबू के हृदय में उपजा ख़ाली कोना अरसे से किसी साथी की तलाश कर रहा था, जिसे इस सुदूर आदिवासी इलाक़े की निम्मो ने अपने सरल व्यवहार से सहज ही भर दिया था और निम्मो को भी अवधेश बाबू का अधिकारी होने के बावजूद सरल और निश्छल व्यवहार गहरे तक प्रभावित कर गया।

लेकिन, जब यह खबर उनके बेटे विपिन को पता चली, तो वह गुस्से से आग-बबूला हो गया। उसने फ़ोन पर ही अवधेश जी को ख़ूब खरी-खोटी सुना दी। उसने यह जानने की ज़रा-सी भी कोशिश नहीं की कि आख़िर उसके पिता को इस उम्र में दूसरा विवाह करने की ज़रूरत क्यों पड़ी? चूँकि उसने अपने सिवा किसी और की कभी भी परवाह नहीं किया तो आज भला वह उनकी परवाह क्यों करता? उस पर तो हर वक़्त

अपने करियर को ऊँचाई पर ले जाने का भूत सवार रहता था, लेकिन जिस बाप ने उसके करियर बनाने के लिए ख़ून पसीना एक कर दिया और भरी जवानी में पत्नी को खो देने के बाबजूद इकलौते बेटे की अकेले परवरिश की, उन्होंने इस उम्र में दूसरी शादी क्यों की? इसकी गहराई में जाने के लिए विपिन के पास एक मिनट का भी समय नहीं था। उसे बस इस बात की चिन्ता थी कि सोसाइटी में वह क्या मुँह दिखायेगा कि उसके पिता नें इस उम्र में दूसरी शादी कर ली है। जब बेटे को ही बाप की परवाह नहीं थी तो प्रिया जो बहू बनकर अभी कुछ दिन पहले ही इस घर में आयी थी उसका अपने ससुर से कितना लगाव होता? विपिन ने अब तक उसे जैसी तस्वीर दिखायी थी, वह उसे ही सच मान बैठी। फिर उसे भी यह लग रहा था कि अपने बहू की उम्र की लड़की से पिता जी को शादी नहीं करनी चाहिए थी।

कुछ समय बाद जब अवधेश बाबू रिटायर हुए तो उन्होंने निम्मो से इलाहाबाद चलने के लिए कहा, जहाँ उन्होंने बड़ी मेहनत से एक-एक पैसा जोड़कर एक मकान बनवाया था। जिसमें आज विपिन अपनी पत्नी प्रिया के साथ रहता था। निम्मो भले ही झारखण्ड के आदिवासी इलाक़े की थी, लेकिन रिश्तों की ऊँच-नीच को ख़ूब समझती थी। उसने उन्हें समझाने की कोशिश की कि जहाँ इज़्ज़त न हो, वहाँ नहीं जाना चाहिए और फिर भी यदि आपको जाना हो तो आप ज़रूर जाईये, मैं आपको नहीं रोकूँगी। मैं आपका यहीं इन्तजार करूँगी।' लेकिन अवधेश बाबू बार-बार ज़ोर देने लगे। उनका मानना था कि विपिन चाहे कितना भी गुस्सा हो, आख़िर है तो उनका बेटा ही न। मेरे सामने पड़ते ही उसका दिल मोम हो जायेगा। सब कुछ जानते समझते हुए भी भोली-भाली निम्मो अवधेश बाबू के प्रेम में बँधकर उनके साथ इलाहाबाद चली आयी।

वे इतनी दूर से चलकर वर्षों बाद अपने घर आये थे, लेकिन बेटे-बहू ने इतना भी ज़रूरी नहीं समझा कि उनसे एक ग्लास पानी भी पूछ लें। उल्टे इकलौते बेटे ने ख़ूब जली-कटी सुनायी और फिर यह बड़बड़ाते हुए ऑफिस चला गया कि पता नहीं इस काली लड़की ने कौन सा मन्त्र चला दिया कि बुढ़ौती में ये मजनूँ बन बैठे। अपने सामने निम्मो की

बेइज़्ज़ती होते देख अवधेश बाबू आपे से बाहर होने ही वाले थे कि निम्मो ने उनका हाथ पकड़कर उन्हें चुप करा दिया। विपिन के ऑफिस जाते ही प्रिया भी अपने कमरे में चली गयी। निम्मो के सामने अपने बेटे-बहू के हाथों बुरी तरह लज्जित अवधेश बाबू सन्न रह गये। उन्हें लगा कि निम्मो सही कह रही थी कि उस स्थान पर कभी नहीं जाना चाहिए, जहाँ प्रेम और सम्मान न हो। उनका एक मन यह हुआ कि वे तुरन्त दरवाज़े से ही वापस हो जायें, लेकिन इतनी दूर आकर फौरन वापस भी तो नहीं हुआ जा सकता था। वे कुछ समय तक अपराधी की तरह सिर झुकाये वहीं घर के बरामदे में ही खड़े रहे। जब निम्मो ने उनके कन्धे पर हाथ रखा तो वे बच्चों की तरह सुबक पड़े। उन्हें रोता देख निम्मो भी रोने लगी।

अवधेश बाबू,'चलो, वापस चलते हैं।'

निम्मो 'हाँ, ठीक है। बस सरला दीदी से मिलवा दीजिए। फिर पता नहीं कभी यहाँ आना हो या ना हो।

'हाँ, ज़रूर। चलो सरला से मिल लो। फिर यहाँ से निकल चलेंगे।' बेटे से मिला अपमान का जहर उनके शब्दों में खिन्नता बनकर साफ़ झलक रहा था।

वे निम्मो का हाथ पकड़कर उसे अपने कमरे में ले गये, जहाँ सरला की बड़ी-सी फ़ोटो उनका बरसों से इन्तज़ार कर रही थी। लग रहा था जैसे युगों से यहाँ कोई नहीं आया था। कमरे में चारों ओर जाले लगे थे। सरला की फ़ोटो पर भी इतनी धूल जमी थी कि उसका चेहरा भी ठीक से नहीं दिख रहा था। अवधेश बाबू को यह सब देखकर इतना सदमा लगा कि वे अपना सीना पकड़कर वहीं बैठ गये। अपने साथ लाये पानी की बोतल से निम्मो ने उन्हें तुरन्त पानी पिलाया तब जाकर उनकी जान में जान आयी। थोड़ा सामान्य होने पर सरला की फ़ोटो के सामने खड़े होकर वे अत्यन्त दु:खी स्वर में उससे बोले, 'नाराज़गी मुझसे थी, तो सिर्फ़ मुझे सजा देता, लेकिन विपिन ने तुम्हें क्यों छोड़ दिया।'

निम्मो, 'आप बैठिये और बिल्कुल भी परेशान मत होइये। मैं अभी सब ठीक कर देती हूँ।' फिर उसने अपने दुपट्टे से सरला जी की फ़ोटो पर जमी धूल को साफ़ कर उन्हें प्रणाम किया। इस दौरान अवधेश जी गौर से उसे देखते रहे।

अवधेश, 'चलो, अब चलते हैं।'

निम्मो, 'मुझे बस एक घण्टे का समय और दे दीजिए, मैं जरा कमरे को ठीक कर दूँ।' इतना कहकर वह कमरे को व्यवस्थित करने में जुट गयी। ऐसा लगा ही नहीं कि अभी चन्द मिनट पहले बेटे-बहू के हाथों वह अपमानित हुई हो। इस दौरान पूरे समय अवधेश जी निम्मो को देखते रहे। कमरे को ठीक-ठाक करने के बाद वह अवधेश जी से बोली, 'चलिए, मुझे सुकून रहेगा कि दीदी का कमरा अब कुछ दिन ठीक रहेगा।'

'और कुछ दिन के बाद क्या होगा?' अवधेश जी ने उसकी आँखों में झाँका।

वह ख़ामोश रही और फिर दुःखी मन से उन्हें वहाँ से चलने का इशारा किया।

अवधेश जी, 'अब हम कहीं नहीं जायेंगे। सरला का कमरा आज से तुम्हारा है।'

निम्मो 'अरे! नहीं, नहीं। मैं दीदी का स्थान कभी नहीं ले सकती?'

'तुम्हें इस कमरे को व्यवस्थित करता देख ऐसा लगा कि सरला फिर से यहाँ वापस आ गयी है। जानती हो, यह घर मैंने और सरला ने एक शाम भूखे रहकर और उससे पैसे बचाकर बनवाया था। यह हमारे मेहनत का घर है और अब यह तुम्हारा भी है। अब हम अपने घर में ही रहेंगे। जिसे यहाँ से जाना है, वो यहाँ से ख़ुशी-ख़ुशी जा सकता है।' उनके स्वर में पहली बार घर की मालिक और बाप वाली दृढ़ता झलक रही थी।

दरवाज़े पर थोड़ी हलचल हुई। दरवाज़े पर पड़े परदे को हटाकर देखा तो बहू प्रिया वहाँ खड़ी थी। जो शायद उत्सुकतावश उनकी बातों को सुनने के लिए वहाँ रुक गयी थी, परन्तु सामने पड़ने पर वह सकपका कर बिना कुछ बोले किचन की ओर चली गयी।

शाम को विपिन जैसे ही घर आया तो बाबू जी और उस तथाकथित महिला के बीच हुई वार्तालाप को बताने के लिए प्रिया उसे सीधे अपने कमरे में ले गयी। प्रिया की बातों को सुनकर पहले तो विपिन ज़ोर-ज़ोर से चीखने-चिल्लाने लगा, फिर उसकी आवाज़ धीरे-धीरे मद्धिम पड़ती गयी। शायद उसे यह एहसास हो गया था कि यह घर अभी भी उसके पिता जी

के नाम ही है और अभी उसकी इतनी हैसियत नहीं है कि वह तुरन्त कोई नया मकान ख़रीद सके। फिर, प्रिया भी अभी प्रेग्नेंट थी। उसका छठा महीना पूरा हो चुका था और डॉक्टर ने उसे ज़्यादा टेंशन और भाग-दौड़ के लिए सख़्त मना किया हुआ था। इसलिए खूँन का घूँट पीकर उसने इस समय ख़ामोश रहना ही बेहतर समझा।

निम्मो को यहाँ रहने की मौन स्वीकृति मिल गयी थी, लेकिन इसका उसने कभी भी नाजायज़ फ़ायदा नहीं उठाया। उसने अपनी दुनिया उस एक कमरे में ही सीमित कर ली थी। जब कभी अवधेश बाबू उसे कहते, 'तुम यहाँ क़ैद क्यों रहती हो। कभी आँगन या छत पर क्यों नहीं जाती?' तो निम्मो उनकी बात हँसकर टाल देती, लेकिन दर्द का दरिया अन्दर ही अन्दर बहता रहा।

दो महीने ऐसे ही बीत गये। एक दिन निम्मो को प्रिया के कमरे से कराहने की आवाज़ आयी। पहले तो उसे समझ में नहीं आया कि वह क्या करे। फिर हिम्मत जुटाकर उसके कमरे में गयी। उसने पहली बार खुद के द्वारा खींची गयी लक्ष्मण-रेखा को प्रिया के लिए पार किया था। कमरे में झाँककर देखा तो प्रिया दर्द से बुरी तरह कराह रही थी और उसे बहुत तेज़ बुखार भी हो आया था।

उसने तुरन्त उसके सिर पर ठण्डे पानी की पट्टियाँ रखीं और उससे पूछकर उसे दवा भी दी। संकोच और झिझक के कारण दोनों के बीच यद्यपि कोई बात नहीं हुई, लेकिन दोनों का दिल एक-दूसरे से आज बहुत कुछ कह रहा था। विपिन के आने से पहले निम्मो वहाँ से चली आयी ताकि उसे वहाँ देखकर वह नाराज़ न हो जाये। विपिन के घर लौटने पर प्रिया ने उसे दोपहर की सारी बात बताया, लेकिन क्रोध और स्वार्थ की आग में जलते हुए विपिन को भला इन बातों से क्या फ़र्क़ पड़ने वाला था। वह मुँह बनाकर बोला, 'यह सब उसका तुम्हारे नज़दीक आने का नाटक है।

प्रिया ने कोई जवाब तो नहीं दिया, लेकिन पहली बार विपिन की यह बात उसे बहुत बुरी लगी।

जैसे-जैसे डिलीवरी की डेट नज़दीक आ रही थी, प्रिया की तबीयत ढीली रहने लगी। उसे कुछ भी करने का मन नहीं करता था। इस दौरान प्रिया के मना करने पर भी निम्मो ने उसका भरपूर ध्यान रखा। उसके बेतरतीब बालों में कँघी करना, उसका सिर दबाना और अपने हाथों से बनाकर उसका मनपसन्द खाना खिलाना उसकी दिनचर्या में शामिल हो गया था। दिन प्रतिदिन प्रिया का लगाव निम्मो से बढ़ रहा था। वह विपिन को समय-समय पर समझाने का प्रयास करती लेकिन उसके अड़ियल रवैये के कारण वह सफल नहीं हो पा रही थी। देखते-देखते डिलीवरी की डेट भी आ ही गयी। यह उसकी पहली डिलीवरी थी और सरला जी तो अब इस संसार में थीं नहीं इसलिए उसकी माँ ने इस समय उसके साथ रहने का वादा किया था, लेकिन ऐन वक़्त पर सीढ़ियों से गिर जाने के कारण वह खुद चलने-फिरने में लाचार हो गयीं, इसलिए वह नहीं आ सकीं। इस अकस्मात् हुए घटनाक्रम ने पति-पत्नी दोनों के समक्ष गम्भीर समस्या खड़ी कर दी, क्योंकि डॉक्टर ने कह दिया था कि प्रिया को हाई ब्लड प्रेशर है, इसलिए हम नॉर्मल डिलीवरी का रिस्क नहीं ले सकते। पूरी सम्भावना है कि सीजेरियन ऑपरेशन करना पड़े और प्रसूता की देखभाल के लिए घर की कोई महिला ज़रूर उसके साथ होनी चाहिए। अब घर में जो महिला थी उसे विपिन घर की तो मानता ही नहीं था, लेकिन प्रिया के समझाने और अपना काम निकालने की गरज से वह किसी तरह राजी हो गया।

जब प्रिया ने निम्मो से पूछा, 'क्या आप डिलीवरी के दौरान मेरे साथ हॉस्पिटल में रहेगीं?'

'इसमें भी भला कोई पूछने की बात है? मैं नहीं रहूँगी तो क्या कोई बाहर वाला रहेगा?' निम्मो छूटते ही बोली।

निम्मो के इस सहज उत्तर ने एक बार फिर से प्रिया को यह सोचने पर मजबूर कर दिया कि विपिन की निम्मो से चिढ़ पूरी तरह बेमानी है। वह मन की इतनी भोली हैं और हमेशा हम लोगों के बारे में अच्छा ही सोचती हैं, लेकिन फिर भी विपिन इन्हें अपमानित करने का कोई मौका कभी नहीं छोड़ता है। यह तनिक भी उचित नहीं है और वैसे भी वह

उसके पिता की ब्याहता पत्नी होने के नाते इस घर पर निम्मो का पूरा अधिकार है।

डिलीवरी के समय प्रिया की तबीयत अचानक से बहुत बिगड़ गयी। उसे तत्काल आई.सी.यू. मे ले जाया गया। इस विपरीत परिस्थिति के लिए विपिन बिल्कुल भी तैयार नहीं था। इधर प्रिया की बिगड़ती हुई तबीयत और उधर नवजात बच्चे के पालन-पोषण की चिन्ता ने उसे बुरी तरह परेशान कर दिया था, लेकिन निम्मो ने आगे बढ़कर बच्चे के पालन-पोषण और प्रिया की पूरी ज़िम्मेदारी अपने ऊपर ले ल।

प्रिया की कुशल-क्षेम और बच्चे को देखने के लिए उसके अनेक शुभचिन्तक हॉस्पिटल आये। बच्चे की सेवा में तल्लीन निम्मो से प्रभावित होकर यदि कोई विपिन से पूछता, 'यह महिला कौन है?' तो विपिन सपाट उत्तर दे देता, 'इसे हमने बच्चे की देखभाल के लिए किराये पर बुलाया है।' इस मुश्किल वक़्त में निम्मो की निःस्वार्थ सेवा से भी उस पत्थर दिल इन्सान का कलेजा ज़रा-सा भी नहीं पिघला। यही नहीं शायद विपिन अपने किसी परिचित को उसके पास जाने भी नहीं देता यदि वह बच्चे का पालन-पोषण नहीं कर रही होती, क्योंकि उसे डर था कि कहीं यह गहरे साँवले रंग की औरत किसी को यह न बता दे कि वह उसके पिता की दूसरी पत्नी है, लेकिन जब कभी किराये की आया वाली बात निम्मो के कान में पड़ती तो उसकी आँखों से दो बूँद आँसू ज़रूर निकल आते। किन्तु, विपिन की इन लगातार कड़वी बातों के बावजूद निम्मो के व्यवहार में थोड़ा-सा भी परिवर्तन नहीं आया। वह पूरी तन्मयता से बच्चे की सेवा करती और बीच-बीच में आई.सी.यू. में जाकर प्रिया से मिल आती। उसके बालों में कंघा कर आती और उसके बच्चे के विषय में सुनाकर उसे प्रसन्न रखने की भरपूर कोशिश करती।

एक दिन उसके बॉस की बीबी वंशिका दीवान, जो केन्द्रीय सांस्कृतिक परिषद् के उत्तरी जोन की डिप्टी डायरेक्टर भी थी, प्रिया और बच्चे से मिलने हॉस्पिटल आयीं। संयोग से जिस समय वह आयीं उसी समय प्रिया का प्लेटलेट अचानक से बहुत कम हो जाने के कारण डॉक्टर ने विपिन को तत्काल अपने चैम्बर में बुला लिया था।

वंशिका जब कमरे में आयी तो उस समय निम्मो बच्चे को गोद में लेकर लोरियाँ सुनाकर उसे सुला रही थी। लोरियाँ ख़ूबसूरत सन्थाली भाषा में थीं और निम्मो इतने अच्छे सुर में गा रही थी कि मन्त्रमुग्ध होकर उन्होंने पूरे समय चुपचाप पीछे खड़े होकर उन लोरियों को अपने मोबाइल में रिकॉर्ड कर लिया।

'जब लोरियाँ बन्द हुई तो उन्होंने निम्मो से पूछा, 'आप इतना सुन्दर गा रही थीं कि मुझसे रहा नहीं गया और मैनें बिना पूछे आपके गीत को रिकार्ड कर लिया। मैं अपना छोटा सा परिचय आपको बताना चाहूँगी की मैं विपिन के बॉस की पत्नी हूँ और भारत सरकार के उत्तरी जोन केन्द्रीय सांस्कृतिक परिषद की कंसल्टेंट हूँ और इस समय लोकगीत पर काम कर रही हूँ। यदि आपकी अनुमति हो तो मैं आपकी लोरियों को अपने नये एलबम में रखना चाहूँगी।'

सीधी-साधी निम्मो को इतनी बातें कहाँ पता थीं, लेकिन उसे इतना समझ में ज़रूर आ रहा था कि यह महिला उसके साथ कोई छल नहीं कर रही है बल्कि वास्तव में उसे सम्मान दे रही है। उसने मुस्कुराकर उन्हें अपनी मूक सहमति दे दी।

वंशिका, 'वैसे आपका नाम क्या है?'

निम्मो, 'निम्मो।' बहुत दिनों के बाद किसी ने उससे इतने प्यार से कुछ पूछा था इसलिए उसके होंठों पर वन की वही चिर-परिचित ताजी मुस्कान खिल आयी थी।

वंशिका, 'वाह! बहुत सुन्दर।'

तब तक विपिन भी वहाँ आ गया। उस समय उसका चेहरा बिल्कुल मुरझाया हुआ था। उसे परेशान देखकर वंशिका और निम्मो दोनों चिन्तित हो उठे, 'सब ठीक तो हैं न? आप इतने परेशान क्यों लग रहे हैं?' वंशिका नें उसकी परेशानी जानने के लिए उसे ढाँढस बँधाते हुए पूछा।

विपिन, 'प्रिया का प्लेटलेट लेवल काफ़ी कम हो गया है और डॉक्टर ने उसे तत्काल प्लेटलेट चढ़ाने के लिए बोला है, लेकिन दिक़्क़त यह है कि उसका ब्लड ग्रुप ओ निगेटिव है और यह बहुत ही रेयर होता है। इस समय मैं डोनर को कहाँ ढूँढूँ?

अब तक ख़ामोशी से उन दोनों की बातें सुन रही निम्मो से रहा नहीं गया, 'तो इसमें दिक़्क़त क्या है? मैं हूँ न।'

विपिन, 'लेकिन आप..?'

निम्मो, 'जब मैं स्कूल में थी तो वहाँ पर एक बार मेडिकल कैम्प लगा था, जिसमें सभी बच्चों के साथ मेरा ब्लड ग्रुप भी चेक हुआ था। डॉक्टर साहब ने बताया था कि मेरा ब्लड ग्रुप ओ नेगेटिव है। पहली बार मेरा ख़ून आज किसी के काम आयेगा, आप डॉक्टर साहब को कहिये कि वे तैयारी करें, मैं ख़ून देने के लिए तैयार हूँ।'

विपिन आश्चर्य से उसे देखता रह गया। उसे विश्वास ही नहीं हो रहा था कि जिसे पग-पग पर उसने इतना अपमानित किया है वह आज सहर्ष अपना ख़ून उसकी पत्नी को देने के लिए तैयार है।

वंशिका, 'अरे, वाह! आप तो सचमुच महान हैं, दिल से भी और कला में भी।'

इसे सुनकर निश्छल सेवा और त्याग के भाव निम्मो के चेहरे पर तैर गये।

'वैसे यह आपकी कौन हैं? अभी मैंनें इन्हें सन्थाली में गाते हुए सुना है और आप उत्तर भारत के हैं। क्या आपने इन्हें बच्चे की देखभाल के लिए कहीं से हायर किया है?' निम्मो के व्यवहार से अभिभूत होकर वंशिका ने उत्सुकतावश विपिन से पूछा।

वंशिका का यह प्रश्न यूँ तो सहज सरल था, लेकिन पहली बार इस छोटे से प्रश्न ने विपिन को बुरी तरह असहज कर दिया। इधर हर बार की भाँति निम्मो सिर झुकाये विपिन के रटे-रटाये उत्तर का भारी मन से इन्तज़ार करने लगी। कुछ पलों के मौन के बाद विपिन का स्वर उसके कान में गूँजा, 'नहीं, मैडम! यह मेरी नयी माँ हैं। मेरे पिता जी की पत्नी। भला कोई बाहरी इन्सान किसी बच्चे की इस तरह सेवा कर सकता है, क्या? यह तो दादी-नानी ही कर सकती हैं। देखिये न, पोता अपनी दादी की गोद में कितनी निश्चिन्तता से सोया हुआ है।'

आश्चर्यचकित निम्मो ने विपिन की तरफ़ देखा। विपिन की आँखों में छलक आये, आँसुओं की निर्मलता और उसकी आवाज़ की थरथराहट

यह साफ़ बता रही थी कि एक काले युग का सच में अवसान हो चुका है।

तुरन्त प्लेटलेट मिल जाने से प्रिया की हालत भी तेज़ी से ठीक हो गयी। हॉस्पिटल से डिस्चार्ज होकर सबके साथ घर लौटते समय विपिन ने प्रिया से कहा, 'प्रिया! यदि बच्चे को मेरी नयी माँ अपनी गोद में लेकर घर में प्रवेश करें, तो कैसा रहेगा?'

प्रिया, 'क्या?' वह अचरज से भर उठी। 'अरे! यह कोई कहने की बात है। बहुत अच्छा रहेगा। नेकी और पूछ-पूछ।'

सभी हँस पड़े और निम्मो दादी की गोद में बैठकर पोते ने अपने घर में पहला क़दम रखा।

बिटिया! एक बार तो कहा होता

'ज़ारा की अम्मी! ज़रा फौरन यहाँ आना।' बैठकखाने से इश्तियाक़ साहब की आवाज़ सुनकर सलमा ने मन ही मन सोचा अभी-अभी तो उनके पास से ही उठ कर यहाँ आयी हूँ, अब अचानक से इन्हें क्या हो गया, जो इतने बेसब्र हो रहे हैं। वहाँ पहुँचते ही इश्तियाक़ साहब ने उनके हाथ में एक कागज़ पकड़ा दिया।

'यह तो कोई सरकारी चिट्ठी लगती है।' लेकिन चिट्ठी पढ़ते ही उनके पाँव के नीचे से ज़मीन खिसक गयी 'यह तो ज़ारा की शादी के बाबत अदालत से आया हुआ समन है, लेकिन यह हमारे यहाँ क्यों आया? लगता है, पोस्टमैन से कोई भूल हो गयी है।' अपना शक दूर करने के लिए खत के साथ आये मेज़ पर रखे लिफ़ाफ़े पर लिखे पते को उन्होंने ध्यान से पढ़ना शुरू किया। मन के किसी कोने में उन्हें अब भी विश्वास था कि डाकिये ने दूसरे पते की चिट्ठी ग़लती से उनके यहाँ डाल दी है, लेकिन पता अपनी जगह हर्फ़ दर हर्फ़ सही लिखा था। वे माथा पकड़कर धम्म से वहीं बैठ गयीं।

'इस तरह परेशान मत होइये। पहले ज़ारा से पूछ तो लीजिए कि आख़िर माज़रा क्या है? वैसे क्या उसने आपसे इस बारे में कभी कोई चर्चा की थी।'

सलमा फौरन सिर हिलाते हुए वह बोली 'कोई बात हुई होती तो आपको बताती नहीं, क्या?

'तो हो सकता है कि आप ही सही हों और अदालत को ही कोई ग़लतफ़हमी हो गयी हो। फिर भी एक बार आप उससे पूछ लीजिए।'

सलमा अदालत का समन लेकर ज़ारा के पास पहुँची, 'बेटा, यह देखो! यह क्या लिखा है, इस चिट्ठी में?

'क्या है?' ज़ारा ने कोई ख़ास उत्सुकता नहीं दिखायी।

'अदालत का समन है। तुम्हारी शादी के बाबत।'

'मेरी शादी के बाबत और मुझे ही नहीं पता। वाह! अजीब बात है।' ज़ारा ने एक झटके में कोर्ट से आये उस परवाने को खारिज़ कर दी।

'तुम सच बोल रही हो न, बेटा।'

'हाँ, अम्मी यह किसी ने हम लोगों के साथ कोई बेहूदा मज़ाक किया है। आप यक़ीन रखिये, मेरा इससे रत्ती भर भी वास्ता नहीं है।' अभी ज़ारा का वाक्य पूरा भी न होने पाया था कि मारे खुशी के सलमा लगभग दौड़ते हुए बैठकखाने में अपने शौहर के पास जा पहुँची। कमरे के अन्दर कान लगाये वे भी उनकी राह ही तक रहे थे।

'मैं कहती थी न कि अपनी ज़ारा ऐसी नहीं है।'

'क्यों क्या हुआ?' इश्तियाक साहब की उत्सुकता सलमा के शब्दों में घुली खुशी का एहसास कर और बढ़ गयी।

'ज़ारा ने अदालत के परवाने को देखते ही बता दिया कि उसका इससे रत्ती भर भी वास्ता नहीं है।' इत्मीनान की एक गहरी साँस इश्तियाक साहब के अन्दर उतरती चली गयी।

लेकिन अदालत से आये इस परवाने को ऐसे कूड़े में फैंका भी तो जा नहीं जा सकता था। इसलिए दोनों मियाँ-बीबी ने यह तय किया अदालत में जाकर ज़ारा अपना हलफ़नामा दे देगी कि इस मसले से उसका कोई वास्ता नहीं है।

मुकर्रर तारीख पर दोनों बाप-बेटी अदालत में समय से पहले ही जा पहुँचे। अदालत में हमेशा की तरह वकीलों और मुवक्किलों का हुजूम लगा हुआ था। इश्तियाक साहब अदालत के बाहर एक बैंच पर ज़ारा के साथ बैठ गये। पेशी की हर पुकार पर उनका ध्यान बराबर से लगा हुआ था कि कहीं उनका नाम छूट न जाये। जैसे ही अदालत के चपरासी ने ज़ारा सिद्दीकी वल्द इश्तियाक़ सिद्दीक़ी पुकारा, वे फौरन उठ खड़े हुए और ज़ारा से बोले, 'चलो बेटा, अपनी पुकार हो गयी है।

फटाफट अपना बयान देकर घर वापस चलते हैं।' फिर अदालत पर भुनभुनाते हुए गुस्सा निकालने लगे, 'पता नहीं अदालत वाले बिना जाँचे-परखे कैसे समन भेज देते हैं? उन्हें किसी की परेशानी से क्या वास्ता?'

पेशकार ने उनके आते ही जज साहब के सामने फाइल पेश कर दी।

'क्या आप ही ज़ारा सिद्दीक़ी हैं?' जज साहब की गम्भीर आवाज़ अदालत में गूँजी।

'जी' ज़ारा ने संक्षिप्त-सा जवाब दिया।

'क्या आप रिचर्ड से शादी करना चाहती हैं?' जज साहब का दूसरा सवाल आया।

'जज साहब! यह किसी रिचर्ड को नहीं जानती है। यह समन हमारे पास ग़लती से आ गया है।' ज़ारा की ओर से इश्तियाक़ साहब ने ही उसकी तरफ़ से जवाब दे दिया।

'इसका जवाब ज़ारा सिद्दीक़ी को ही देना पड़ेगा।' अदालत ने अपना आदेश दिया।

'जी, जी। माफी चाहता हूँ, हुज़ूर।' फिर सहज भाव से ज़ारा की ओर देखकर बोले 'चलो बेटा! बता दो कि तुम किसी रिचर्ड को नहीं जानती और इस मसले से तुम्हारा कोई वास्ता नहीं है।'

इश्तियाक़ साहब की बात अभी ठीक से ख़त्म भी न होने पायी थी कि उधर ज़ारा जज साहब से मुख़ातिब हो चुकी थी, 'सर! मैं रिचर्ड से शादी करना चाहती हूँ और मैं बालिग हूँ। यह रहे मेरे उम्र सम्बन्धी प्रमाण पत्र।'

बेटी के इस चौंकानेवाले बयान से इश्तियाक़ साहब बिल्कुल सन्नाटे में आ गये 'तुम यह क्या बोल रही हो, बेटा? तुमने तो घर पर खुद बताया था कि तुम्हारा इस मसले से कोई वास्ता नहीं है। फिर यह सब...।'

तब तक डायस के सामने रिचर्ड और उसकी ओर से कई वकील सामने आ गये और इश्तियाक़ साहब से ज़ोर-ज़ोर से बहस करने लगे 'आप लड़की को धमका नहीं सकते। वह बालिग है, और अपना भला-बुरा ख़ुद सोच सकती है।' उनकी चिल्लाहट पल दर पल बढ़ती ही जा रही थी।

इन सब हरकतों से इश्तियाक साहब बिल्कुल सकते में आ गये उन्हें समझ में ही नहीं आ रहा था कि यह सब क्या हो रहा है? उधर वकील साहबान का शोर बढ़ता ही जा रहा था। उनके समर्थन में और कई वकील भी वहाँ आ गये जिनके बीच वे बिल्कुल अकेले पड़ गये। उन्हें इस वक़्त सलमा की बहुत याद आ रही थी, जिसने चलते समय उनसे कितनी ज़िद की थी कि वह भी उनके साथ अदालत चलना चाहती हैं, लेकिन उन्होंने यह सोचकर कि अदालत में जाकर बस थोड़ी-सी खानापूरी ही तो करनी है, तो सलमा को क्यों ले चलें। वैसे भी उसके घुटनों में आजकल दर्द बना रहता है। सलमा के बारे में सोचकर वे और ज़्यादा परेशान हो उठें कि घर जाकर उसको क्या बताऊँगा? क्या वो यह हादसा झेल पायेगी?

सरेआम जिल्लत उठाने के बाबजूद ज़ारा की अम्मी की ख़ातिर उस जबरदस्त शोर-शराबे के बीच एक बार हिम्मत कर उम्मीद भरी नज़र से उन्होंने उससे दरख्वास्त की 'बेटा! जज साहब को साफ़-साफ़ बता दो न कि तुम्हारा इस मसले से कोई वास्ता नहीं और वापस चलो। अम्मी तुम्हारा घर पर इन्तजार कर रहीं होंगीं,' लेकिन ज़ारा ने यह सुनकर अपना चेहरा फौरन दूसरी ओर घुमा लिया। बुरे-से-बुरे ख़्वाब में भी उन्होंने ऐसे खौफनाक पल की कल्पना नहीं की थी।

इधर इश्तियाक साहब की बात सुनकर रिचर्ड की ओर के एक वकील साहब तो बिल्कुल अपना आपा ही खो बैठे और अदालत के सामने मेज पर बार-बार हाथ मारते हुए दबाव बनाने लगे कि किसी बालिग व्यक्ति को अपनी मर्जी के अनुसार जीवन जीने न देना गैर-क़ानूनी है। इसलिए लड़की को धमकाने और बरगलाने के जुर्म में लड़की के बाप के ख़िलाफ़ मुक़दमा लिखकर उन्हें जेल भेजा जाये। शोर-शराबा चरम पर पहुँच चुका था।

मौके की नज़ाकत को देखते हुए अदालत का पेशकार इश्तियाक साहब के कान में फुसफुसा कर बोला, 'यह यहाँ रोज़ का वाक़या है। आप यहाँ से धीरे से निकल जाइये। नहीं तो नाहक बेइज़्ज़ती उठानी पड़ेगी।'

उन्होंने अपने चारों ओर देखा। इस भरी अदालत में आज उनका कोई भी सगा नहीं था। जिस बेटी का भरोसा कर वो अदालत में आये थे,

वही आज अपने स्वार्थ के कारण उनसे मुँह मोड़ बेगानी हो चुकी थी। अब उनके पास चारा ही क्या बचा था? अपनी ही बेटी के हाथों ठगे हुए इश्तियाक़ साहब के बोझिल क़दम से वहाँ से निकलने के लिए चल पड़ें। इतना सब होने के बावजूद उनके मन में ज़ारा के लिए बददुआ का ज़रा-सा भी ख़याल नहीं आया, लेकिन उन्हें बस इस बात का अफ़सोस हो रहा था जिस बेटी को उन्होंने अपनी जान से ज़्यादा प्यार किया, उसने उन पर ज़रा-सा भी ऐतबार करना गँवारा नहीं किया। काश! एक बार तो उसने उनसे कहा होता कि पापा मुझे रिचर्ड पसन्द है और मैं उससे शादी करना चाहती हूँ और यदि मुझसे कोई झिझक थी तो अपनी अम्मी से ही अपने मन की बात कह देती। हो सकता है कि हम थोड़ा-बहुत झल्लाते पर क्या उसकी खुशियों को रौंद डालने की हम कभी सपने में भी सोच सकते थे? कभी नहीं। पर इस तरह धोखा देना...

उन्हें अभी भी इस हादसे पर यक़ीन नहीं हो रहा था। उनके पैर आगे की ओर बढ़ते, फिर रुक जाते। अदालत का दरवाज़ा अब बिल्कुल क़रीब आ चुका था। उन्होंने सारे गिले-शिकवों को परे रख वहाँ से निकलने के पहले अन्तिम बार पीछे मुड़कर अपनी इकलौती बेटी की ओर देखा, जिसे उन्होंने बहुत नाज़ों से पाला था, लेकिन बाप की सरेआम हो चुकी इतनी बेइज़्ज़ती से बेपरवाह वह इस वक़्त भी अपने प्रेमी रिचर्ड के साथ बातचीत में बेखुदी की हद तक डूबी हुई थी। उसे इतना भी होश नहीं था कि उसके कारण उन्हें आज इस कदर रुसवा होना पड़ रहा है। अपनी बेटी के हाथों धोखा खाने के बावजूद उन्होंने दोनों हाथों से सजदा करते हुए उसके भावी जीवन के लिए अल्लाह पाक से दुआ की और बार-बार पोंछने के बाद भी बरबस नम हुईं जा रहीं अपनी आँखों को आस्तीन से पोंछते हुए वहाँ से निकल गये।

एक इंच मुस्कान

'अरे! कहाँ भागी जा रही हो?' दीपिका को तेज़-तेज़ क़दमों से जाते हुए देख पड़ोस में रहने वाली उसकी सहेली सलोनी उसे आवाज़ लगाते हुए बोली।

'मरने जा रही हूँ।' दीपिका ने बड़बड़ाते हुए जवाब दिया।'

'अरे, वाह! मरने और इतना सज-धज कर। चल अच्छा है, आज यमदूतों का भी दिन अच्छा गुजरेगा।', सलोनी चुटकी लेते हुए बोली।

'मैं परेशान हूँ और तुझे मजाक सूझ रहा है।' दीपिका सलोनी को घूरते हुए बोली, 'अभी मैं ऑफिस के लिए लेट हो रही हूँ, तुझसे शाम को निपटूँगी।'

'अरे हुस्नआरा! इस बेचारी को भी आज करोलबाग की ओर जाना है, यदि महारानी को कोई ऐतराज न हो तो यह नाचीज़ उनके साथ चलना चाहती है।' सलोनी ने दीन-हीन होने का अभिनय करते हुए मासूमियत से जवाब दिया।

'चल! बड़ी आई औपचारिकता निभाने वाली।' सलोनी की पीठ पर हल्का-सा धौल जमाते हुए दीपिका बोली' एक तू ही तो है जो मेरा दुःख-दर्द समझती है।'

बातों-बातों में दोनों पड़ोसन कम सहेलियाँ बस-स्टैंड पहुँच गयीं। कुछ ही देर में करोलबाग वाली बस आ गयी।

एक तो ऑफिस टाईम, ऊपर से सुरसा के मुँह की तरह बढ़ती हुई दिल्ली की आबादी। जिधर देखो भीड़-ही-भीड़। खैर! धक्का-मुक्की के बीच दोनों सहेलियाँ बस में सवार हो गयीं। संयोग अच्छा था कि दो सीटों वाली एक लेडीज बर्थ ख़ाली थी।

‘थैंक गॉड! कुछ तो अच्छा हुआ!’ कहते हुए दीपिका सलोनी का हाथ पकड़कर झट से उस ख़ाली बर्थ पर लपककर विराजमान हो गयी।

दीपिका, ‘कुछ तो अच्छा हुआ।’

सलोनी, ‘अरे! ऐसा क्यों बोल रही हो? चल अब साफ़-साफ़ बता क्या हुआ? और यह चाँद सा चेहरा आज सूजा हुआ क्यों है?’

दीपिका, ‘अरे! क्या बताऊँ? घर में किसी को मेरी तनिक भी परवाह नहीं है। मैं सिर्फ़ पैसा कमाने की मशीन और सबकी सेवा करने वाली नौकरानी हूँ।’

‘अरे! इतना गुस्सा! क्या हो गया?’ सलोनी उसे प्यार से अपने से चिपकाते हुए बोली।

‘आज सुबह मैं थोड़ी ज़्यादा देर तक क्या सो गयी, घर का पूरा माहौल ही बिगड़ गया। देर हो जाने के कारण भागम-भाग में ऑफिस जाने के लिए नहाने जाने के पहले मैं इनके लिए कपड़ा निकालना भूल गयी तो महाशय तौलिया लपेटे तब तक बैठे रहे, जब तक मैं बाथरूम से निकल नहीं आयी और इस भाग-दौड़ के बीच इतनी मुश्किल से जो नाश्ता बनाया उसे भी बिना किए यह कहते हुए ऑफिस चले गये कि आज शर्ट-पैंट निकला न होने के कारण तैयार होने में देरी हो गयी। इधर साहबज़ादे तरुण को आलू-गोभी की सब्ज़ी नाश्ते में दी तो मुँह फुलाकर बैठ गये कि रोज़-रोज़ एक ही तरह की सब्ज़ी खाते-खाते बोर हो गया हूँ, मशरूम क्यों नहीं बनाया? उधर बिटिया रानी की रोज़ यही शिकायत रहती है कि आप रोज़ एक ही तरह की बहन जी स्टाइल की चोटी करती हो। मेरी फ्रैंड्स की मम्मियाँ रोज़ नये-नये स्टाइल में उनकी हेयर डिज़ाइन करती हैं। बस सबको अपनी-अपनी पड़ी रहती है। कोई यह नहीं पूछता कि मैंने नाश्ता किया या नहीं? टिफिन में क्या ले जा रही हूँ? मेरी ड्रेस कैसी है? कहीं मुझे लेट तो नहीं हो रहा है? सबको बस अपनी-अपनी चिन्ता है।’ यह कहते-कहते उसकी आँखों में आँसू भर गये।

‘अरे! परेशान मत हो, मेरी ब्यूटी क्वीन! अव्वल तू खुद इतनी सुन्दर है कि कुछ भी पहन ले तो भी हीरोइन ही लगेगी और घर के जो सारे

लोग तुझसे फ़रमाइशें करते हैं, उसकी वजह उनका तुझसे लगाव है, वे तुझपर भरोसा करते हैं।' सलोनी उसे प्यार से समझाते हुए बोली।

'बस-बस रहने दो। मैं सब समझती हूँ। यह सब कहने की बात है। यहाँ मेरी जान भी जा रही होगी न तो किसी-न-किसी को ज़रूर मुझसे कोई काम पड़ा होगा।' दीपिका का उबाल कम होने का नाम नहीं ले रहा था।

इसी बीच अगले स्टॉप पर बस के रुकते ही उसके ऑफिस में डेली वेज पर काम करने वाली प्योन कान्ति किसी तरह जगह बनाते हुए भी उसमें दाख़िल हो गयी। लेडीज सीट की ओर पहुँचकर बस के हैंगिंग हुक को पकड़कर वह खड़ी हो गयी। अभी वह आँचल से अपना पसीना पोंछ रही थी कि दीपिका ने पूछा, 'अरे! कान्ति कैसी हो?'

दीपिका की आवाज़ सुनकर कान्ति चौंक कर उसकी ओर मुड़ते हुए बोली, 'अरे मैडम! आप भी इसी बस में, नमस्ते!' दीपिका को देखकर उसके चेहरे पर सदैव छाई रहने वाली मुस्कान कुछ और खिल आयी थी।

दीपिका, 'नमस्ते! तुम तो रोज़ नौ बजे दफ्तर पहुँच जाती हो, आज लेट कैसे?'

कान्ति, 'मैडम! दरअसल आज से बेटे की दसवीं की बोर्ड परीक्षा शुरु हुई है। वह जिद कर रहा था कि सबके मम्मी-पापा उन्हें छोड़ने एग्जाम सेंटर पर आयेंगे। आप भी मेरे साथ चलिये। वह इतने लाड़ से बोल रहा था कि मैं उसे मना नहीं कर पायी। उसे पहुँचाने चली गयी इसलिए थोड़ी देर हो गयी, सॉरी।'

दीपिका, 'अरे! कोई बात नहीं। मैं तो बस ऐसे ही पूछ रही थी, लेकिन एक बात बताओ, तुम्हारे पति भी तो बेटे के साथ जा सकते थें, न?' अभी कान्ति कोई जवाब दे पाती कि वह सलोनी की ओर मुड़ते हुए बोली, 'देखो, हर घर की यही कहानी है, औरत घर का भी काम करे और बाहर भी और पति एक भी काम एक्स्ट्रा नहीं कर सकते, क्योंकि वो मर्द हैं।'

'नहीं, मैडम! ऐसी बात नहीं है।' अभी कान्ति आगे कुछ और बोल पाती कि दीपिका ने कहा, 'अब पति की तरफ़दारी करना छोड़ो।

पति को हमेशा परमेश्वर, पूज्नीय और उनकी ज्यादतियों पर पर्दा डालने का ही यह नतीजा है कि उनकी मनमानी बढ़ती जा रही है।' वह बिफरने-सी लगी थी।

'नहीं। मैडम, मैं उन्हें बचा नहीं रही हूँ। दरअसल पिछले साल ऑटो चलाते समय उनका बुरी तरह एक्सीडेंट हो गया था, जिसमें उनका दाहिना हिस्सा बुरी तरह क्षतिग्रस्त हो गया। इसलिए बाहर के काम में उन्हें दिक़्क़त होती है। किन्तु, वे घरेलू कार्य में मेरा पूरा सहयोग करते हैं और मुझे अपने परिवार के लिए कुछ भी करना बहुत अच्छा लगता है।'

कान्ति की बात से विस्मित दीपिका एक़दम सन्नाटे में आ गयी। दिव्यांग और बेरोज़गार पति, छोटी-सी तनख़्वाह मे पूरे परिवार का गुज़ारा करने वाली कान्ति क्या उससे कम चुनौतियों का सामना कर रही है, लेकिन एक इंच की मुस्कान लिए घर और बाहर दोनों जगह का काम कितनी हँसी-ख़ुशी सँभाल रही है।

इधर कान्ति बोले जा रही थी, 'मैडम! बच्चे और पति जब अपनी इच्छा और परेशानी मेरे सामने रखते हैं, तो मुझे लगता है कि मैं इस घर की धुरी हूँ। उनका मुझसे कुछ अपेक्षा रखना मुझे मेरे होने का एहसास कराता रहता है।'

कान्ति की सहज बातों ने अनजाने में ही दीपिका के अन्दर धधक रही क्षोभ और गुस्से की अग्नि-ज्वालाओं को मीठी फुहार से बुझा दिया। सच में कान्ति ने कितनी आसानी से उसे समझा दिया था कि पति और बच्चों की फरमाइशें और उनका उस पर निर्भर होना उसे परेशान करना नहीं, बल्कि उनसे जुड़े रहने की निशानी है। एक क्षण के लिए उसने कल्पना कर यह देखा कि पति और बच्चे अपना-अपना काम करने में व्यस्त हैं। कोई अपनी डिमांड पूरी करने के लिए न तो उसकी चिरौरी कर रहा है और न ही कोई तुनककर मुँह फुलाये बैठा है। अभी कुछ क्षण पहले तक इन्हीं फरमाइशों से बुरी तरह खीझी हुई दीपिका का ने दिल इस कल्पना से ही घबरा उठा। वह स्वयं से दृढ़तापूर्वक बोली, 'लेट्स हैव ए न्यू बिगिनिंग।'

पश्चाताप की बूँदें गुस्से और खीझ से उपजे उसकी आँखों के सूखेपन को तर कर रही थीं। तभी उसके मोबाइल फ़ोन की रिंग टोन बजी। देखा, तो पति अश्विन की कॉल थी। उसके हैलो कहते ही वे बोले, 'दीपू! आज सुबह सोते समय तुम बिल्कुल इन्द्रलोक की परी लग रही थीं। तुम्हें नींद से जगाकर मैं यह मौका खोना नहीं चाहता था।'

अश्विन की बातें सुनकर इस भीड़ भरी बस मे भी उसके गाल शर्म से गुलाबी हो उठें। वह धीरे से बोली, 'बस-बस ठीक है। शाम को समय से घर आ जाना। आज मैं आपके पसन्द के केले के कोफ्ते और लच्छा पराठा बनाऊँगी और तरुण के लिए मशरुम। बाय!

अश्विन, 'बाय स्वीटहार्ट!' फ़ोन रखते ही उसने सोनल के साथ मिलकर दो सीट वाली बर्थ पर थोड़ी-सी जगह बनायी और कान्ति का हाथ पकड़ उसे सीट पर बैठाते हुए बोली, 'आओ! कान्ति बैठो, तुम भी खड़े-खड़े थक गयी होगी। हम साथ-साथ चलेंगे।' कान्ति पहले थोड़ा हिचकी, लेकिन दीपिका के आत्मीय निमन्त्रण से उसका संकोच भीगकर बह निकला।

कान्ति, 'थैंक्स दी। आपका परिवार बहुत लकी है।'

दीपिका, 'धन्यवाद, पर भला, वो क्यों?'

कान्ति, 'जब आप बाहरी लोगों का इतना ध्यान रखती हैं तो आपके घरवालों को तो किसी बात की चिन्ता करने की कोई ज़रूरत ही नहीं पड़ती होगी।'

कान्ति की हथेली को धीमे से दबाकर उसे मौन धन्यवाद देते हुए वह खुद से बोली, 'थैंक्स,कांति। मेरे संसार में मुझे अपने वजूद का एहसास कराने के लिए।' दीपिका के चेहरे पर भी अब कान्ति की तरह एक इंच की सच्ची वाली मुस्कान खिल आयी थी। उसे मुस्कुराते देख सलोनी बोली, 'अब लग रही हो न सच्ची ब्यूटी क्वीन।' दुनिया से बेखबर बस की इस लेडीज बर्थ पर एक साथ तीन मुस्कान खिल आयीं। इधर अच्छी और चिकनी सड़क पाकर बस की रफ़्तार भी तेज़ हो गयी थी।

अन्तिम इच्छा

एक सामान्य व्यक्ति की तरह परिमल की दिनचर्या भी सुबह के अख़बार से ही शुरू होती है। ज़िन्दगी में अख़बार की अहम भूमिका होने के कारण हॉकर से भी हमारे रिश्ते स्वयंमेव नज़दीकी बन ही जाते हैं। परिमल का अपने हॉकर मंगल से भी सम्बन्ध कुछ ऐसा ही गहरा है, लेकिन इसकी एक वज़ह और भी है। दरअसल छुट्टी वाले दिन रविवार को अख़बार बाँटने के बाद मंगल उसके पास कुछ देर के लिए आता है और अपने सुख-दुःख उसके साथ साझा करता है। परिचय की प्रगाढ़ता और वार्तालाप की निरन्तरता ने सम्बन्धों में उनके परस्पर जुड़ाव के रंग को क्रमशः गाढ़ा और चटख बना दिया है।

मंगल ड्यूटी का बहुत पाबन्द है। चाहे दाँत किटकिटाती हुई ठण्ड हो या भीषण गर्मी या फिर मूसलाधार बारिश ही क्यों ना हो रही हो, लेकिन अख़बार बाँटने का उसका काम कभी भी नहीं रुकता। परिमल के जागने के बहुत पहले वह अपनी ड्यूटी शुरू कर चुका होता है। एक दिन परिमल ने उससे पूछा, 'मंगल, तुम साढ़े पाँच-पौने छः बजे तक अख़बार दे देते हो तो ड्यूटी के लिए घर से किस समय निकल जाते हो?'

मंगल, 'साहब, चार बजे सुबह बिस्तर छोड़ देता हूँ और साढ़े चार बजे तक न्यूज़पेपर सेन्टर पर पहुँचकर अख़बार लेकर पाँच बजे उसे बाँटने निकल जाता हूँ।'

परिमल आश्चर्य से बोला, 'अरे! इतनी सुबह! और वीकली ऑफ, मेरा मतलब सप्ताह में तुम्हारी छुट्टी कब होती है?'

मंगल हँसते हुए बोला, 'जब प्रेस बन्द होता है, तो छुट्टी, नहीं तो रोज़ ड्यूटी।'

मंगल रोज़ सुबह परिमल के घर के मुख्य दरवाज़े की ग्रिल में अख़बार फँसाकर कॉलबैल की एक छोटी-सी घण्टी बजा देता है। सुबह की इस छोटी-सी कॉलबैल से परिमल समझ जाता है कि दिन की शुरुआत हो गयी है। सच पूछिए तो अक्सर उसकी नींद मंगल की घण्टी से ही खुलती है। लेकिन कल मंगल पेपर देने नहीं आया। परिमल की याददाश्त में ऐसा पहली बार हुआ था। वह बार-बार मुख्य दरवाज़े की तरफ़ जाता और ग्रिल में पेपर न देखकर वापस लौट आताद्य उसने गेट के बाहर भी झाँककर देखा कि कहीं ऐसा तो नहीं कि अख़बार बाहर गिर गया हो लेकिन वहाँ भी उसे मायूसी ही मिली।जब काफ़ी समय गुजर गया तो उसने अपनी पत्नी से पूछा, 'रश्मि, क्या कल प्रेस बन्द था?'

रश्मि, 'नहीं, ऐसी तो कोई बात नहीं, लेकिन, आप ऐसा क्यों पूछ रहे हैं?'

'आज मंगल ने पेपर नहीं दिया है।' परिमल की आवाज़ में आश्चर्य एवं चिन्ता घुली हुई थी।

रश्मि, 'हो सकता है, उसकी तबीयत ख़राब हो। आप उसे फ़ोन कर पूछ क्यों नहीं लेते?'

पत्नी की सलाह से उसे अपने ऊपर हल्की-सी खीझ आ गयी कि अरे! यह साधारण-सा आइडिया उसे अब तक क्यों नहीं सूझा?

परिमल ने मंगल को फ़ोन लगाया, लेकिन कई बार लगाने के बाद भी उसका फ़ोन नहीं उठा। इससे उसकी बेचैनी और बढ़ गयी। मन में बार-बार बुरे ख़याल आने लगे। एक पल के लिए उसे लगता कि कहीं उसके साथ कोई अनहोनी तो नहीं हो गयी, फिर अगले ही पल वह खुद ही अपने आप से कहने लगता, 'नहीं! नहीं! ऐसा नहीं हो सकता। ऐसी अशुभ बातें किसी के बारे में सोचना भी नहीं चाहिए।'

मन रहस्य को जानने के लिए सदा आतुर रहता है, लेकिन उत्तर नहीं मिलने पर वह उत्तरोत्तर अशान्त और अधीर होता जाता है और अशान्त-अधीर मन नकारात्मकता के विस्तार के फलक को निरन्तर बढ़ाता ही रहता है ।

अगले दिन यह जानने के लिए कि कल मंगल के साथ सब ठीक तो रहा न, उसके आने के नियत समय के थोड़ा पहले परिमल दरवाज़े से बाहर निकल कर सड़क पर खड़ा हो गया। यह शायद उसके अवचेतन में स्थापित हो रही नकारात्मकता और मंगल के साथ प्रगाढ़ हो चुके सहज सम्बन्ध से जनित चिन्ता के मध्य उपजे द्वन्द्व का परिणाम था कि एक हॉकर के लिए उसकी व्यग्रता उसे दरवाज़े पर खींच लायी थी। ज्यों ही साईकिल पर अख़बार लेकर मंगल आता हुआ दिखायी दिया, वह अतिरिक्त सजग हो गया। अभी वह उसके नज़दीक पहुँचकर उसे अख़बार पकड़ाने ही वाला था कि उसे अपने को रोक पाना सम्भव नहीं हुआ। वह बोला, 'मंगल, कल तुम अख़बार देने क्यों नहीं आये थे?'

मंगल, 'साहब, माफ कीजिएगा। कल एक बहुत ज़रूरी काम था, इसलिए नहीं आ पाया।'

परिमल, 'अरे! माफी की कोई बात नहीं है। मैं तो बस यूँ ही पूछ रहा था कि तुम क्यों नहीं आये? मुझे चिन्ता हो रही थी।'

लेकिन उसने गौर किया कि उसकी आवाज़ पहले की तरह खनकदार न होकर कुछ बुझी-बुझी-सी है।

साइकिल को स्टैंड पर खड़ा करते हुए वह बोला, 'साहब, घर में मिट्टी (मौत) हो गयी थी।'

टेलीपैथी ने नकारात्मकता का आज सच्चा बोध उसे करा दिया था। उसकी आशंका निर्मूल नहीं थी। वह समझ गया कि यही वह विषम परिस्थिति है जिसके कारण कल वह पेपर देने नहीं आया था।

'सॉरी! मुझे नहीं पता था।' सहज सहानुभूति के स्वर परिमल के मुँह से निकल पड़े।

वह चुपचाप खड़ा शून्य की ओर ताकता रहा।

अनुत्तरित प्रश्न ने एक नये प्रश्न को जन्म दे दिया, 'किसकी मिट्टी हो गयी थी?'

वह एक-दो मिनट तक चुप रहा फिर रोने लगा। उसे रोता देखकर परिमल समझ गया कि इस दुनिया को छोड़कर जाने वाला ज़रूर उसका कोई नज़दीकी रहा होगा, तभी उसकी आत्मा अभी तक क्रन्दन कर रही है।

'मंगल, अरे! तुम रो क्यों रहे हो? जो इस दुनिया में आता है, उसे एक न एक दिन जाना ही पड़ता है। वैसे वह कोई नज़दीकी था, क्या?' प्रश्न मिश्रित सहज सांत्वना देते हुए परिमल ने उसे चुप कराना चाहा।

मंगल, 'साहब! मेरी बड़ी वाली बिटिया कंचन नहीं रही।'

'बड़ी बिटिया नहीं रही! क्या, बोल रहे हो?' वह बुरी तरह चौंकते हुए बोला।

मंगल, 'जी, साहब। क्या बतायें?' उसकी हथेलियाँ प्रश्नवाचक मुद्रा में घूम गयीं, जिसमें से सब कुछ रीत चुका था।

'अरे! वही न जो इस बार दसवीं की परीक्षा में 87 प्रतिशत नम्बर लायी थी। वह तो अभी पन्द्रह-सोलह बरस की रही होगी। इतनी कम उम्र में उसे ऐसा क्या हो गया?' कई प्रश्न उसने एक साथ दाग दिये।

'साहब! पता नहीं क्या हो गया? वह एक़दम भली चंगी थी। चार दिन पहले रात में उसके पेट में तेज़ दर्द हुआ। मैं पास के हॉस्पिटल में ले गया। डॉक्टर ने कहा 'इस की आँतों में से ख़ून रिस रहा है। तुम तुरन्त इसे मेडिकल कॉलेज ले जाओ।' मैं रात में ही उसे वहाँ ले गया। अगले दिन उसका ऑपरेशन भी हो गया और वह धीरे-धीरे ठीक भी होने लगी, लेकिन परसों दोपहर में अचानक वह हम सबको छोड़कर चली गयी।'

'अरे! इतना सब कुछ हो गया, लेकिन तुमने मुझे बताया क्यों नहीं?' तनिक आहत होते हुए परिमल उससे बोला।

मंगल, 'साहब! ऑपरेशन अच्छे से हो गया था तो मैंने सोचा आपको क्यों परेशान करूँ?'

परिमल, 'लेकिन, जब ऑपरेशन अच्छे से हो गया था तो यह सब कैसे हो गया?'

'पता नहीं, साहब! शायद इतने दिनों के लिए ही भगवान ने यह सुख मुझे दिया था, लेकिन मुझे एक तसल्ली है कि मैंने उसकी अन्तिम इच्छा पूरी कर दी।' यह कहते हुए उसकी आँखें फिर से नम हो आयीं।

'अन्तिम इच्छा! कैसी अन्तिम इच्छा! भला इतनी छोटी-सी बच्ची की इच्छा क्या कभी अन्तिम होती है? उसे अन्तिम का क्या पता? अभी तो उसमें जीवन जीने की इच्छा शुरू हुई होगी और तुम उसकी अन्तिम

इच्छा की बात कह रहे हो। इतनी छोटी-सी बच्ची की अन्तिम इच्छा की बात मुझे बिल्कुल भी समझ में नहीं आ रही है।' परिमल एक साँस में बोलता चला गया ।

मंगल, 'साहब! परसों सुबह जब मैं हस्पताल से अख़बार बाँटने निकल रहा था तो कँचन ने मुझसे कहा 'पापा आते समय सेब लेते आइएगा। मुझे सेब खाने का बहुत मन हो रहा है।' साहब! उसे बचपन से फलों में सबसे ज़्यादा सेब पसन्द था। महँगा होने के कारण मैं अक्सर सेब नहीं ख़रीद पाता हूँ, लेकिन महीने के शुरुआती दिनों में पैसा मिलने पर ख़ासकर उसके लिए ज़रूर सेब ख़रीदकर ले जाता था। उन लाल-लाल सेबों को देखकर वह खुशी से झूम उठती थी। मैं उस दिन काम समाप्त कर हस्पताल जाते समय उसके लिए दो सेब ले गया। सेब देखकर वह छोटे बच्चे की तरह ख़ूब ख़ुश हो गयी। उसकी माँ ने सेब काटने के लिए ज्यों ही छुरी उठायी तो वह बोली, 'माँ, इसे मत काटो। तुम्हें पता है न कि मुझे सेब कितना पसन्द है और इतना महँगा सेब पापा मेरे लिए इतने प्यार से लाये हैं। मैं इसे पूरा ही खाऊँगी, मुझे समूचा ही दे दो।'

उसकी माँ ने उसका दिल रखने के लिए उसे वह सेब पूरा साबुत दे दिया। सेब का पहला टुकड़ा खाते हुए मेरी ओर मुस्कुरा कर देखते हुए वह बोली, 'पापा, आप मेरा कितना ध्यान रखते हैं। मैं जानती हूँ कि इस समय सीजन न होने के कारण सेब बहुत महँगा है, फिर भी आप मेरे लिए सेब ले आये।' मैं उसका सिर सहलाते हुए बोला, 'बेटा, कोई भी चीज़ तुमसे महँगी नहीं हो सकती। मैं तुम्हारे लिए थोड़ी ज़्यादा मेहनत कर रोज़ सेब लाया करूँगा। बस, तुम जल्द अच्छी हो जाओ।'

मंगल हस्पताल के उन पलों की चित्ररेखा मेरे सामने खींचे जा रहा था, जिसमें पिता-पुत्री का सहज आत्मीय प्रेम झलक रहा था। कदाचित मंगल के अन्दर भावना का ज्वार अब अपने चरम पर पहुँच चुका था। इसलिए एक क्षण के लिए वह रुका और फिर गला साफ़ करते हुए बोला, 'साहब! उसकी तबियत अभी पूरी तरह ठीक हुई नहीं थी, इसलिए दो-चार टुकड़े खाते-खाते वह थक गयी और बचा हुआ सेब उसने अपने सिरहाने रख लिया।' आधा खाया सेब को सिरहाने रखते देखकर उसकी

माँ ने उससे कहा, 'बिटिया, कटा हुआ सेब रखे रहने से ख़राब हो जाता है, लाओ इसे हटा देती हूँ।' इस पर वह अपनी माँ से बोली, 'माँ, पापा इतनी मेहनत से पैसा कमाकर मेरी खुशी के लिए इतना महँगा सेब लाये हैं। मैं इसे नहीं फेंक सकती। थोड़ी देर बाद इसे खा लूँगी।'

इतना कहकर वह मुझसे बोली, 'पापा, मुझे नींद आ रही है।' मैंने उसकी माँ के साथ मिलकर उसे धीरे से बिस्तर पर लिटा दिया।

साहब जैसे उसकी आत्मा सेब में ही बसी हुई थी। बिस्तर पर लेटकर उसने मुझे प्यार से देखा और फिर उसकी पलकें धीरे-धीरे बन्द हो गयीं। हम दोनों पति-पत्नी यही समझते रहे कि कमज़ोरी के कारण वह थक कर सो गयी है, लेकिन जब काफ़ी देर हो गयी और वह नहीं उठी तो हमें चिन्ता हुई। हमने उसे हिलाकर उठाने की कोशिश की, लेकिन वह तब भी नहीं उठी। तब मैं भागकर नर्स को बुलाकर लाया। उसने बिटिया की कलाई पकड़कर नब्ज टटोलने की कोशिश की, लेकिन शायद उसे नब्ज नहीं मिली। वह दौड़कर डॉक्टर को बुलाकर ले आयी। डॉक्टर साहब ने उसके दिल के पास आला लगाकर धड़कन सुनने की कोशिश की, लेकिन तब तक शायद सब कुछ ख़त्म हो चुका था। डॉक्टर साहब मेरे कन्धे पर हाथ रखते हुए बोले, 'सॉरी, पता नहीं कैसे यह हुआ? लेकिन हम आपकी बेटी को नहीं बचा पाये।'

'साहब, गाँव से जुड़े होने के कारण मैं उसका अन्तिम क्रियाकर्म करने के लिए उसके पार्थिव शरीर को गाँव ले गया था। कल दोपहर में उसके निर्जीव शरीर को जलती हुई चिता के हवाले कर वापस लौट आया, क्योंकि ड्यूटी भी करनी थी और...।' मंगल अचानक से चुप हो गया।

परिमल ने दुःख व कौतूहल भरे स्वर में उससे पूछा, 'और! और, क्या?'

मंगल, 'साहब, चिता पर लेटी हुई बिटिया का हाथ खुला हुआ था। तभी मेरे कान में उसकी आवाज़ धीरे से गूँजी, 'पापा, वो बचा हुआ सेब मुझे दे दो। आप वो सेब मेरे लिए लाये थे, न।' साहब! मैं सच बोल रहा हूँ, और किसी ने सुना हो या न सुना हो, लेकिन मुझे उसकी आवाज़ साफ़-साफ़ सुनायी दे रही थी।'

परिमल बुत की तरह खड़ा होकर उसकी बातें सुन रहा था।

मंगल, 'साहब, मैं भागकर उस ओर गया, जहाँ चिता पर उसके शरीर को रखने के पहले उस चादर को जिसमें उसे लपेटकर हम हस्पताल से यहाँ लाये थे, मैंने श्मशान घाट के एक कोने में छोड़ दिया था। उसका आधा खाया हुआ सेब उसी चादर में लिपटा हुआ पड़ा था। मैंनें चुपचाप वह सेब लाकर उसकी खुली हुई हथेलियों पर रख दिया। साहब, उसका आधा खाया हुआ सेब उसके हाथों में रखते समय मुझे लगा कि उसकी अन्तिम इच्छा पूरी करने में मैं सफल हो गया हूँ।'

मंगल यह सब बताये चला जा रहा था और इन बातों के बीच परिमल पता नहीं कब मंगल की बिटिया के अन्तिम पड़ाव स्थल पर पहुँच कर वहाँ के एक एकांकी कोने में निर्वाक खड़ा उस मासूम को अपने हाथों में मज़बूती से सेब थामे बादलों के बीच से स्वर्ग की ओर जाते हुए देख रहा था, जो अपने प्यारे पापा को अपनी अन्तिम इच्छा पूरी करने की खुशी में हाथ हिलाकर मुस्कुराते हुए उन्हें अन्तिम विदाई दे रही थी।

इल्तिज़ा

(बेटी के पीरियड पर बात करने तक से कतराने वाले मुद्दे पर पिता की आश्चर्यचकित सोच को बयाँ करती एक लघुकथा।)

ऐश्वर्या को पूजा के कमरे के बाहर से ही सिर नवा कर वापस अपने कमरे में जाते देख अर्चित को बड़ा आश्चर्य हुआ, क्योंकि बारह साल की होने आयी उसकी बिटिया ऐश्वर्या बचपन से नियमित रूप से पूजा-पाठ करती आ रही थी और इधर लॉकडाउन में जब से उसने अपनी मम्मी से स्वास्तिक वाला वैदिक मन्त्र सीखा था, तब से तो वह रोज़ पूरे उत्साह से घर के मन्दिर में सस्वर इस मन्त्र का पाठ करती थी, जिससे पूरा घर गूँज उठता था।

लॉकडाउन के दौरान अर्चित का भी वर्क फ्रॉम होम चल रहा था, इसलिए उसे भी अपनी बेटी के साथ समय बिताने का भरपूर मौका मिल रहा था और उसे ऐश्वर्या का स्वास्तिक वाला मन्त्रोच्चार इतना अच्छा लगता था कि उसे इसका बेसब्री से इन्तज़ार रहता था, लेकिन आज पूजा वाले कमरे तक जाकर भी ऐश्वर्या का न तो पूजा करना और न ही अपने प्रिय मन्त्र का पाठ करना, उसे कुछ अटपटा सा लगा।

मन्दिर के दरवाज़े से लौटकर जब ऐश्वर्या अपने कमरे में जाने लगी तो उससे रहा नहीं गया, 'क्या बात है, बेटा! वो तुम्हारा वैदिक स्वास्तिक मन्त्र आज सुनने को नहीं मिला?'

'हाँ, पापा। बस ऐसे ही, आज मन नहीं था।'

उसने गौर किया कि ऐश्वर्या बोल भले ही कुछ और रही थी, लेकिन उसके शब्द उस किशोर होती बच्ची की आत्मा से मेल नहीं खा रहे थे।

अर्चित को संक्षिप्त सा उत्तर देकर वह सकुचाकर झेंपती हुई अपने कमरे में चली गयी, लेकिन उसका आज का व्यवहार अर्चित को कुछ अजीब-सा लगा, क्योंकि दोनों के बीच बाप-बेटी का कम और दोस्ती का रिश्ता ज़्यादा होने के कारण वह उससे काफ़ी खुली हुई थी। वह अपनी हर बात मम्मी के साथ-साथ उससे भी बराबर से शेयर करती थी और वह यह भी अच्छी तरह जानता था कि अभी-अभी सीखे गये स्वास्तिक मन्त्र उसे बहुत प्रिय हैं, पर उसके पूछने पर जिस तरह से वो आज असहज हो सकुचा गयी, वह उसके मस्त और चुलबुले स्वभाव से बिल्कुल अलग था।

ऐश्वर्या के इस अलग से रिएक्शन ने उसे अन्दर तक परेशान कर दिया। वह काफ़ी देर तक कमरे में इधर से उधर टहलते हुए उसके अप्रत्याशित व्यवहार के पीछे की वजह तलाशता रहा। फिर, उसने सुबह से ऐश्वर्या की दिनचर्या को एक-एक कर याद करना शुरू किया। समय से उसका उठना, मॉर्निंग की रूटीन एक्टिविटी, दूध बिस्कुट खाना, पौधों में पानी डालना, यहाँ तक तो सब सामान्य था, बस पूजा के कमरे में प्रवेश न करना और अपना प्रिय वैदिक मन्त्रों का पाठ न करना और फिर उसके पूछने पर उसका बुरी तरह झेंप जाना और सच पूछो तो घुमा-फिराकर उसका जवाब देना, बस यहीं से उसे चीज़ें नॉर्मल से अलग जाती हुई दिखायी दीं। फिर दिमाग़ पर थोड़ा ज़ोर डालते ही उसे इसका कारण काफ़ी हद तक समझ में आ गया।

वह फौरन अपनी पत्नी सुरेखा के पास गया, 'सुनो, मुझे तुमसे एक ज़रूरी मसले पर बात करनी है।'

'हाँ, बताइये। क्या बात है?'

'ऐश्वर्या के पीरियड चल रहें हैं, क्या?'

'हाँ, पर..., कोई बात है क्या?' यद्यपि दोनों पति-पत्नी आधुनिक और प्रगतिशील विचारों वाले थे और उनके बीच हर मुद्दे पर खुलकर बातचीत होती थी, लेकिन फिर भी बेटी के पीरियड के मुद्दे पर पिता के मुँह से अचानक से ऐसी बात सुनकर सुरेखा थोड़ी असहज हो उठी कि कहीं कोई ऑकवर्ड बात तो नहीं हो गयी।

'हाँ, वो मैनें देखा कि आज वह रोज़ की तरह न तो मन्दिर में गयी और न ही अपने प्रिय स्वास्तिक मन्त्रों का पाठ किया, बस बाहर से ही भगवान जी को प्रणाम कर वापस आने लगी, तो मुझे कुछ अटपटा सा लगा और मैंने जब उससे पूछा तो वह झेंपकर 'बस ऐसे ही' कहकर अन्दर चली गयी।' सुरेखा दम साधे अर्चित की बात सुनते रही।

'फिर मैनें आज सुबह से उसकी डेली रूटीन को याद करना शुरू किया तो बस पूजा वाली चीज़ को छोड़कर बाकी सब चीज़ें मुझे सामान्य दिखायी दीं। मुझे लगा कि हो न हो वह ज़रूर पीरियड की वजह से ही पूजा करने से कतरा रही हो। इसलिए तुमसे पूछा।'

'हाँ, वो इस समय पूजा करना...।' सुरेखा के स्वर में अभी भी झिझक साफ़ दिख रही थी।

'मैं जानता हूँ, पर मेरी एक इल्तिजा है।'

'हाँ, बताओ।'

'जब हम यह मानते हैं कि स्त्री-पुरुष सभी को ईश्वर ने ही बनाया है और इस प्रकृति को चलाने के लिए स्त्री को तो उसने विशेष तौर पर तैयार किया है, तो उसकी इच्छा, उसके नियम का विरोध करने वाले हम कौन होते हैं? चलो, इस रूढ़ि को हम आज से ही तोड़ दें।'

अपने पति की बात सुनकर खुशी से अवाक् सुरेखा के चेहरे पर फौरन नारी सम्मान के इन्द्रधनुषी भाव उभर आये, जिसे पढ़ने में अर्चित को थोड़ी-सी भी देर नहीं लगी। उसे सुरेखा का साथ मिलता हुआ एहसास हुआ।

'सुरेखा! यदि आज हम अपनी बेटी में आत्म-सम्मान का बीज रोप दें तो सोचो अगली पीढ़ी तक यह कितना बड़ा वट वृक्ष बन जायेगा।'

'आप बिल्कुल सही बोल रहें हैं। मैं भी काफ़ी दिन से यही सोच रही थी, पर पीढ़ियों से चलती आ रही इस दकियानूसी सोच को परे हटाने की हिम्मत नहीं जुटा पा रही थी। मुझे भी इस असहज स्थिति से कई बार गुजरना पड़ा है।'

'तो चलो, क्यों न हम आज से ही एक नयी शुरुआत करें? हम इसी क्षण से अपनी नन्ही-सी बिटिया को इस बेकार और फालतू की बेड़ी से आज़ाद कर उसे आत्म-सम्मान से जीने का मौका दें।'

बेटी के पीरियड जैसी बोल्ड टॉपिक पर अर्चित की इतनी प्रगतिशील सोच से निहाल सुरेखा को उसकी पत्नी होने के नाते स्वयं पर गर्व हो रहा था, 'थैंक्स, आप सच में सबसे अलग हैं। रुकिये, मैं अभी आयी।' यह कहकर वह तेज़ी से ऐश्वर्या के कमरे में चली गयी।

थोड़ी देर बाद ऐश्वर्या चहकती हुई अर्चित के पास आकर बोली, 'पापा! आपको मेरा स्वास्तिक वाला मन्त्र पाठ सुनना अच्छा लगता है, न।'

'अच्छा नहीं। बहुत, बहुत, बहुत अच्छा।' उसने बच्चों की तरह ठुमकते हुए जवाब दिया।

'तो सुनाऊँ।' पापा का जवाब सुनते ही उसकी ख़ुशी कई गुना बढ़ गयी।

'हाँ, नेकी और पूछ-पूछ।'

बाप-बेटी की खिलखिलाहट को सुनकर सुरेखा भी वहाँ आ गयी। सुरेखा को ख़ुशी से अभिभूत देख अर्चित की ख़ुशी दोगुनी हो उठी। बिना कुछ बोले पलकें झुकाकर सुरेखा का शुक्रिया अदा करते हुए उसने इस छोटी, पर चमकीली-सी ख़ुशी में उसे शामिल कर लिया और इधर ऐश्व्रर्या के स्वास्तिक मन्त्रों का सुरीला पाठ पूरे घर में गूँजने लगा था।

पीढ़ियों को बदलने की ताक़त रखने वाले भविष्य के नये सूरज का आग़ाज़ हो चुका था।

शुक्राना

बहुत देरी से हर्षिल हवाई जहाज़ में अपने बगल की सीट पर बैठे यात्री को देख रहा था कि वह बार-बार एयर होस्टेस को बुला रहा है।

'मुझे पानी चाहिए।' बगल के यात्री ने थोड़े से अन्तराल में ही पाँचवीं बार पानी माँगा तो हर्षिल ने इस बार उसे आश्चर्य से घूरकर देखा, लेकिन वह अपने मकसद में ऐसे रमा हुआ था कि उसे हर्षिल का घूरना पता ही नहीं चला।

'जी।' सुन्दर और नयी उम्र की एयर होस्टेस ने उसे यूज एंड थ्रो पेपर ग्लास पकड़ाया तो उसने जान बूझकर उसकी उँगलियों को छूने की कोशिश की, जो हर्षिल से छिपी न रह सकी।

'ओह! तो इसे इसलिए बार-बार प्यास लग रही है।' हर्षिल के होंठ गुस्से से बुदबुदा उठे।

अगली बार तो हद ही हो गयी जब उस बतदमीज यात्री ने फिर से पानी माँगा और उसके पास आते ही उसने अपना पेन ठीक उसके पैर के पास गिरा दिया और उसे उठाने के बहाने उसके कपड़ों में झाँकने की कोशिश करने लगा। वह एयर होस्टेस तुरन्त सिटपिटा कर पीछे-पीछे हट गयी।

वह एयर होस्टेस अभी बिल्कुल नयी उम्र की लग रही थी और शायद उसकी जॉब भी अभी-अभी लगी हुई मालूम पड़ रही थी। वह उस यात्री की बेजा हरकत को बख़ूबी समझ रही थी और अपनी तरफ़ से पूरी एहतियात भी बरत रही थी, लेकिन कम उम्र और शायद नयी जॉब की वजह से वह खुल कर प्रतिरोध नहीं कर पा रही थी।

आस-पास के सहयात्री भी उस दुष्ट यात्री की हरकत को देख समझ रहे थे, लेकिन 'कौन बेकार की मुसीबत मोल ले' का भाव लिए वे मूक दर्शक बने बैठे थे।

किन्तु, इस नीच सहयात्री पर हर्षिल को बहुत ज़ोरों का गुस्सा आ रहा था। थोड़े अन्तराल के बाद इस बार उसने जैसे ही एयर होस्टेस को बुलाने के लिए सीट के ऊपर बना हुआ हैल्प बटन दबाने के लिए हाथ उठाया, तो हर्षिल से रहा नहीं गया। वह उन्हें रोकता हुआ वह बोला, 'सर, कुछ चाहिए क्या?'

अचानक रोके जाने से हतप्रभ वह हड़बड़ाया, 'प्यास लग रही है।'

हर्षिल, 'आप रुकिए, मैं अभी आपके लिए पानी लाता हूँ।'

'अरे नहीं, नहीं। वो एयर होस्टेस ले आयेगी।' उसने उसे समझाना चाहा पर उसे अनसुना कर हर्षिल उठा और एयर होस्टेस को पैसे देकर पानी की बोतल ख़रीद कर उस सहयात्री को थमा दी।

बिना कुछ बोले उस एयर होस्टेस की नम आँखें शुक्राने में बहुत कुछ बोल उठीं।

शुक्रिया लॉकडाउन

'शुक्रिया, लॉकडाउन।' डाइनिंग टेबल पर प्लेट लगाते हुए स्वप्निल की बुदबुदाहट सुनकर रचना चौंक उठी।

'स्वप्निल बेटा, अचानक से तुम लॉकडाउन को शुक्रिया क्यों बोल रहे हो?'

प्लेट में लगे साबुन के दाग को दिखाते हुए स्वप्निल बोला 'मम्मी! आपको याद है कि पिछले दिनों खाना खाते समय प्लेट में रह गये साबुन के दाग़ को देखकर मैं फूलवती आंटी पर कितनी बुरी तरह बरस पड़ा था और उन्होंने 'उफ़्फ़' तक नहीं की थी।'

'हाँ, याद है। बर्तन धुलने के दौरान फूलवती से प्लेट पर साबुन छूट जाने पर तुम उस़ पर फट पड़े थे और गुस्से में बिना खाना खाये ही डाइनिंग टेबल से उठ गये थे।'

'हाँ, जबकि आपने मुझे उनसे ऊँची आवाज़ में बात करने के लिए उसी समय टोका भी था और यह भी बताया था कि उनकी तबीयत उस दिन ठीक नहीं थी फिर भी मैनें उनको पता नहीं कितनी जली-कटी सुना दी थी।'

'और, तुम्हारे खाना न खाने के अपराधबोध से ग्रस्त वो तुम्हें कितनी देर तक मनाती रहीं थीं।'

'जी।' कुछ क्षण ख़ामोश रहने के बाद स्वप्निल की आवाज़ फिर से गूँजी, पर इस बार उसमें पश्चाताप के साथ-साथ एक अलग से निश्चय की लौ भी दिख रही थी, 'मम्मी, एक मिनट फूलवती आंटी को कॉल लगा दीजिए।'

‘क्यों, क्या हो गया? आज तो फूलवती ने नहीं तुमने बर्तन धोये हैं, फिर फूलवती को...।’

‘मम्मी, इसलिए तो मैं लॉकडाउन का शुक्रिया अदा कर रहा था कि अब जाकर मुझे एहसास हो रहा है कि फूलवती आंटी से कभी-कभी बर्तनों पर साबुन के दाग कैसे छूट जाते होंगे।’ स्वप्निल के शब्दों में कोई बनावट नहीं थी।

बेटे के हृदय परिवर्तन से अभिभूत रचना ने फौरन फूलवती को कॉल मिलाकर मोबाइल स्वप्निल को दे दिया।

‘सॉरी आंटी, उस दिन प्लेट में साबुन के दाग रह जाने के कारण मैनें आपको बुरा-भला कह दिया था।’

फ़ोन का स्पीकर शायद ऑन रह गया था। उधर से फूलवती की भीगी हुई आवाज़ आ रही थी, ‘अच्छा, एक तो तुझे इतने दिन से नहीं देखा और अब तू सॉरी बोल कर मुझे और मत रुला।

फूलवती की दुलार भरी बात सुनकर ख़ुशी से बावरे हुए स्वप्निल के दाँतों की उजास साफ़-साफ़ दिखायी देने लगी थी।

साँसों का वायदा

(अपोलो हॉस्पिटल का डीलक्स कमरा नम्बर 11)

(दिल्ली के वरिष्ठ आईएएस अधिकारी आलोक कुमार, पिछले दो सप्ताह से हाईवे पर हुई भयंकर सड़क दुर्घटना के बाद कोमा में पड़े यहीं जीवन और मौत की लड़ाई लड़ रहे हैं।)

मरीज़ के शरीर में हरकत होते देख स्टाफ नर्स खुशी से दौड़कर डॉक्टर को बुला कर लाती है, 'सर! जल्दी चलिये, पेशेंट को होश आ रहा है।'

डॉक्टर, 'बधाई हो, आलोक साहब। सच कहिए तो आपका पुनर्जन्म हुआ है, हम वाकई बहुत चिन्तित थे।'

आलोक, 'आपका बहुत-बहुत शुक्रिया डॉक्टर।'

'किन्तु, इस शुक्रिया का असली हकदार मैं नहीं बल्कि सिस्टर मनीषा हैं।' बैड के दूसरी ओर खड़ी स्टाफ नर्स मनीषा की तरफ़ डॉक्टर ने संकेत किया, 'इन्होंने पिछले दो सप्ताह में आपकी सेवा में रात-दिन एक कर दिया। आपकी साँस लगभग चली ही गयी थी, इन्होंने अकेले दम पर सीपीआर देकर आपकी साँस को वापस लौटाया।'

मनीषा... यह नाम सुनते ही आलोक ने चौंककर उधर देखा, 'अरे! यह तो मनु है।'

डॉक्टर ज़रूरी हिदायत देकर चले गये। कमरे में अब सिर्फ़ मरीज आलोक और सिस्टर मनीषा रह गये।

'धन्यवाद।' बहुत मुश्किल से निकल पाया कृतज्ञता का इकलौता लफ़्ज़ भी शर्म से झुक कर दबा-दबा सा रह गया।

‘जी, इसकी कोई ज़रूरत नहीं। यह मेरी ड्यूटी है।’

‘मनु, मैं बहुत शर्मिन्दा हूँ। अपना वायदा पूरा नहीं कर पाया। तुमने मुझे क्यों ज़िन्दा किया, मर जाने देती। कम से कम वायदा तो पूरा हो जाता।’

‘सर, क्या आपको कोई वायदा आज भी याद है?’

‘हाँ, क्यों नहीं, मुझे याद है कि मैंने तुमसे वायदा किया था कि यदि मुझे तुम से कभी जुदा होना पड़ा तो मेरी आख़िरी साँस तुम्हारी बाँहों में निकलेगी।’

‘आलोक, मैंने तुम्हें उस वायदे से उसी समय मुक्त कर दिया था, जब सेलैक्शन के बाद तुम जाति और समाज की मजबूरियाँ गिनाकर हमेशा के लिए चले गये थे। ओह! सॉरी सर, बातों-बातों में भूल गयी कि आपको इंजेक्शन लगाने का समय हो गया है।’

आलोक को अपनी साँस इस बार सच में उखड़ती महसूस होने लगी।

सिर्फ़ एहसास है ये

'यह किसने दीवार को गन्दा किया है? कल ही इतना महँगा प्राइमर हुआ था।' डुप्लैक्स बँगले की पेंटिंग करा रहे विमल का गुस्सा सातवें आसमान पर था।'

सभी लेबर मिस्त्री सिर झुकाये चुपचाप खड़े रहे।

'अरे! कोई बोलेगा, किसने किया है यह सब? और ये बेकार का क्या लिखा है?' गुस्से में उसके मुँह से गन्दी-सी गाली निकल गयी।

'साहब, गाली मत दीजिए।' इक्कीस-बाइस वर्ष का एक लड़का सामने आया।

'अच्छा, इसका माने तूने ही यह दीवार गन्दी की है। पेंटिंग का पैसा क्या तेरा बाप देगा?' गुस्से में भनभनाया वह खुद दीवार साफ़ करने के लिए आगे बढ़ा।

'साहब, आप रहने दीजिए। मैंने लिखा है, मैं ही मिटा देता हूँ।'

'लेकिन, तुमने अंट-शंट लिखकर दीवार को गन्दा क्यों किया?'

'सर, यह अंट-शंट नहीं, कविता है। आज मेरी पत्नी का जन्मदिन है। उसको मेरी लिखी हुई कविता बहुत अच्छी लगती है। आज सुबह उसको याद कर कुछ लाइन दिमाग में आ गयी। कॉपी-पेन था नहीं और कहीं भूल न जाऊँ, इसलिए ईट के टुकड़े से दीवार पर लिख दिया।'

उस लड़के की निर्भीक परन्तु प्यार में डूबी बातों ने उसके उबल रहे क्रोध पर जैसे ठण्डे पानी के छींटें डाल दिये। उसने दीवार पर लिखी रेखाओं को ध्यान से देखा। गन्दी लग रही दीवार पर अब उसे लाल पंक्तियों में गुँथी प्यार की दुनिया साफ़ दिखने लगी थी। उसे याद आया

कि आज तो उसकी पत्नी मैथिली का भी बर्थडे है और पिछले हफ़्ते ही वह बोल रही थी कि उसने कितने समय से उसके लिए कोई कविता नहीं लिखी। जबकि पहले उसके प्रत्येक जन्मदिन पर वह उसके लिए कविता लिखता था। पैसे कमाने और तरक़्क़ी के चक्कर में वह पता नहीं वह यह कब भूल गया कि कॉलेज में उसके साथ पढ़ने वाली मैथिली ने उसकी कविताओं पर रीझकर ही उसका विवाह प्रस्ताव स्वीकार किया था। इधर विमल की बातों से दुखी वह नया लड़का अपनी कमीज़ की आस्तीन से ही दीवार को साफ़ करने लगा ।

विमल, 'अभी रहने दो, जब फाइनल पेंट होगा, तब देखेंगे और तुम कहो तो इसकी एक फ़ोटो ले लूँ।'

'हाँ, सर क्यों नहीं। यह तो मेरी ख़ुशनसीबी होगी।' विमल को मुस्कुराता देख उस प्रेम दीवाने के चेहरे पर कई सूरज एक साथ चमक उठे।

फिज़िक्स का वह टॉपिक

दृश्य–1

मेरे एक परिचित कौशिक जी मेरे शहर में ही रहते हैं। पति–पत्नी दोनों वर्किंग कपल हैं और दोनों की अच्छी–ख़ासी सैलरी है। वे मेरे घर के पास वाले अपार्टमेंट में रहते हैं। परिवार में कुल मिलाकर तीन लोग हैं, पति–पत्नी और उनका सात–आठ वर्ष का प्यारा सा बेटा आकर्ष। अभी दो हफ़्ते पहले सुबह–सुबह उनका फ़ोन आया, 'सर, नमस्ते! एक निवेदन था।'

मैंने उन्हें आश्वस्त किया कि वे निःसंकोच अपनी बात बतायें।

कौशिक जी 'माँ–पापा को घर लाना है।'

मुझे पता था कि उनके वृद्ध माँ–बाप इसी शहर में दूसरे मोहल्ले में अकेले रहते हैं। मैंने पूर्व में उनसे एक–दो बार चर्चा की थी कि आप उन्हें अपने साथ क्यों नहीं रखते? वृद्ध हैं, कोई मेडिकल इमरजेन्सी हुई तो मुश्किल हो सकती है।'

परन्तु इस बात पर उनका हर बार एक ही सपाट उत्तर होता था, 'छोटे से फ्लैट में इतनी जगह कहाँ होती है? और अब माँ–बाबू जी ठहरे पुराने ख़याल के, प्राइवेसी और पीस दोनों डिस्टर्ब होती है। सब अपनी–अपनी जगह शान्ति और खुशी के साथ रहें, यही ठीक है और फिर हम वीक एंड में जाकर उनका हाल समाचार ले आते हैं और उनकी ज़रूरत का सामान वहाँ रख आते हैं। सब काम तो निपट ही रहा है।'

जिस व्यक्ति की खुशी की परिभाषा निपटाने तक सीमित हो उसे क्या समझाना? अतः मैंने एक दो बार के बाद उनसे इस मुद्दे पर कोई

चर्चा करना छोड़ दी। परन्तु, उनके आज के फ़ोन कॉल ने मुझे आश्चर्य में डाल दिया कि प्राइवेट स्पेस के ट्रेंडजाल में जकड़े हुए यह दम्पति जो अब तक अपने माँ-बाप को दूर रख रहा हो, वो अचानक इस लॉकडाउन में उन्हें अपने साथ रखने की बात कैसे सोच सकता है? जबकि इस दौरान तो सभी को पूरे दिन घर के अन्दर उनके शब्दों में तथाकथित उस छोटे से फ़्लैट में एक साथ ही रहना हो। फिर मुझे याद आया कि आजकल लॉकडाउन में मेड नहीं आ रही है। अच्छा! अब समझा। ज़रूर मिसेज कौशिक ने अपने हसबेंड पर दवाब बनाया होगा कि यदि मदर-इन-लॉ वहाँ आ जायें तो उनका काम आसान हो जायेगा। ओह माई गॉड! मैंने मन ही मन सोचा कि मैं कभी इस पाप में भागी नहीं बनूँगा। उन्हें बुरा भी न लगे और मैं इस पाप कर्म में भागीदार भी न बनूँ। अतः उनकी प्राइवेसी का हवाला देते हुए मैंने उन्हें समझाया, 'उनके आने से कहीं आपकी प्राइवेसी और पीस डिस्टर्ब न हो जाये।'

कौशिक जी, 'नहीं, सर! ऐसी कोई बात नहीं होगी। प्लीज आप उनके आने का इन्तजाम करा दीजिए।'

प्रशासनिक अधिकारी होने के कारण उन सीनियर सिटीजन के मेडिकल ट्रीटमेंट / केयर का हवाला देकर मैंने उनके माता-पिता को बेटे-बहू के घर जाने की अनुमति करा दी। बच्चों के पास जाने की ख़ुशी से अभिभूत माँ-पिता सदृश उस वृद्ध दम्पत्ति ने मुझे दिल से दुआ दी और शर्मा जी ने चमकती आँखों से धन्यवाद, लेकिन मेरा मन अभी नहीं आशंकित था।

दृश्य-2

परसों की बात है। मैं कक्षा आठ में पढ़ने वाली अपनी छोटी बेटी लहर को फिजिक्स का 'प्रेशर' टॉपिक पढ़ा रहा था। उसे मुझसे पढ़ना बहुत पसन्द है, क्योंकि मैं उसे क़िस्से-कहानी के माध्यम से पढ़ाता हूँ, लेकिन शायद उस दिन मेरा मन पढ़ाने में नहीं लग रहा था। मैंने निपटाने की गरज से

उसे प्रेशर का फार्मूला रटा दिया, PF। अर्थात् दबाव (प्रेशर) और क्षेत्रफल (एरिया) में व्युत्क्रमानुपाती सम्बन्ध होता है। पुस्तक में इस फार्मूले को एक कुली द्वारा अपने सिर पर कपड़े की पगड़ी रखने के माध्यम से समझाया गया था कि पगड़ी की वजह से सामान के नीचे का क्षेत्रफल बढ़ जाता है, अतः उसे सामान का बोझ कम महसूस होता है, लेकिन मुझे पक्का पता था कि यह फ़ार्मूला और दिया गया उदाहरण उसके दिल-दिमाग़ में अन्दर तक अपनी जगह बना नहीं पाया है, लेकिन शायद संकोचवश उसने मुझसे कुछ नहीं कहा और मैंने भी जानते-बूझते उस टॉपिक को वहीं पर यूँ समाप्त कर दिया, जैसे मानो एक काम पूरा हुआ।

दृश्य-3

कल कौशिक जी का फ़ोन फिर से आया। मोबाइल पर उनका नम्बर देखते ही मेरा मन नकारात्मकता और आशंका से यूँ घिर आया, जैसे निरभ्र आकाश में डरावने-काले बादलों ने अचानक हमला बोलकर धूप की सत्ता हथिया कर अपना साम्राज्य स्थापित लिया हो। मुझे लगा कि अब वे बोलेंगे, 'सर, सॉरी टू डिस्टर्ब यू अगेन। माँ-बाबू जी को वापस भेजना है,' लेकिन आशंका के विपरीत उनकी चहकती हुई आवाज़ ने मेरे कानों में जैसे मिश्री घोल दी, 'सर, बहुत-बहुत धन्यवाद! माँ-बाबू जी के घर आ जाने से पूरा माहौल खुशनुमा हो गया है। दरअसल पहले हम दोनों पति-पत्नी ऑफिस चले जातें थे और देर रात घर लौटते थे। रोज़मर्रा की व्यस्ततता में इतना समय एक साथ गुजारने का कभी समय ही नहीं मिला। सच मानिये तो शायद हम लोग इसके लिए यूज टू ही नहीं थे। घर में रात-दिन रह्ते-रहते हम लोग एक-दूसरे का चेहरा देख-देखकर और एक-दूसरे की बात सुन-सुनकर पक से गये थे। छोटी-छोटी बात पर भी झगड़ा होने लगा था किन्तु जबसे माँ-बाबू जी आये हैं, सब कुछ सरल सहज हो गया है। हम दोनों में आपस में जैसे ही कोई मतभेद हो तो अम्मा-बाबू जी बड़ी सहजता से मिनटों में उसे तुरन्त सुलझा देते हैं और मेरे छुटकू आकर्ष की

बात तो बस पूछिये ही मत। कभी दादी से कहानियाँ सुनते हुए तो कभी दादा जी के साथ लूडो या केरम खेलते हुए कब उसका खाना फिनिश हो जाता है, पता ही नहीं चलता। पूरा दिन उसका दादा-दादी के कमरे में बीतता है। आपका बहुत-बहुत धन्यवाद!' उनका धन्यवाद स्वीकार करते हुए मैंने भी उन्हें धन्यवाद दिया।

वे चौंकते हुए बोले, 'अरे! आप मुझे धन्यवाद क्यों दे रहे हैं? अहसान तो आपका है, मुझ पर।'

मैनें बस इतना ही कहा, 'आपने सेवा का मौक़ा देकर मुझे पुण्य कमाने का जो अवसर दिया है, यह धन्यवाद उसके लिए है।'

कृतज्ञता और ख़ुशी से भीगे शब्दों में पुनः धन्यवाद देकर उन्होंने मुझसे विदा ली, लेकिन सच पूछिये तो मेरे मन में कुछ और चल रहा था।

दृश्य-4

फ़ोन कटते ही मैंने अपनी बिटिया को प्यार से बुलाकर बोला, 'बेटा! उस दिन प्रेशर वाला टॉपिक क्लीयर नहीं हुआ था, न?' उसने बड़ी मायूसी से सहमति में सिर हिलाया। मैनें कहा कि चलो फिर से पढ़ते हैं, लेकिन पहले एक कहानी सुनी जाये। कहानी का नाम आते ही उसके चेहरे पर हँसी खिल आयी। 'तो चलो शुरू की जाये कहानी' मेरे यह कहते ही वह बोली 'हाँ, पापा! तुरन्त शुरू कीजिए। मुझसे रहा नहीं जा रहा है।'

'ठीक है, ठीक है।' मैंने कहानी की शुरुआत की 'आकर्ष अपने मम्मी-पापा के साथ फ़्लैट में रहता था और उसके दादा-दादी उसी शहर में दूसरी जगह रहते थे। कोरोना वायरस के संक्रमण से बचने के लिए सरकार ने जब लॉकडाउन की घोषणा की तो सभी की तरह उसे और उसके मम्मी-पापा को भी घर के अन्दर रहना पड़ा। चूँकि यह बिल्कुल एक नयी तरह की चुनौती थी और इससे होने वाला दबाब भी बिल्कुल अलग किस्म का था। कोई भी इसके लिए मानसिक रूप से तैयार नहीं था। इसलिए मनोवैज्ञानिक रूप से आकर्ष की तरह के एकल परिवार के

लोग अजीब-सा स्ट्रेस महसूस करने लगे, क्योंकि वे आपस में कितनी बात करते, कितना टी.वी. देखते। फलतः उसके मम्मी-पापा में आपस में बेवजह की कहासुनी होने लगी, क्योंकि वे अपनी परेशानियाँ किसी और के साथ साझा नहीं कर सकते थे। सारा दबाब उन्हें खुद ही झेलना था, लेकिन जब उनके मम्मी-पापा ने उसके दादा-दादी को अपने पास बुला लिया तो उन्हें लगा कि उन परेशानियाँ का दबाब कितना कम हो गया है। अब उस परिवार के सदस्यों की संख्या बढ़ गयी थी और सबने अचानक से उत्पन्न हुई इस कठिन चुनौती को हँसी-खुशी मिल-बाँटकर स्वीकार करते हुए जीना सीख लिया था। उसके मम्मी-पापा पर चुनौतियों का दबाव अब चार लोगों में बँट गया और इस नयी चुनौती का भारी भरकम बोझ उन्हें फूल-सा लगने लगा था।'

लहर 'अच्छा! अब मैं समझ गयी कि यह कहानी क्या कहना चाहती है। आकर्ष के दादा-दादी के साथ आ जाने से इस परिवार का एरिया (क्षेत्रफल) बढ़ गया, जिससे फोर्स बँट गया और प्रेशर कम हो गया। अरे वाह! इसे समझना कितना सरल था। थैंक्यू पापा।

उसके थैंक्यू ने मुझे अन्दर तक प्यार से भिगो दिया। मुझे भी दो बातें इस प्रकरण से सीखने को मिली। माँ-बाप आप पर कतई दबाब या बोझ नहीं हैं, बल्कि आपके ऊपर पड़ने वाले सांसारिक दबाब को कम करते हैं। दूसरी, किताब की हर लाईन कुछ न कुछ कहती है। यदि उन्हें रट्टू तोते (Cramming) बनाने की जगह हम अपने बच्चों को कहानी या गेम के माध्यम से उन्हें पढ़ाएँ या समझायें तो कठिन से कठिन विषय भी सरल हो जाता है। जैसा 'हिचकी' फिल्म में रानी मुखर्जी ने बताया था।

राजू फेरीवाला

आज अर्चिता बहुत खुश थी और हो भी क्यों न? *टाइम्स ऑफ इंडिया* के पेज थ्री में उसके सफल सिंगल मदर होने पर उसका बड़ा-सा इंटरव्यू जो छपा था और वह भी फ़ोटो के साथ। आर्टिकल में दिये हुए उसके ई-मेल एड्रेस पर जाने-अनजाने तमाम लोगों के बधाइयों के सन्देश लगातार चले ही आ रहे थे। दरअसल उसकी बेटी राम्या ने क्लैट परीक्षा में ऑल इंडिया में टॉप रैंक पाया था। पाठक उसकी तारीफ कर रहे थे कि एक सिंगल मदर के रूप में तमाम चुनौतियों का मुकाबला करते हुए जिस प्रकार उसने अपनी बेटी का सफल पालन-पोषण किया था, यह एक रोल मॉडल है। मैसेज देखते-देखते वह टैरेस पर आ गयी। जनवरी के महीने की गुनगुनी धूप उसके टैरेस पर दूर तक उतर आयी थी। वह धूप का आनन्द लेने के लिए रेलिंग के पास आकर खड़ी हो गयी। सामने नज़र उठाते ही पार्क के कोने पर उसे फिर वही साइकिल पर फेरी लगाने वाला राजू दिख गया। 'यह भी न! रोज़ अपने बच्चों को साइकिल पर बैठा कर ले आता है। यह पक्का ज़रूर जानबूझकर इन्हें साथ लेकर आता है ताकि बच्चों को देख तरस खाकर लोग इसका माल ज़रूर ख़रीदें। आजकल के लोग भी न पता नहीं कितना गिर गये हैं। अपने बच्चे का भी छोटे-मोटे फ़ायदे के लिए यूज करने से बाज नहीं आते।' अभी वह यही सब सोच ही रही थी कि राजू फेरीवाला साइकिल लेकर उसके घर के सामने आ पहुँचा। छज्जे पर खड़ी अर्चिता को अपनी ओर गौर से ताकता देख राजू उसमें अपने सामान का सम्भावित ग्राहक तलाश कर और ज़ोर से आवाज़ लगाने लगा।

अर्चिता 'जरा, रुकना। मैं आती हूँ।' उसकी आवाज़ में यद्यपि थोड़ी तल्खी थी परन्तु इससे बेपरवाह वह ख़ुशी-ख़ुशी उसके नीचे आने की बाट जोहने लगा।

अभी अर्चिता उसकी साइकिल के पास आकर खड़ी ही हुई थी कि राजू शुरू हो गया 'बहुत-बहुत शुक्रिया मैडम जी। आज सुबह से बोहनी भी नहीं हुई थी। आपके शुभ हाथों से बोहनी हो रही है तो मेरा दिन आज ज़रूर अच्छा जायेगा।' पीछे केरियर पर बैठे दोनों बच्चों के चेहरे पर भी अचानक से ख़ुशी दिखने लगी थी। इतने छोटे बच्चों को यह तो नहीं पता था कि बोहनी क्या होती है पर अपने पिता को ख़ुश देख कर वे भी ख़ुश हो रहे थे। अर्चिता ने ध्यान से देखा वे दोनों लड़कियाँ थीं। एक लगभग दो वर्ष की और दूसरी उससे एकाध वर्ष बड़ी। राजू ने बच्चों के सुरक्षित और आराम से बैठने के लिए साइकिल के कैरियर पर एक पुरानी टोकरी बाँधकर उसमें जूट की एक बोरी बिछा दी थी ताकि लोहे के केरियर का सख़्त फ्रेम उन्हें न चुभे। पुराने और कहीं-कहीं से उधड़ चुके स्वेटर पहनी दोनों लड़कियाँ एक-दूसरे से सटी हुई कैरियर पर बँधी टोकरी में आरामकुर्सी की तरह आराम से बैठी हुईं थीं।

'क्या दे दूँ मैडम जी? यह देखिये, यह चटाई बहुत अच्छी है। कम्पनी की बनी हुई है और फुल साइज़ की है।' वह चटाई को खोलकर दिखाते हुए अर्चिता की 'हाँ' का बेकरारी से इन्तज़ार करने लगा। उसे क्या पता था कि सामने खड़ी यह मैडम उससे सामान ख़रीदने नहीं बल्कि उसकी क्लास लेने आयीं हैं।

'रुको! पहले तुम यह बताओ कि तुम इन बच्चों को रोज़ अपने साथ क्यों ले आते हो? सामान बेचने के लिए इनका तमाशा बनाना ज़रूरी है क्या?' नन्हे बच्चों को अपने फ़ायदे के लिए प्रयोग होता देख अर्चिता का गुस्सा अब फूटने लगा था।

'अरे, नहीं मैडम जी! ऐसी कोई बात नहीं है। मेरे बच्चे तो मेरी जान हैं। इनका तमाशा बनाना तो हम सपने में भी नहीं सोच सकते।' प्रत्युत्तर में उसके चेहरे पर विषाद के साथ-साथ दृढ़ता के मिले-जुले भाव उभर आये थे।

अर्चिता 'तो इतने छोटे बच्चों को साथ लेकर क्यों घूमते हो? इन्हें घर पर अपनी माँ के साथ रहने दो।'

इस बार उसने अर्चिता की बात का कोई जवाब नहीं दिया।

'अब ख़ामोश क्यों हो गये? जबाब क्यों नहीं देते? क्या मैंने कोई ग़लत बात कह दी है? राजू की चुप्पी से झल्लाकर अर्चिता ने उसे बुरी तरह झिंझोड़ दिया।

राजू 'इनकी माँ अब ज़िन्दा नहीं है।' उसकी आवाज़ बर्फ़ में सनी हुई बिल्कुल ठण्डी थी।

अर्पिता, 'ओह! सॉरी, लेकिन यह सब कैसे हुआ?'

राजू 'मैडम जी, वह हर साल कार्तिक नहाने मुँह अँधेरे गंगा जी जाती थी। पिछले साल नहाते वक़्त पता नहीं कैसे वह गहरे पानी में चली गयी। वहाँ आस-पास नहा रहे लोगों ने उसे बचाने की बहुत कोशिश की, लेकिन तब तक सब कुछ ख़त्म हो चुका था।' राजू की बात सुनकर अर्पिता अब सन्नाटे में आ चुकी थी। उसे अफ़सोस हो रहा था कि उसने अकारण राजू की दुःखती रग को छेड़ दिया है। अर्चिता को चुप देखकर राजू को भी अच्छा नहीं लग रहा था और शायद उसके मन में कहीं न कहीं यह बात भी घूम रही थी कि कहीं इन बातों के चक्कर में उसकी बोहनी न निकल जाये। उसने मौन को तोड़ने की कोशिश की, 'जाने दीजिए मैडम जी, शायद इतने दिन ही उसे हमारा साथ देना मंजूर था।'

अर्चिता 'तो तुम बच्चों का पालन-पोषण अकेले ही करते हो। परन्तु, यह तो बहुत मुश्किल काम है और ख़ासकर एक पुरुष के लिए।

राजू 'जब एक माँ अपने बच्चे को नौ माह तक अपने पेट में अकेले पाल सकती है तो एक बाप वक़्त पड़ने पर इन्हें क्यों नहीं पाल सकता और मैडम जी मुझे बहुत सुकून रहता है कि मेरे बच्चे मेरी नज़रों के सामने हैं।' उनके सिर पर हाथ फेरकर यह बोलते हुए उसके चेहरे पर गज़ब का आत्मविश्वास झलक रहा था। इधर पिता के नज़दीक आते ही दोनों बेटियाँ उससे ज़ोर से चिपक गयीं थीं।

अर्चिता 'राजू! तुम सही बोल रहे हो। माँ हो या बाप यह बात दिल से समझने और ज़िम्मेदारी उठाने की है। लाओ, यह चटाई मुझे दे दो। मैं पैसे लेकर अभी आती हूँ।'

वापस आकर उसने राजू की हथेली पर पाँच-पाँच सौ के दस नोट रख दी।

राजू, 'यह क्या मैडम? इसकी कोई ज़रूरत नहीं है। आपने बोहनी करा दिया, यह बहुत है।

अर्चिता 'राजू! यह कोई भीख नहीं है। तुम इन पैसों से अपना काम बढ़ाओ जब कुछ जमा हो जाये तो धीरे-धीरे मुझे वापस कर देना।'

राजू से मिलकर लौटते हुए अर्चिता यह सोच रही थी कि भले ही आज पूरे शहर में एक सफल सिंगल मदर के रूप में उसकी चर्चा हो रही है परन्तु उस राजू के सामने उसकी सफलता बहुत छोटी है जो तमाम संकटों के बावजूद खुशी-खुशी अपनी दोनों बेटियों का पालन-पोषण अपने दम पर अकेले कर रहा है और इस दुनिया में ऐसे राजू पता नहीं कितने होंगे जो सिंगल मदर या सिंगल फादर के शोर-शराबे के बिना चुपचाप सिंगल पैरंट के रूप में अपने कर्तव्य का निर्वहन कर रहे होंगे। उसके दिल से बेसाख्ता ये शब्द निकल पड़े, 'आई एम प्राउड ऑफ यू राजू।'

हरी मिर्च वाला दूध

सिविल सर्विसेज के प्रशिक्षण के बाद बतौर एसडीएम विकल्प की पहली पोस्टिंग झारखण्ड के सुदूर आदिवासी इलाके़ सरायकेला में हो गयी, किन्तु उसकी पत्नी अपूर्वा को यह जगह बिल्कुल भी पसन्द नहीं आयी।

'ये भी कोई रहने की जगह है? न कोई मॉल न ही कोई सिनेमा स्क्रीन। चारों तरफ़ बस जंगल ही जंगल। तुम हाथ पर हाथ धरे बैठे रहे और तुम्हारे बाक़ी दोस्तों ने कोशिश कर राँची, जमशेदपुर जैसे अच्छे शहरों में पोस्टिंग करा ली। अब लो ऐसी जंगल वाली पोस्टिंग और मौज करो।' उसकी भुनभुनाहट जारी थी।

कोलकाता की पली बढ़ी अपूर्वा का झल्लाना स्वाभाविक ही था। लेकिन यह विकल्प की पहली पोस्टिंग थी इसलिए मना करने का तो कोई सवाल ही नहीं पैदा होता था। सब-डिविजन का सबसे वरिष्ठ अधिकारी होने के कारण उसका बँगला भी कस्बे के बिल्कुल अन्तिम छोर पर एकान्त में बना हुआ था। बँगले में जगह तो ठीक-ठाक थी, लेकिन आगे-पीछे सब तरफ़ जंगल-ही-जंगल और छोटी-छोटी पहाड़ियाँ और उनके बीच संथाल जनजाति के गाँव। गाँव ख़ूबसूरत थे लेकिन जब उसे इस निगाह से देखा जाये तब न।

अभी सामान ठीक से जम भी नहीं पाया था कि अपूर्वा की सास का कॉल आया 'बहू, पहली पोस्टिंग का पहला दिन है। कुछ मीठा बनना ज़रूरी है चाहो तो खीर बना लेना। विकल्प को भी खीर बहुत पसन्द है।'

'जी, माँ।' कॉल ख़त्म होते ही अपूर्वा की झल्लाहट फिर से उभर आयी, 'बुजुर्गों को यह तो पता नहीं होता कि बच्चे किस हालत में हैं,

लेकिन परम्परा का निर्वाह करना ज़रूरी है। चलिये दूध मँगा लीजिए नहीं तो मुझे ही सुनना पड़ेगा। अर्चित ने भी सुबह से दूध नहीं पिया है। अभी तो सफर के कारण थक कर सो रहा है, उठते ही दूध माँगेगा।'

'ठीक है। अभी मँगा देता हूँ।' अपूर्वा की बढ़ती हुई झल्लाहट देख एक आज्ञाकारी पति की तरह विकल्प फौरन दूध का इन्तज़ाम करने के लिए उठ खड़ा हुआ।

'सुनो! जो लेने जायें, उसे साफ़-साफ़ बता देना कि पाश्चराइज्ड मिल्क ही लाना है। नहीं तो यहाँ के ज़ाहिल गँवार लोग पता नहीं कैसा गन्दा दूध ले आयें।'

'ठीक है। अभी बोल देता हूँ।'

चौकीदार देवी बाहर दरवाज़े पर ही ड्यूटी में खड़ा था। विकल्प ने उससे बड़े प्रेम से पूछा, 'भैया, यहाँ इस वक़्त दूध मिल जायेगा?'

हाँ, हाँ। कहे नहीं बाबू जी। ज़रूर मिली।

'अच्छा तो ठीक है भैया! दो लीटर दूध लाकर मैडम को दे देना और देखना दूध पॉश्चराइज्ड वाला ही हो।'

'जी, साहब! हम अभी लेत आत हैं।' इतना कह वह मुड़कर जाने लगा।

'अरे सुनो तो! पॉश्चराइज्ड दूध ही चाहिए।' पॉश्चराइज्ड शब्द पर ज़ोर देते हुए उसने देवी की ओर दो सौ का नोट बढ़ाया 'ये लो पैसे और ज़्यादा देर मत करना। मुन्ना उठते ही दूध माँगेगा।'

'अरे साहब ई पैसे की कोनो ज़रूरत नाहीं। हम लेत आत हैं।'

'अरे! सुनो तो। दूध क्या बिना पैसे के मिलेगा?' उसे ट्रेनिंग में बताया गया था कि अपने अधीनस्थ कर्मचारी से कोई चीज़ मुफ्त में कभी नहीं मँगानी चाहिए।

'साहेब! आप आज ही तो आये हो। आज तो आप ईहाँ के अतिथि हो अउर अतिथि की सेवा करना तो हमार धरम है।'

अभी वह आगे कुछ कहता तब तक देवी वहाँ से जा चुका था।' चलो आयेगा तो पैसे दे दूँगा।' यह सोचकर विकल्प ऑफिस के लिए निकल गया।

ऑफिस में आज पहला ही दिन था इसलिए मिलने-जुलने का कार्यक्रम लगातार चल रहा था कि अपूर्वा का फ़ोन आया 'मैंने आपसे कहा था न कि पॉश्चराइज्ड मिल्क ही मँगवाना।'

'हाँ, मैंने देवी को बता दिया है।' विकल्प ने तुरन्त अपना पक्ष रखा।

'हुँह। अब अपने चौकीदार देवी का कारनामा सुनो। वह पता नहीं कहाँ से एक पुराने पिचके से बरतन में खुला हुआ दूध ले आया है। उसने ज़रूर पैसे मारने के लिए किसी सड़कछाप दुकान से दूध ख़रीद लिया होगा।'

विकल्प ने उसे बताना चाहा कि पैसे तो उसने लिए ही नहीं हैं, लेकिन गुस्से में आगबबूला अपूर्वा सुनी ही नहीं। उसका बोलना जारी रहा 'और यही नहीं महाशय दूध में हरी मिर्च भी डालकर लाये हैं। मैं तो इन गँवारों के बीच रहकर कुछ ही दिनों में पूरी तरह पागल हो जाऊँगी।'

विकल्प ने मौके की नजाकत को समझते हुए अपने अर्दली से पूछा कि आसपास में कहीं पॉश्चराइज्ड दूध बिकता है तो दो लीटर मँगवा दें, लेकिन आज उसकी किस्मत ही ख़राब थी। अर्दली ने बताया कि शहर से मात्र एक गाड़ी सुबह-सुबह बोतलबन्द दूध लेकर आती है लेकिन अब दोपहर हो चुकी है और इस इलाक़े में इस समय ऐसा दूध नहीं मिल सकता। अब किया ही क्या जा सकता था? वह घर पहुँचा तो भूख से बेहाल होकर अर्चित रो रहा था।

'अरे! यह रो क्यों रहा है?' विकल्प ने उसे पुचकारते हुए अपूर्वा से पूछा।

'दूध पीने के लिए रो रहा है।' अपूर्वा का टका सा जवाब आया।

'तो दे दो। देवी का लाया हुआ दूध तो होगा न।'

'वही गन्दा-सा दूध दे दूँ, जो पुराने पिचके हुए बर्तन में वह लाया है, हरी मिर्च डालकर।' उसने घूरकर विकल्प को देखा।

'अरे! क्या दिक़्क़त है? हम भी तो ऐसे ही दूध पीकर बड़े हुए हैं।'

'तुम पागल हो गये हो क्या? ऐसा अनहाइजीनिक दूध पिलाकर उसे बीमार करना है क्या?'

इस खिच-खिच से विकल्प का मूड भी अब तक ख़राब हो चुका था। उसने चौकीदार देवी को बुलाकर थोड़ा सख़्त लहजे में पूछा

'मैंने तुमसे पॉश्चराइज्ड दूध लाने को कहा था, तुम यह दूध कहाँ से ले आये?'

'साहब यह वही दूध तो है। पछाहीं भैंस का दूध। हम अपने घर से लेकर आइन हैं। हमारी औरत मुन्ने की ख़ातिर ताज़ा-ताज़ा दूध अपनी हाथ से दूह के दीहिन हैं।' उसकी बात सुनकर विकल्प को हँसी आ गयी, वह समझ गया कि देवी पॉश्चराइज्ड को पछाहीं समझ रहा है।

'अच्छा! अच्छा! वो तो ठीक है, लेकिन उसमें तुम मिर्च क्यों डाल दिये। इससे दूध ख़राब हो गया न। अब उसको कौन पीयेगा।'

'साहेब! उ बाबू को दूध पीये का रहा न। इसलिए हमरी औरत दूध में हरी मिरच डाल दीहिस ताकि किसी की बुरी नज़र बाबू को ना लगे। हमारे यहाँ जब कच्चा दूध घर से बाहर जात है तो हम लोग उसमें जारी मिरच डाल देते हैं जिससे बुरी नज़र वालेकी काट हो जाये।'

'ओह!' आदिवासी देवी की निश्छल बात सुनकर विकल्प को अपने आप पर पछतावा होने लगा कि क्यों उसने इस भोले-भाले व्यक्ति पर गुस्सा किया।

उसने अपने पीछे खड़ी अपूर्वा को देखा। उसे भी अपनी ग़लती का एहसास हो चुका था। पश्चाताप से उसका गला रूँध आया 'देवी! मुझे माफ कर दीजिए। मैंने आपको ग़लत समझकर पता नहीं कितना कुछ कह डाला।'

'अरे नहीं मालकिन। कोनो अपने सेवक से माफी माँगत है का? आप हमका पाप का भागीदार न बनाओ। बस आप मुन्ना को दूध दे दो। उ हलकान हुआ जा रहा है। अउर आप निश्चिन्त रहो, ई दूध एक़दम साफ़ है। माई किरिया।' अपने गले पर हाथ रख क़सम खाते हुए देवी की बात में जरा-सी भी बनावट नहीं दिखायी दे रही थी।

'हाँ। हाँ। अभी उसे देती हूँ और मैं खीर बनाने जा रही हूँ। आप भी खाकर जाइयेगा।'

'जी, मालकिन, ज़रूर।' गहरे साँवले देवी के उजले दाँत मालकिन की बात सुनकर मोतियों से चमक उठे।

□□